U0148350

李知展——

著

# 平乐坊的红月亮

河南文艺出版社
·郑州·

**图书在版编目（CIP）数据**

平乐坊的红月亮/李知展著. --郑州:河南文艺出版社,2023.6

ISBN 978-7-5559-1428-0

Ⅰ.①平… Ⅱ.①李… Ⅲ.①长篇小说-中国-当代 Ⅳ.①I247.5

中国国家版本馆 CIP 数据核字（2023）第 053791 号

| | | | | |
|---|---|---|---|---|
| 策划编辑 | 张　娟 | | | |
| 责任编辑 | 张　娟 | | | |
| 责任校对 | 梁　晓 | | | |
| 书籍设计 | 吴　月 | | | |

| | | | | |
|---|---|---|---|---|
| 出版发行 | 河南文艺出版社 | 印　张 | 9.375 |
| 社　址 | 郑州市郑东新区祥盛街 27 号 C 座 5 楼 | 字　数 | 186 000 |
| 承印单位 | 河南瑞之光印刷股份有限公司 | 版　次 | 2023 年 6 月第 1 版 |
| 经销单位 | 新华书店 | 印　次 | 2023 年 6 月第 1 次印刷 |
| 开　本 | 889 毫米 × 1194 毫米　1/32 | 定　价 | 42.00 元 |

印厂地址　河南省武陟县产业集聚区东区（詹店镇）泰安路

邮政编码　454950　　电话　0371-63956290

上
——
部

# 1

先说地名。平乐坊，在光明市场后面，是个摊开的老街巷。平乐，光明，都是本地人的好意头。这个位于老城区的岭南街巷，总是泥沙俱下一团兴旺。下水道溢出的汁水，老巷子独有的岁月沉积的霉味，热烘烘的人的气息，混杂着烹炒煎炸的食物气味，置身其中，让人觉得爱恨难平、喜乐悲忧都抵不过柴米油盐现实运转的巨轮，即便离开的、消亡的，也不过是在水面上短暂地留一个小坑，立马就被旁边的水流填平，就如这平乐坊的夜市，人来人去，永远涌动着现实主义的激情。

如果一只鸟从高处俯瞰，平乐坊呈现在它眼里应该是这个样子的：低矮而密集的楼群，几乎没有间距，横七竖八然而以其内在的秩序挤挨在一起。每栋楼里都住着几十户人家，哭笑唱骂，吆喝叫卖，谁家在阳台上炒菜，"刺啦"一声；谁在和老婆打架，注定打不出新意；谁在和来路不明的女人吱吱呀呀地交响；谁在响亮地吐痰；谁在晦暗地生病；谁在哭，谁在笑……种种声音搅在一起，闹哄哄的，嗡嗡着往上浓稠地蒸发，蓬勃地弥漫着尘世生活肮脏而又活色生香的气息。而各个楼顶晾晒的各色衣服在风中招展着，像是底层人生的一面面旗帜。

"快香食亭"的门面漆皮斑驳，很有年代感，像一艘破船，然而，这船是驶过风浪的。韩春丽立在餐馆门前，如同掌舵，接待食客一往情深地驶向火热的世俗生活。她一袭红裙，浅笑间百媚丛生，把笑容和情意均匀挥洒在每个新友故交身上，辗转腾挪，纵横捭阖，红裙竟如冲锋陷阵的猎猎铠甲，脸上笑吟吟的：

"花甲半斤，生蚝一打。刘哥你坐。"

"顾总喝什么，扎啤还是生啤？"

"老胡你狗日的，你娘的屁股也是你摸的？一点零头也不抹，谁不知道你最近发了大财！"

……

平乐坊是水，她就是其中最生猛的那条鱼，什么叫如鱼得水，夜晚到丽姐的"快香食亭"那儿坐一会儿就领略了。平乐坊是她的舞台，她有股子烈火烹油的劲儿。什么叫接地气，她就是那地气，并且在泥沙飞扬的地上开出壮丽的花儿。她这朵花儿是生活里长出来的，滋养她的是尘土油烟，是俗世的悲喜，是以根基实在，生机盎然。

叶逢秋每次走进平乐坊，一边感到头昏脑涨，一边不禁感慨地想，你妈的老春丽，命运怎么独对你网开一面呢？

如果把女人比作一条河，有的人过了青春，就混浊了，在岁月里失了宠，一路下去，水分流失，丢了那段上天给青春期打追光的鲜美骄矜，又没有其他支流汇入，潮水退去，都是沙砾。怎么办呢？只有努力攥住青春的小尾巴，误判形势，和岁月艰苦对峙，修啊补的，拉眼皮、打美容针、锉骨磨皮，手忙脚乱，赶工期似的，弄得一张脸不伦不类，对时光流逝如临大敌，沦为风声鹤唳乏善可陈的中年妇女，比如叶逢秋；却也有时光啊青春啊任它去留吧，悲啊喜啊来者不拒，命运的馈赠也好打击也好，无奈也好主动也好，都得接招，兵来将挡水来土掩，舞马扬枪地，修炼成内在宽阔的河，生命力蓬勃，时间也拿她没办法，仿佛和岁月达成了和解，能听见时光在她身上汩汩流淌的美感。这样的女人身上窖藏着岁月，发酵出来一种人间烟火的风韵，成了民间市井真正有味道的女人。

到了晚上，平乐坊空气里酒精度饱和。灯火阑珊里，觥筹交错中，醉了食客，醉了夜色，也醉了芬姐。她喜欢平乐坊的夜，这是她放松的时刻，既可以隔岸观火，也是参与者，她和这醉醺醺的热闹是若即若离的。若即若离才该是一个中年人和世界最好的关系，进可参与，退可适意；但实际上呢，芬姐到了这个年纪和境遇，进也不能，退也不能，她于是常常感慨，夜晚真好啊，年轻真好。平乐坊的夜晚是属于年轻人的。虽然感慨，可芬姐不悲哀，她有自己骄傲的地方。那些喝醉的、开心的、难过的、压力深重的年轻人，在烧烤之前，或是酩酊之后，多要来到她的小摊前，啜一碗糖水，再去酒场鏖战或是回去酣睡。

芬姐的骄傲之一，就是她这个糖水小摊。芬姐上午算帮忙性质，熬粥、收拾桌椅、端餐，她原定不要工钱，补偿是晚上她可以借用韩春丽的铺面、炉灶、碗碟。芬姐做糖水。大致十来个种类：菠萝百合、杨梅糖水、紫薯糖水、红豆糖水、腐竹鹌蛋、芋头糖水、桂圆黑糖水、甘蔗马蹄、绿豆薏米、银耳莲子、银耳雪梨……品类根据节令和上市的蔬果变动。

岭南夏日漫长，多雨溽热，糖水是行路中犒劳的凉亭，比如酒醉迷离，吃一碗银耳雪梨，甜甜的，淡淡的，解酒除腻；或是饕餮之前，要一瓯绿豆薏米，去暑下热，开胃生津；或是什么都不为，就夜里溜达到这儿，点一钵时令水果熬制的糖水，加上冰沙，清心爽口。三三两两的食客散落而坐，热闹的底子上，每桌自成体系，事不关己，各有各的小小悲喜。岭南这点好，早茶和消夜有平民性做根基，你哪怕开玛莎拉蒂，上下都是香港裁缝定做的华服，一样的，排队自取，自给自足。

芬姐做这个小摊，一不需要多少成本，二她是本地人，煲得一手靓汤。煲汤和糖水相通的地方，都在于让时间出香。芬姐熬煮的是一罐罐时间，食材有的微苦，有的回甘，有的酸辛，她得熬出它们的滋味，混合起来，盛在碗里，汤匙调和，喝下去，才是生活。芬姐的糖水，有口碑。常有那老阿婆颤巍巍的，入夜要来芬姐摊上吃一碗，甜甜嘴，再去睡，似乎梦都会香甜一些。

平乐坊街巷里的，这个故事里陆续出场的各色人等，大都在"早晚小吃"吃过两样东西，一是芬姐的糖水，另一个则是姑姑的肠粉。

## 2

肠粉这个东西，怎么说呢，身份其实有些暧昧，说是正餐，有点郑重，说是点心，胃口小的女生不定还能吃撑。可也恰因如此，它清白的面目、小巧的身姿，颇有点小家碧玉的样子，宜家宜室，可进可退，既可抚慰本地口味刁钻的粤式老胃，也能助力于此打拼的各路游子，甚至时不时在顶级酒店里，就这么素面朝天地出入国宴，成了粤式早茶的头牌。

人们对这头牌的喜爱，是此志不渝的，也是漫不经心的，这两种感觉却结合得浑然一体：吃的时候，舌尖挑剔，必然催动主人来到滋味最好最实惠的那家门店；然而，甫一吃完，推盘起身，便忘诸脑后。在这点上，舌头很像是见异思迁的"渣男"。毕竟不过一碟肠粉嘛，油盐烟火里，寻常见，当不得什么。可没事的，"负心汉"坚持不了多久，等第二天早上，必定还得膜眉葶眼心急火燎地寻香而来。

在平乐坊，这般本地人见天云集打卡的，是韩春丽姑姑的小店。店很小，招牌也风吹雨打的，依稀尚能辨出"早晚小吃"的字样。据说这招牌也是后来好事者提议做的，挺契合。原先连个门面也没，就临街一栋小屋，到了早上，门口的蒸笼总是热蒸汽缭绕，一个瘦小的女人戴个遮阳帽，好像周围的热闹和她都没关系，她只顾对着蒸屉操作。随着她的动作，帽子上垂下的流苏晃动着，给小店平添一缕风情。姑姑有很多花帽子，每天戴的都不重样，且帽子大多镶饰漂亮花朵。流水的日子里，姑姑的头顶是一座小型的流动花园。

扑腾的热气中，姑姑手上的动作煞是好看，这建立在她人是静的，上下翻飞的动作是缠绕在树上的藤条，树身挺拔，绿藤繁茂。打开蒸屉，撇一勺米浆，均匀地泼在托盘上，再顺手抖动一圈，若是加蛋，打匀的蛋液抛出一点弧线，滑散；若是加肉，姑姑轻舒手臂，捏起钵子里的肉糜，啪，甩在米浆上，抹匀，送入蒸屉。拿捏着时间，拉出蒸好的上一层托盘，竹片倏忽一刮，薄如蝉翼的粉皮被聚在一起，呈现出晶莹剔透的质地，咔咔咔，快刀斩乱麻，竹片将肠粉截为几段，随即落入瓷盘。旁边，芬姐自动接过盘子，兜头淋一勺酱料，端到桌上，肠粉清白，酱汁淋漓；如是加蛋的，则更好看，洁白的粉衣里裹着金黄柔软的蛋花，黄白相间，再配上两三叶碧绿的生菜，格外养眼。

佐一碗白粥，肠粉的清甜，酱汁的鲜香，再盛几个酸辣鸡脚，荤素齐全，可以慢咽，可以快餐，悉听尊便。反正在这里，姑姑对任何人都是去留无意的。

姑姑有名字，还挺好听，韩玉婵。街上开周易测字给人开业看风水的瞎老贾，追求姑姑，姑姑没理会过，老贾就恨恨地说过："女人的名字能是瞎取的？叫啥不好呢，叫个婵，注定一辈子孤单。依我看，叫个妮才配她，老姑子似的，活该无儿无女。"这就恶毒了。

姑姑奔五十了，未曾生育，一爿小店挣下些钱，先是支援给兄弟，等兄弟都成了家有了事业，她也年纪大了，也是一个人自由惯了，不愿拴附于婚姻。姑姑有句领风气之先的名言："我又不是不能挣钱，要男人干什么呢？我还不知道类似瞎老贾那样的老东西的心思，娶了你，给他做老妈子，我才不要。"

也是，早上做个肠粉，闲时和老姐妹喝喝早茶逛逛花市听听粤剧，日子多惬意，何必看一个男人的脸色，吃那份"眼角食"？她们姑侄命运相似，韩春丽和姑姑也最亲，常来肠粉店帮忙。说是帮忙，大多数时间也就端个茶杯，在那儿闲聊天，替姑姑收收钱。其他人跟着她，也都顺嘴叫韩玉婵姑姑。

迎门引客的大多是米米。米米活络，至少她自己这么觉得，人也喜兴，做派娇娇的、糯糯的，可惜肥胖阻碍了她发嗲的效果。其实呢，她也没那么胖，只是脸如满月，显得肉乎乎的。再者，米米占了个白，这就难得了，刚剥开的粽子似的，雪白白的，热腾腾的，有一份让人欣喜的甜腻和肉感。上点年纪的阿公阿婆都喜欢米米，夸她："喜气，福相。"米米笑得眉眼弯弯，一转脸，吐瓜子皮似的，冲芬姐说："可拉倒吧，还福相，不就是想说老娘胖。"芬姐笑得鱼尾纹挤挤挨挨的，照她屁股上拍一掌，"没个正形！快，小红楼点的，去送餐啦。"

米米便拎着餐盒，扭着腰身，骑电车去了。

刚开始还好，后来米米去小红楼送餐的时间越来越长了，芬姐那时还不知怎么回事，但对堆积的送餐单子很是无奈，嘀咕着："这死妮子，送个餐这么长时间？"嘀咕多了，姑姑操作着蒸屉，波澜不惊说一句："这小骚货，发情了，把自个儿送货上门，这会儿正热火朝天地干着呢，不信你打电话试试。"芬姐目瞪口呆，一下子，连酱汁都洒到了碟子外面，不是佩服姑姑的观察力，而是她的粗鄙，直白、浑不在意，甚至带着点看透后微笑的语气，像在叙说掉了一粒芝麻，生活里并没有什么事值得惊奇。

芬姐的这种惊讶当然是建立在姑姑平日的不苟言笑上，她们其实年纪相当，可她对"姑姑"是有点敬畏的，这种情绪来得隆重，是以姑姑有什么指令，都积极执行。姑姑对她们也很照顾，可她们就是亲不起来，除了名义上的老板和员工之外，还隔了另外一层，芬姐说不上来，倒是米米评价得挺到位："冷清。"她说："姑姑这人，冷冷清清的，骨子里有股子寒气。"像焐着一大块冰，自己一点点往回暖，冰没暖化呢，人却霜寒四五十年。米米吃吃笑着，咬着芬姐耳朵，又说一句："她是缺男人给她……"芬姐打她一下："小孩子，别乱讲哦。"米米还抗议："就是嘛。"一转头，发现韩春丽摇着茶杯，从外面走来。

"又说我姑坏话呢，是吧？"韩春丽故意掀一下米米裙摆。

米米娇笑叫道："丽姐，你好没正经！"

韩春丽一来，小店就有了春风，米米也可以偷个懒耍个赖，她和韩春丽闹了一会儿，吐下舌头，打个眼色，腰身一扭一摆："丽姐，我到点了，你接我的班哈。"一溜烟儿跑开，她要去超市衣品店上班。

说起来，米米除了矫情一点，做事还是不错的，她早上在姑姑这里送完餐，还有一个班。她不掩饰对金钱的渴望，谈及去香港扫货或是名牌包包，双目放光。米米说起偶像剧里的粉红幻梦时眼睛似乎蒙上一层糖，米米觉得自己比那些"灰姑娘"好看多了，至少浑身上下，比她们白呀，她总这么想。米米是受过不少罪的，甚至传言被继父糟蹋过，可米米不在乎，笑起来，唇红齿白，桃花上腮。这个世界够苦的了，很多时候，很多地方，都不忍细看，该允许她葆有一点甜，哪怕是傻白甜。

韩春丽却唤回她，丢给她一管口红一瓶香水，都是叶逢秋拿给自己的。米米识货，眼睛亮了一下，拉长的睫毛蝴蝶似的扑扇着，一颗即兴的泪珠子走出来，揽着韩春丽，上嘴"吧唧"亲了一口，拖长尾音，黏腻腻地说道："姐，你最好啦！"韩春丽甩掉她，反手擦脸颊的口水，"买错色号了，你不要就扔。""要要要！"米米迭声尖叫。韩春丽就这个死样子，明明想给你个东西，还屌屌的。米米想以后我有钱了，也给员工来这一套，不过她叹了口气，丽姐这做派她估计学不了。果然，韩春丽逮着计算器一通按："这月送餐你晚点九次，送错一次，比上月表现还扯淡，扣两百七十块，下月要是还不好好干，趁早爬走。"韩春丽说着，将从她这里扣下的钱，放在芬姐那边。没事的，芬姐还会给她的。米米笑了，眯着眼，吐着舌，做出害怕的神情，接了工资，其实开心得要死，就要灰溜溜地走。

韩春丽替姑姑盘账。临末，她抬起眼皮，对米米轻飘飘说一句："搞是搞，记得戴套，小红楼的那个衰仔，前些年吸毒溜冰滥交，玩得嗨了去，我都知道。你倒是不挑，两腿叉开，什么垃圾都收。小狗日的，脑子里都是屎吗？也不想想真是什么好玩意儿，会轮到你个傻东西？"韩春丽摆摆手，"爱听不听，操心，烦死，立马消失。"

韩春丽对那个阿毛是知道些底子的。傻姑娘，玩玩可以，谁都有贪恋男人那点甜话和怀抱的时候，记住一点，可以发情，别随便动情，你和他根本不在一个道行。

米米噙着两泡泪，错动嘴唇，想辩解，不是这样的，他不像你们想的那么废物，他很好，我们很好，他对我很好，我很爱他……米米不知道她们何以对阿毛这么大偏见，就因为他最近失业在家比较颓废吗？还是他文着花臂染着头发让人害怕，或是他之前从事的职业让人不齿？

米米想不通，事实上，他们也分开过一段，但米米还是回到他的身边。他是她在这世间可以获取的为数不多的那点温暖。

不过，米米还是拽着阿毛一起去三甲医院查了HIV（艾滋病病毒），不是信不过他，谁叫狗日的生得那么好看，特别是侧颜，很有点某个当红小生痞帅的范儿。丢他老母啊，米米气得打他："谁叫你以前在酒店做安保啊？"还好，结果出来，虚惊一场。

晚上两人又愉快合体，再去思量韩春丽的话，就难免生气。米米简直越想越气。这点气积压久了，就变了味道，陷在自以为是的情爱里，鬼迷心窍。米米想，什么嘛，都嫉妒我俩吧，等着看我笑话？偏不，我俩好着呢。

都说米米是另有所图，放长线钓大鱼，米米心想，众口悠悠，随他说吧，她抱住日渐瘦削的阿毛，心里念叨："我就你一个亲人了，我们要好好的，你听话，要争口气。"

阿毛戴着耳机，翻个身，继续玩手机游戏。

## 3

这一年，何家续四十七岁，既不太老，也不太年轻，正是可以去死一死的年纪。

现在生意难做，公司开着，上下要打点，一帮子人要养活，上有老的生养死葬，下有小的昂贵抚养，还有个探头一样盯梢的黄脸婆娘，到了这个年纪，家庭和社会就像两股绳套，紧紧勒在肩胛上，上坡的驴一样，必须步步紧蹬，不敢懈怠。何家续气血渐衰。别人看他风风光光，还估算出他的资产，据称是平乐坊最富足的那几位之一，可独自闷坐时，他也常感到无奈。

过完生日，楚小云亲手为他做了一件大红内衣，避避腌臜，图个吉利。一针一线，由弹钢琴的手做出来，何家续很感动，甚至孟浪地抱了抱她："谢谢你，小云。"他谢的当然不是一件内衣，而是她肚子里的胎儿。何家续早请两家私人医院查了，确认无误，儿子，八个月了。没承想奔五了还能做父亲，还是给老何家传宗接代的男孩。

何家一直人丁不旺，父辈里就两个，伯父来福的儿子何汉章身世可疑，他爹来运就何家续这个独子，福运最后都集中到了他身上，就算他不重男轻女，父辈传统的压力还是根深蒂固的。老父亲住在滨江自建花园洋房里，每次他去，父子俩都喝茶闲聊。客厅正中的八仙桌上供奉着神龛、祖宗牌位、家谱，最夺目的是家谱，金装镂刻，厚重庄严，北方来此间发展的小文人物美价廉，收了钱，卖力地钩沉杜撰，将八辈泥腿子的何家考证得祖宗们非富即贵，个个来头非凡。来运常将家谱打开，祖宗一代代开枝散叶，到他那一页，开到何家续，底下子嗣空了，续不下去了。来运在何家续名字下用红笔画了圈，唯恐不醒目，红色涂画得浓重，一圈一圈，心事重重。

墙上中央，张挂着领导人的大幅画像，来运供奉如仪。聊到深处，来运必然对着墙感慨："改革开放好哇，谁能想到，你爹祖祖辈辈就是个贫农，插秧割稻陷在泥水里，到老了，能住上这样的房子，啥也不用干，村里年年就有分红。"乘着改革的东风，海城收获了时代的红利，本地人大都坐享其成，短短几十年，水田变厂房，平地起高楼，农业县转变为新一线都市。在这时间的洪流中，精明强干的，如何家续之流，和时代起舞、合谋，得了财富、地位，转身为权贵。可老父亲感慨完家族的阶层跃迁，也必然会感叹，住在这宽敞的洋房里，"空荡荡的，有时咳嗽一下，都有回声。"母亲去世后，何家续鼓动父亲续弦，老头不为所动；聘请保姆，老头又嫌弃"北妹"们煲的汤水"不够味"，"他们最爱吃辣，还有呢，什么菜都一锅烩。"老头大摇其头，仿佛世间只此事，不可原谅。老头闲极无聊，将花园开辟成菜园，种得赤橙黄绿，吃不完，自己挑个篮子去平乐坊巷子里摆摊。老头腿有风湿，阴天下雨走不成路，卖也卖不成时，召唤其子，让他开车给以前的旧邻居们送去。何家续孝顺，只好开着豪车登门去送老父亲在寸土寸金的江景别墅区亲手种出的菜心、番薯叶。老头说了："再有个孙儿孙女，就好喽，我给你们带嘛，还能破个闷儿。"这就很直接了。何家续哭笑不得，就算他愿意生，叶逢秋哪还能怀孕呢，她那身体本来就病娇娇的，生个女儿，都是流产了几次千辛万苦才保住的。

楚小云这下真好，正疲软的年纪，命运忽然给他重振雄风，何家续是枯木逢春的惊喜。楚小云和孩子都来得恰对时机，望望小女人恬静的侧脸和骄傲隆起的腹部，何家续感慨地想：好啊，这辈子，圆满了。孩子生出来，给老头也有交代了。再去宗族祠堂，也理直气壮了。

何家续很感欣慰。

在女人方面，何家续其实一直都拎得清。他是有过不少荒唐的逢场作戏，可他眼明心亮，短暂也好，长久也罢，都不过是一场钱色交易，完事一拍两散，雨打风吹去。到了楚小云这里，开头也是这个打算，占用她几年青春，一旦出现更合口味的，钱货两讫，各不相干。可楚小云还是让他老马失蹄，动了真情。

那次，是他们商会年末理事会，请了一些艺校的女孩做礼宾，楚小云有一个钢琴独奏。年末，岭南常有的绵绵寒雨天气，湿冷湿冷的，租的创意园会场暖气临时出了点状况，楚小云在候场区等待，一身草绿旗袍，绾着长发，卓然独立。青春凛冽，样子不疾不徐的，在寒天里，浑身散发着绿油油的生机。何家续坐在主宾位上悄悄打量，她没有这行出身的女孩那种故作的风尘打扮，一颦一笑静气端然，好像身体里存了半顷月光，脸上舒朗明艳，就显出独有的气质来。

何家续施展手段，费了点周折，将她骗入彀中。当时也不过想的是，以她青春气息的身体陪葬自己几年岁月，然后给一笔钱打发掉。可这个傻女子，真把两人的关系当爱情来经营。之前的女人，肉身之间看似热闹缤纷，内里要么冷冷清清，要么金戈铁马斗智斗勇，眼珠子一转，他都能听见女人内心拨响的小算盘，费尽心思哄着宠着，也不过为了床上那几分钟操作，肉的躁动摁响马桶般哗地冲走了，疲惫和空虚开始变本加厉地反击，两具肉体并列紧密，却鸿沟千里。

可说也奇怪，何家续一身疲倦到楚小云这里，卸掉面具，抛却地位，丢掉烦心事，这个女孩，相处起来，让他放松。这就难得了。不单是世俗的男女关系，还多了一份心意沟通的可能，有一种叶落归根的踏实感。他想想，还是因为她那份单纯，不像前面的女人，一旦落实了肉体关系，就迫不及待地兑现利益，楚小云没有，他给她就要，不给她也不索取，倒有一种水波不兴的大气。

他记得，有一回，她换上他出差买给她的牛仔裤，腰围买小了，她拽着裤子，嘻嘻笑着，上下蹦跳，试图拉上去，那份幼稚和活力，可爱之极。那一瞬间，何家续凛然一惊，这不就是二十年前的叶逢秋吗？活泼的，也沉静的。活泼是对他的依赖，沉静自是她的心性。再仔细去看，楚小云的眉眼之间，还真有点叶逢秋年轻时的风韵。何家续不禁感慨，兜兜转转绕了一圈，提枪检阅完三军，下意识的审美还不出当初的范畴，弄得他都有些认命了。

何家续总骗她"等我离了婚……"，事实上离婚的念头他只在嘴上说说，并不打算落实，这是他的一套惯用说辞，给过许多女人画饼充饥，好让她们更死心塌地。楚小云没步步紧逼，相处久了，倒是何家续过意不去，主动交底："快离了，快了，再给我点时间。"

何家续不是没考验过她的，他不信这个小县城出身的女孩心里会不装着算盘。他一直说公寓是给她租的，他实际上没那么多资产，他拍拍她的粉脸："小姑娘，很不幸，你看走眼啦。"她正在剥一个甜橙，不屑地说道："切，要傍大款我还没有人选吗？"这是实话，她这副身材脸蛋，要找个比他年轻比他有钱的可谓手到擒来。楚小云扭下一瓣橙肉，塞他嘴里，"有没有钱，没关系啦，我又不是不能挣。"语气里透着缺心眼儿似的天真，"多少家做音乐培训的要我去辅导呢，我一节课，很贵的……大不了我养你呗。"

何家续忽然心中一恸，想笑，却感动得老眼迷蒙，一把抱过她，橙子撒落一地，破碎出过于甜腻的气息。何家续心说，作孽哦作孽，这回玩砸了，给陷进去了。咬一口橙子，甘之如饴。他拿出房产证，放她跟前："我的小亲人，给我生个孩子吧。"

"想得美。"她点着他的额头，何家续以为她要说你没离婚，我才不身份不明地给你生呢。楚小云说的也确实不出他所料，"我可不想我的孩子是个上不了户口的私生子。"她说。还是单纯的傻话，上个户口，在何家续这里，毛线大的事呢。她接下来的话，仍循规蹈矩，"父亲去世得早，妈妈这几年也老了，总在我耳边念叨着催婚，你知道，没逼你的意思，但我总得给她个交代。"

"我不是在努力吗?"他打断她，率先表态，很诚恳了，"女儿快中考了，不想她受干扰，你知道她妈妈现在歇斯底里的，逼急了，什么事都能做出来，你再等等，好吗?"

"你听我说完嘛。"她说，"我看上你也不是因为你有钱，我家虽然差点儿，但从小到大也没让我受一点儿委屈，我在家以前有我爸，后边有我妈，凡事不用我操心，成天傻呵呵的。"她说，"所以才这么好骗。当初追我的时候你说自己单身，还信誓旦旦的，好不要脸。"她打他一下，"知道我什么时候愿意和你在一起的吗?"

何家续摩挲着她的小脑瓜，他想不起来，让她替他想想。

"前年，我爸去世五周年，那一段时间我一想起他生前对我那么好，就总想哭。你倒卖乖，天天带我玩，我哪有心情呢? 那天晚上你开着车，去了爸爸墓前，你献花献酒也都平常，后来你跪了下来，对爸爸说，你会照顾好我……"

彼时，不过是为谋取佳人，随口那么一说，她却当真了。楚小云粉泪盈盈的，忽又破涕为笑："我当时就觉得，你呀，虽然老了点，配不上我，人却还不错。"她抱住他的头，"很多时候，我都把你当成……"

何家续不让她说出口。"我有那么老吗？"他胳肢她腋窝，"谁让你遇见我晚了呢？"

"你还没明白我的意思，我是说，我要结婚，就在今年，不能让我妈再操心了。"

铺垫了那么多，还在这个坑里等着他呢，何家续无奈地摊开手："我也想，可是……"

"没说要跟你结呀。"

"那跟谁？"何家续绷着脸，黑沉沉的，"你什么意思？"

她弹一下他脸上绷紧的弧线："给我五十万，其他你就别管了。"

何家续心头掠过一丝失望，不是舍不得钱，说到底，还是不出窠臼。可是她憋不住那点儿心思，接下来的谋划，让他再次为自己奸商的本能度量而羞愧难当。她是打算找个同学假结婚，去县城办场婚礼，了却母亲的心愿，婚礼加上假新郎的酬金她都算好了，五十万足够，等孩子生下，随她的姓上了户口，再离掉，离婚的借口她都想好了，"他在我怀孕期间不老实，出轨了，被我逮个正着。"她嘻哈而笑，为自己的主意而兴奋，"怎么样，这回我够聪明吧？"

她哪会知道，诡谲的命运将会判定这是她短暂人生中做出的最愚蠢的决定，而当时楚小云还觉得终于大事已定，眼睛里因为放松而呈现片刻的迷离和虚空，近似呢喃地说道："你以后可要对我好哦……"

何家续真切地湿了眼角，将她抱紧，他什么也说不出了，只柔声喊她："小云，亲人，下半生，你是我的命……"

然后，楚小云瞒天过海地结了婚，老母亲很是欣慰，假新郎得了实惠，何家续还帮他找了个称心的职位。没多久，楚小云就怀了孕，一时各方都欢天喜地。

这个晚上，何家续看着她待娩的肚子，小心摩挲着，不够表达欣喜，再凑上去细听儿子的胎动。"看，他踢我呢。"楚小云惊喜地喊。这小何大约也不是安分守己的货色，在母亲肚里左右腾挪，薄得透明的肚皮上，鼓凸出一道道转瞬即逝的印痕。何家续喜不自胜，隔着一道门，逗弄着儿子。忽地想起什么，掏出一串精巧的木雕小观音，"为了兔崽子，我在积云寺捐了一笔功德，庙里用山上最好的山桃木雕刻的，镀了金漆，大和尚亲自开了光，戴上它，护佑咱儿。"

转眼，发现窗户没关紧，何家续起身走到窗前，在合上窗帘的瞬间，似乎瞥见楼下有个陌生的青年，猫着身子，徘徊在绿化带的阴影里，不住地往他们窗口这边探看。

# 4

十四岁的何千惠，青春逼人的一脚，"砰"地踢开家门。噪声惊破母亲匍匐在三炷线香下的虔诚。母亲刚要对她做出一个嘘声，猛瞥见女儿头顶着一派花红柳绿，忍不住从蒲团上起身喝问："过来，说清楚你这头发是怎么回事？"

女儿才不理会，撂下书包，拽开冰箱门，捉住冷饮，灌了一气，打个冷噤，投身沙发，抱着 iPad，滑开剧情，沉溺其中。

叶逢秋掐着虎口，在心底说服自己：别发火，灵修课的老师说所有的烦恼都是修养不够；积云寺的大和尚也说一切法无所有、毕竟空、不可得，念识极微细，要放下，不可执持……叶逢秋默诵了心法佛语，还是不行，压不住女儿那一头挑战的万紫千红，到底爆裂发声："何千惠你都快十四岁了转过年就要中考了还这么吊儿郎当的和一帮烂仔瞎混整天情呀爱的也不嫌磕碜我是上辈子作了啥孽你就作吧哪天我气死了也省得替你操碎了心……"连呼带喘，驾轻就熟，连个停顿都不留，骂完又心疼，哎呀，这几个月烧钱的中年妇女灵修课算是白费劲了，赶紧对请来的观音像双手合十念了句"阿弥陀佛"，再瞅瞅女儿，人家翻个白眼，甩甩头发，浑然不觉，继续在那儿刷偶像的现场直播。

叶逢秋事后必将懊悔，而当时唯恐气焰不盛，一把夺了电子设备，试图让女儿正视自己的愤怒，从而认识到问题的严重性。可她低估了何千惠的战斗力，女儿又从她手上夺过去，然后高高举起，摔在地上，然后仰起脸，眼角斜着。在愤怒的操纵下，叶逢秋慌不择路，抬手迎着她挑衅的脸庞，掴了一掌。那青春的明亮的脸庞溅起一道白光，其声铿锵，似金属鸣响。何千惠欺近母亲，脸仰得更高："不就会打我吗，你打你打！"她浑身散发着烈烈青春，叶逢秋浑身哆嗦，手抬起又沮丧落下，整个人打摆子似的发抖。女儿气势咄咄，"老公被别的女人勾走了，火气都撒在我身上，真有出息。怎么不打了，我还当有多大本事呢！"女儿嘴角挑起，像某种利器，钻进自己屋里，将门摔得地动山摇。临末还不忘嘟囔杀伤性的一句，"更年期，神经病！"

在喘气的浪涛里，叶逢秋几近窒息，瘫倒在沙发上，还没等缓过来，就抓起手机，像在沉没的海浪里抓住一根浮木，以绝望的姿势破碎地喊："何家续，回来管管你闺女吧……我要死了，你称心如意了……"叶逢秋咧着嘴，似哭似笑，两路眼泪脚步迟滞地走出来，颤颤巍巍地挂在暗沉的眼袋上，像是两滴凄凉的海洋。

颤抖完了，从废墟里收回一口气，叶逢秋还是挣扎着从沙发上起身，把一早采买的排骨炖上。做完，敲敲何千惠的门，然后装作出去打麻将，独剩她一人在家。她寄望于女儿被肉香俘虏，在食物面前卸掉敌对立场，哪怕理直气壮地认为她就是她吃喝拉撒的全职保姆。叶逢秋也只能讨好女儿，万一离婚了，她是她唯一能拉拢的力量。

出了门，其实心头茫茫，不知去哪里。那些老闺密，大都还陷在为生活要全力以赴的泥淖里，早没了共同话题；而结交的那些麻将搭子，如果她坦白所处的困境，她们明面上敷衍安慰几句，暗地里浑不在意，还要看她的好戏。大幕凋零，也只有她一度看不上的韩春丽还愿做她的听众。

韩春丽长于市井，父母都是平乐坊的小商贩，卖生鲜禽肉，一大家人带有一种菜市场属性，是腌臢的、粗鄙的、块儿八角的，也是热烈的、喧闹的、生机勃勃的。很长时间里，叶逢秋一见她就感到一股子黏腻不洁的气息。那时候，叶逢秋多骄傲啊，父母都是街道办工作人员，海城第一批公务员小区建成后，她家就搬出了平乐坊。有着高素质的父母和富足的物质条件，叶逢秋出落得娇娇俏俏，走起路来挺拔轻捷，每一步都踩在上帝为她铺就的小云头上似的，好像命运之绳特意提着她的小肩膀，必会将她拔离于庸众。叶逢秋常皱着眉头，对凑过来咧嘴露笑的韩春丽说道："丽儿，你的头发也该洗洗啦。"她的头发黄巴巴、油腻腻，透着排水沟的气味。韩春丽便讪讪一笑："我买了方家的荔枝烧鹅，你要吃吗？"方家烧鹅焦黄卤香，色泽明艳，闻名遐迩。可看她黑乎乎的手，叶逢秋倒了胃口。"又偷你爹的钱了？""那能算偷？我帮着卸货运货，累得要死，拿点小钱，该我的嘛。"韩春丽说得粗俗坦然，自小流露出按劳取酬的天性。

可就是这么一位粗鱼笨肉的主儿，从掌管一个夜市摊到现在经营一家酒店一家餐馆，日子过得热气腾腾；更可气的是，到了中年，韩春丽二次发育一般，原先的缺陷都熬成了优点，比如，枯黄的头发后来发量多了，油润润的，打了波浪卷儿，天然的金黄，高级漂亮；肥嘟嘟的大脸盘子，瘦了一圈后呈现出珠圆玉润的福相；圆滚滚的身形和大而无当的胸脯也水落石出，有了自然性感的起伏。平日里，韩春丽坐在吧台后面，修着指甲，金黄的头发映衬着白皙的脖颈，眼神半是热辣半是宁静，举手投足自带三分慵懒，但慵懒里透着生命的活力。这个肉案上长大的女人，被岁月打磨过，在时光里，粗石琢出璞玉，反倒更有风韵了。

反观叶逢秋呢，本是为修建一幢精致大厦的工程，青春期一过，失去了时光的偏宠，大厦没修成呢，就仓皇停工了，徒剩下工地上一片狼藉，顾影自怜的工夫也没给，就得马不停蹄地跟老何到处抛头露面的生殖器做斗争。真他妈累。心累。

叶逢秋奔到餐馆，奉上顺手带给韩春丽的迪奥香水，劈面就说："丽儿，我要跟狗日的何家续离婚！"

叶逢秋说得火气冲冲，韩春丽把玩着水滴型香水瓶，懒得做她的和声。她每次来吐槽，都带些高级香水面膜之类的，以此彰显自己那点可怜的物质优越性，她不知道，韩春丽几乎不怎么用，她自有肉香坐镇，不需化学品增香。韩春丽脸上淡淡的，抽一支烟："说一百遍啦，听得起茧，离婚离婚，你倒是离一个给姐妹儿看看。"一句话将叶逢秋噎得原地打转。"离了他，就你那个消费水平，你吃风屙烟，坐个公交车披个睡衣挎个篮子去平乐坊买地摊货，你能行？"

"可他到处发情，最近又勾搭上一个艺校的狐狸精，我没问一句呢，就冲我发火，要死要活的，你说，我还能过吗？"

没强大到脱离了他活出一片天地，不过是祥林嫂式的啰唆，抱怨完了，还不是夹着尾巴和姓何的过，我帮你一个鼻孔出气有个屁用呢？

"你也找啊，谁拦着你吗？"

"你……算我没给你说。"叶逢秋气呼呼的，要走。韩春丽也不搭理，抽她的烟，发语音给预订包房的熟客插科打诨，她知道叶逢秋不会走的，无非再气一层。韩春丽连嗔带骂将生意安顿，转过身，摁灭烟蒂。"真要离也没啥，再不济我这儿也有你一口饭吃，关键是，叶美人啊，你可能放下身段？"韩春丽调侃，"不想被生活强奸，就得被婚姻强奸，你总得选一个吧。"

叶逢秋放不下，得到的都想攥住，她也做不来韩春丽这样长袖善舞的圆转做派。叶逢秋心理不平衡，觉得何家续的成功里都有她背后的付出，好比一道宴席，她又是刷盘子洗碗又是切菜煎炒，席面开了，却一脚将她踹了出去，只何家续在那里把酒临风欢歌笑语。怎么可以这样，他凭什么？她控诉的表情天真而破碎。

"按你那比喻，也对，可你见过几个厨子上桌的？"韩春丽说，"还凭什么？多幼稚，男人得了点势，有几个能管住脐下三寸？"

"我做得还不够好吗？"叶逢秋被饯得满脸通红，急于表功，"当初他的事业，得了我父母多少支持，没有他们铺路，他能有今天的成就吗？"

韩春丽眼珠翻转："可是，你父母早退休了。"

"当我爸妈是用过的抹布吗？"

韩春丽不忍点破，事实就是这样的。他和你结婚，到现在，你已经完成被利用的过程，却还不自知。人生往里细看，真是意兴阑珊。

"他这些年拈花惹草，我还不是一边气得心口痛一边睁只眼闭只眼？"

"乖，别说得那么委屈，说白了，那是你管不住。"一个养尊处优的家庭主妇，手里能握紧的只有一张双联的信用卡，她消费的每一个风吹草动他都知悉，拿什么管住他呢？

"不饯我你会死，你是哪边的？"叶逢秋上手撕她嘴。

看叶逢秋要急，暗沉的眼睛红通通的。"不跟你闹啦，多大个事啊，你也就三十九岁，别一天到晚哭哭啼啼的，照我说，把你当年那股傲娇的劲儿拿出来，收拾得干净漂亮的，闻起来香喷儿的，摸起来溜滑儿的，扭着屁股往大街上走一圈，还不得有那小流氓冲你吹口哨，你就告诉他，我他妈是你祖奶奶！你要有这个心气儿，看那姓何的还敢在外面胡来？何必寻死觅活自贬身价求他的怜爱呢！"

叶逢秋一怔，和所有鸡汤一样，乍见之下有所触动，想一想却行不通。她心说，你说得轻松，这会儿是站着说话不腰疼，你当初离婚时不也哭天抹泪的。再说，离婚后，海歌侄儿成什么样了，原来多聪明乖巧的一个孩子，到现在还关在少管所，谁不觉得可惜呢。可她不能说。叶逢秋总觉得韩春丽并没有别人想的那么强大、快乐，或者说，她不愿意提及过往那段伤疤，没了依靠，只好逼着自己强大，至少是显得强大。可叶逢秋就不信，夜深人静时，对于离婚时判给前夫的儿子，她没有悔恨？她的大大咧咧，有几分是真？还是逆水行舟，怕落人耻笑，只好咬牙强笑，风雨独撑？

叶逢秋叹一口气，就是为了千惠，我也不能轻易离了。她说："我可没你这么提了裤子就翻篇的潇洒劲头。"

"啥意思？看不上姐妹儿破鞋作风呗，你要眼馋也给你介绍几个，活儿好着呢，给你八折。"

"还要脸吗？"

"这世间要脸你就得夹着，伏低做小，扮你那套贤妻良母的角色，怪不得别人。"

"我就是气不过啊。"叶逢秋说，"我付出这么多，老的不正经，现在小的也翅膀根硬了。"

"我干女儿又怎么啦?"

"千惠那小狗日的没个狗年纪大呢，就会天天针尖对麦芒地跟我顶嘴了。真没法活了。"

"青春期嘛，不都这样，下次带她来干妈这儿，我说说她。我说的话这孩子还是听的。"韩春丽揽着叶逢秋肩膀。

韩春丽忽而想到一事，那天酒店楼梯上瞥见何千惠和一个流里流气的男孩在街上溜达。叶逢秋的糟心事够多的了，韩春丽就没把这事说出来，事后想，要是提早告诉她，有个预防，也许就没有后边的祸事了。而当时韩春丽只没心没肺地刻薄道："老美人儿，你先把自己活好了，快乐的，精神的，给她打个榜样。"她揽住瘦成平板的叶逢秋，"吧嗒"在她脸上口水肥沃地亲一口，"别想那么多啦，来吧，陪我睡一觉，放心，全世界都抛弃你了，姐还收你。"

韩春丽的话让叶逢秋感到慰藉又抽冷气，什么时候都轮到她来收留我了，世界颠倒了个儿。唉，她叹口气，不知何时从一个心怀虹彩的少女全面溃败成这副样子，叶逢秋想来想去，都只能归结到何家续身上，这狗日的，曾给过她好日子，又亲手把她葬送到这步田地。从韩春丽那里出来，抹去腮帮子上韩春丽留下的水迹，反手闻了闻，笑道："真臭。"在超市溜达了一圈，叶逢秋给女儿买了营养液，然后，只好去美容院维修自己那张各样化妆品兵家必争寸土寸金的黄脸。

# 5

心情不好时，各有宣泄的渠道，有的靠吃，有的靠购物，有的靠旅游，有的靠哭，米米排解的方式和别人都不一样。米米想，要是有吃好的买好的去国内外旅游的资本，她才不会心情不好呢。她心情不好的原因就是没这个闲钱，至于哭，米米已经哭得够多了，有点恶心了。

那米米靠什么呢？

岭南多雨，春有回南天，夏有台风暴雨，秋冬还有一段寒雨连天，不知道别人家什么样，米米从小住的低矮楼梯房总是湿答答的。他们家在墙上凿了洞，几根竹竿横在梁上，铺了木板，做了个隔层，用以放置换季的衣服、被褥，防潮隔湿。隔板上有几个废弃的皮箱，这箱子，是米米的乐园。

米米踩着梯子，爬上隔层，钻进箱子里，掩上门帘，可以暂且把提心吊胆关在外边，父母的争吵，生活的残暴，无端的叱责，都暂时与她无关。米米蜷缩在箱子里，像一只猫，悄悄咀嚼着暗下去的光线，在狭窄的空间中获得无边无际的自由感，是那种什么都不用再管，惊弓之鸟回到树林里的安全、自在。

还有一种额外的略带罪恶的快感，米米在上面、在暗处拥有了上帝视角，来审视这个家。父母陷在贫困和悲哀的生活中，不断争吵，干起架来蓬荜震动，双方将"离婚"二字见天挂在嘴上，破罐子似的摔向对方，噼里啪啦，摔了一千次碎了一万遍，两个人仍然在脏话和诅咒中骂骂咧咧地过下去。如两只怨毒的没出息的老鼠，在外面仓皇地夹着尾巴，回到洞里则互相撕咬，却又彼此挣脱不掉。

许多次激烈争吵过后，继父会压制住母亲，母亲刚开始还踢咬抓挠，詈骂尖叫，然后，声势渐渐弱下去，另一种声音开始水涨船高，终至高亢的号叫，委屈的、抗议的、宣泄的、受用的，却又不只是这些。米米年纪还小，尚不能理解是怎么回事，可脸红心跳，涌起本能的羞耻，捂住耳朵，心跳全卡在嗓子眼儿里……

心情不好时，米米就藏起来，柜子里、门后、转角处，和这个世界躲猫猫。于逼仄的空间里，忘掉烦恼，同时窥探着世界，以为能握住生活的把柄，也给它一个类似于"我早看透你了"的嘲笑。

可还没轮到她笑话生活呢，生活先给她一记响亮的耳光。

米米和阿毛相好，大家都知道，是街坊茶余饭后的作料。别人都说，米米真傻啊，像个赌徒，输得越多越不肯下桌，投入的时间和情感，不甘心，赌注越下越大，直到觉得已经彻底爱上他。

　　她相信那是爱，意乱情迷时，他们拥吻缱绻，一夜一夜，尽情诠释着年轻，斜风轻度浓香，闲情正与春长，舌根胀疼，尾椎骨放烟花。阿毛揉搓着她，从上到下，说她哪儿都白："牙齿白，脖子白，乳房白，肚子白，屁股白，这里，这里，"说到一个地方他亲一下，但是等盘桓到腹股，他拨拉一下她下身的蝴蝶瓣，照她屁股拍了拍，没亲下去，说一句，"好可爱。"米米的身体是绷紧的弦，到这里，啪，断线了，她绷不住了，溅出一串泪珠。他是无心的，也不能说是嫌弃，可米米就是难过，她不能说，永远也不会说。其实她咨询过妇科医生，那地方的颜色和性生活早晚或次数多寡没关系的，不过是随着年龄的增长色素沉积罢了，可米米心里过不了那个坎儿，总觉得跟她小时候那个夜晚有关。

　　所有人都说阿毛渣，不成器，可米米不能大而化之地一句话全盘否定，他们彼此在对方身上消磨那么多时光，又不是垃圾桶，装满了可以随手一扔，有个人储存了你那么多的悲喜，这悲喜还是两人一同经历的。外人说怎么还不分呢，留着等过年吗？米米真想骂一句，分你妹哦，我难过的时候怎么没见你来劝慰一句，是他啊，你们眼里那个渣得不像样子的小混混，一点一点哄我开心，是他给了我一些快乐，虽然这快乐是有毒的，可那也是快乐，是夜里的光，是我最好的梦。我爱他。米米笑了，是的，我爱他，要不能怎么办呢？

米米永远记得，在她最绝望的那段时间，整个人被仇恨和悲伤灌满，眼皮浮肿，头发蓬乱。阿毛捧住她的脸："小脑袋瓜，在想什么呢？"她的眼泪扑簌簌滑落，她说："哥，我真想死一回。"阿毛捂住她的嘴："别瞎说，活着多好呢。""有啥好的，一点都不好。"阿毛勾着头想了想，"也是，有时确实挺没劲。"他情绪丧了一下，可很快又笑嘻嘻的，"也不是没有一点好的，至少在这一刻，这世界上，我们两个在一起。可能还有其他男女也黏成一对儿，但他们全部加起来，也没可能像我们这么好。"

阿毛就这点，嘴巴甜，惯性一般，哄起人来不要命。阿毛信奉一个准则，好话坏话都是两瓣嘴唇一张一翕，为何不说好听的呢？世人都贱，耳朵根子软，好这一口，得，那就拣好听的说就是了。这是他的职业积习。可米米打小哪经过这个，一番话说得米米心里一恸，要哭要哭的，揽住阿毛的腰，温存了一会儿。

临末，米米抚摩着他根根峭立的肋骨，才说："嗯，哥，我们要好好的……"米米嗫嚅了几次，又说，"你也要好好的，别再……"

话没说完，阿毛的脸色陡然而变："你想说啥呢，你看到什么了？"阿毛严厉起来，面目歪斜，最可怕的是，阿毛发火时，咬着后槽牙，多大仇恨似的。阿毛情绪化，好的时候头都能割给你，不是东西的时候做得出拳打脚踢，当然打的是墙，

踢的是门，他还不敢对米米暴力。当下，阿毛攥住米米的手
腕，还在质问："你看到了什么？"

米米挣脱不掉，疼得双目鼓凸，泪眼模糊，下意识地朝厕
所指了指。阿毛突然松了手，平静地说："你都知道了？"米米
甩着瘀青的手臂，点头不是，不点头也不是，"哇"地一下哭
了。她心说，坏了，这是真爱上这个狗日的了，所图的东西一
毛还没到手呢，先把自己搭进去了。米米哭得声势浩大，抬起
眼睛，水汪汪地看着阿毛，哭诉道："你为什么要那样作践自
己呢？我不要你这样！"

"你以为你系咩（粤语：是什么）新鲜萝卜皮，算个什么
东西！真当自己是棵葱啊，也来管我？"阿毛踹她一下，"你和
我好，不就是图这栋房子将来拆迁了，能分你点儿吗？"阿毛
露出意味深长的笑。

一句话噎得米米目瞪口呆。"都是各怀鬼胎，下了床，就
别拿情呀爱呀的表演当真了。"阿毛提上裤衩，趿拉着凉鞋，
甩门而去。

直到入夜，米米才梦游似的晃荡到芬姐的糖水摊前，到了
也不说话，人木木的，眼神愣愣的。芬姐问她怎么了，她还下
意识地笑了一下。那个笑，嘴巴迅速张开闭合，像两扇门机械
地开合，配合着空洞的眼睛，唬住了芬姐。摸她的前额，顺她
的后背，都没异常，奇了怪了。可米米身子直往下出溜，芬姐
好容易将她扶在椅子上坐下，米米身子仍软塌塌的。芬姐摇晃

她，米米却像喝醉了，摇不醒。芬姐无计可施，盛一碗绿豆沙给她。米米不知道吃，汤匙递到她手里，她就一下一下舀着汤汁，吃得一脸淋淋漓漓的。

终于吃完了，芬姐要收碗，米米拽着，似乎性命相关，或者她只是感到冷，手里想有个什么可以抓住，聊以取暖。芬姐不和她争，一松一夺间，碗掉在地上，摔出播响鼓点般的脆响，其实声音并不大。米米却像是踩着地雷了，吓得一屁股跌在地上，嘴里噎住的哭和糖水一起冲决而出，她抽搐着，说："姐，我看见了，全都看见了……"

# 6

周致远曾对何千惠说过，刻舟求剑这个词真有意思，谁的人生，不是泛若不系之舟？涉江随流，舟行于水，宝剑也罢珍视的某人某物某段时光也罢，都有可能不小心丢了，水流个不停，可那道刻痕看起来还在原地，于是痴傻执念的人，照着刻痕跳到水里，还想把丢的再找回……我们哈哈笑话寓言里那人真蠢，可轮到自己，却一次次执迷不悟。

何千惠后来所做的事都如刻舟求剑。

越过时间的水面，她努力打捞那些温暖的片段。父亲那时在外应酬，一天下来，累得脸色泛黄，可到了家，看到守候在门口拿着拖鞋迎来的她，父亲笑了，眼睛明亮，将她抱在怀里，亲她额头，揉她头发，举着她转圈儿，她揪着父亲黑黑的剑眉，赖在他肩头撒娇。母亲系着围裙，在煲汤。母亲煲得一手好汤，灶上的砂锅散发着香气。看着父女俩，母亲眼睛里水汪汪的，漾着温柔，都是温暖和爱意。父亲抱着她，回过身，和妻子的视线对上，两双眼睛融成一片，狭小的屋子里溢满了温馨和眷恋。

父亲放下她，会对着端上来的靓汤深嗅一下，说声："好香!"口气不乏夸张。岭南的女子表达爱意，矜持而绵长，她常会对心仪的男子说"我煲汤给你喝"，含情脉脉，家常烟火。只这一瓯靓汤，便足以抚慰商海闯荡的父亲对家的盼望。

那时候，父亲多帅气啊，高高大大的，身板笔挺，将整个家顶天立地托起来……何千惠以为会一直这样下去。

可人在船上，水把船拖走了，她的笑声还没落地呢，父母不知什么时候就冷脸相向了。他们换了新房，房子很大，大得有些空旷，她不用和父母挤在一张铁床上了，有了带卫生间浴池的独立卧室。父亲也不用她帮他拿拖鞋了，父母先是压低声音争执，当着她的面，临时拼凑个笑脸，展示幸福的假象。渐渐地，冷战升级后，伪装也顾不上了，几句话不对付，他们就能吵起来，最激烈的那次，他们提到了离婚，好像离婚这个词是一件具有杀伤性的瓷器，谁率先举起摔到地上，就能吓住对方。母亲开始娴熟地哭泣，父亲坐在沙发上抽烟，她轻轻合上门，躲在卧室里，摊开本子，涂抹漫画。空气里却绷着弦，心跳得紧锣密鼓。

何千惠梦见一家三口在吃晚饭，是母亲最拿手的广式靓汤，正吃着呢，话说岔了，父亲忽然就把桌子掀了，母亲一身汁水淋漓，张皇失措的样子，像雨天找不到屋檐的猫。一个激灵，她惊醒了，却迎面一个笑脸。是周致远。才想起刚才的美术课她睡着了，现在已是课间，下一节是体育课，同学们都去操场了。周致远在讲台上收拾课件，冲着猛然起身的她，轻轻笑了一下。

周致远很少笑的，他三十岁多点，平日却总似老人怕冷的样子，略勾着身子，带着轻微的疲倦，嘴角挑上去一点，似乎看透这浊世的钻营手段，而自己不屑于或是不能够厕身其间，只有报以旁观者的冷淡，整个人呈现出一种落魄的、要破罐子破摔又不够决然的拘谨感。

何千惠不怎么喜欢他，事实上对所有的老师，她都不喜欢。这些老师以任教课程在中考所占分值大小，比例分明地得了叶逢秋的好处，将何千惠安排在教室前排，对她的讨好都带着金钱的味道。她心知那些老师明面上对她特殊照顾，私下里无不对其摇头不齿：每科就那点儿分数，一天天还我行我素的，不是迟到就是早退，还和社会上的小混混勾勾搭搭，不就仗着家里有两个臭钱嘛，真好意思！何千惠不在乎，她其实底子不错的，就是不想按父母写好的剧本演出规定的套路，你们鸡飞狗跳的婚姻，不配享有优秀的女儿。何千惠成心给他们添堵。

美术这科不考，不过是这般贵族学校为了所谓的素质教育装点门面，叶逢秋也就没打点。那现在，他对她笑个什么呢？

何千惠揉揉眼，发现他盯着桌上的漫画本，她刚要合上，周致远说："我能看看吗？"她迟疑着，还是递给他了。他那温和沙哑的声音让她一时忘了拒绝。

"画得不错。"他说，"有灵气。"他平静的语气，让她相信赞誉可能是真的。她想，他又没得母亲的礼品，没有义务讨好她。画面上，是一座浮在空中的房子，一位父亲举着女儿，母亲在旁边看着，彩虹漫天盛开。可翻到第二页，是一汪水面，涂着暗淡的油彩，男人背对着河，女人在河的另一头坐着，河流就是从她眼角发源的。

"怎么没有彩虹了？"

"落在水里，淹死了。"她吹吹头发，不经意地说。

他望着她，拿出画笔，唰唰几下，将水彩从河里捞起，又挂在天上。"你还小，要快乐些，多笑笑，彩虹自然就出来了。"说完，他走出教室。何千惠看着他的背影，心说：操，你谁啊，快不快乐关你屁事？可她坐在座位上，没多久，眼睛下了一串急雨，她反手照额头捣了一拳，矫情个屁嘞。

她才不承认被一个落魄老师的一句话给弄得心软呢。

再逢他的课，何千惠仍然趴在那儿，睡眼蒙眬的样子，可心里支着耳朵，在听呢。但她不能让人发现，要不同学会说，哟，何大公主都在认真听了！——那多滑稽，不符合她一贯的风格。可这样欲迎还拒的听课方式反而更累。大家的意识里美术课不过是放松的驿站，在策马奔驰的中间，歇歇脚，遛遛马，撒撒欢，男女生之间传传纸条，前后桌吃吃零食，左右说说笑笑，一时格外热闹。反正脾气好到窝囊的周老师也不管。他也知道自己不受待见，你们玩你们的，他讲他的，各行其是。何千惠要在嗡嗡作响的教室里接收周致远沙哑低沉的声音，两只耳朵天线似的支棱了半节课，就撑不住了。心里烦躁，何千金才不忍呢，抄起砖头厚的字典，在桌面砸了几下，砰砰砰，天外惊雷，震得三界颤动，满室噤声。周致远也被惊住，话都停了，嘴还在蠕动，像拔了电源惯性空转的扇叶。

何千惠大吼一声："他妈的，吵死了你们，还让不让人睡觉！"擂完惊鼓，抛掉字典，她继续趴桌上了。周致远在这罕见的大静寂中继续讲他的课。到了下课，周致远对大梦初醒似的何千惠眨眨眼，心照不宣的样子。她想：我去，这一本正经的老男人竟也有调皮的一面。

何千惠怔了半拍，嘴唇也不由自主地小幅度咧开，但听周致远说一句："谢谢你，千惠。"飘然去远。留下她在空空荡荡的教室里蒙圈。

接下来好像怀着一份默契，她睡她的，他讲他的，下课了相视一笑，也不说什么，有一种你知我知的感觉。何千惠本是御姐范儿，身上有股男孩子的霸气，谁惹了她，大眼珠子唰地瞪回去，向来是直来直去的，可现在，再看向讲台的眼神都平添了一份曲折。

这不是个好苗头。何千惠回过神，拍自己一巴掌，何姑娘，你中邪了咩，怎么会这样？可她有点期待下课临末那一笑了。他眉毛淡淡的，笑得也温和，像是眼里含着两枚细小的落日，暖暖的，融融的，不带侵略性，是一种父性的笑容。

父亲的笑是一条宽阔温情的河，具有承载的、欣赏的、托举的功能，她是那小船，在河面上游弋。这笑容她太熟悉了，她拥有过，又失去了。何千惠心里感到一种空旷。

起风了，有点冷。

她开始认真对待他在课堂上留下的作业，每画一幅都柔肠百结，撕了再画，画了再撕，她画风，画月亮，画夜空里的少女，画她的心思，怕他不懂，又怕他真懂。他的批语还是那样言简意赅，却偶尔在鼓励之外，抄一句诗词附在下面：醉后不知天在水，满船清梦压星河……何时杖尔看南雪，我与梅花两白头……欲将心事付瑶筝，知音少，弦断有谁听……世间无限丹青手，一片伤心画不成……没头没脑的，都是和她的画作看似无关，细思量却又契合的句子。

何千惠惆怅了。

她从没有过这种心情，像水里的月光，明明在眼前，又觉得很远……有些东西千回百转，拉大了她心里的空间，这空间压弯了她英气的眉梢，消融了她性格里硬邦邦的棱角。母亲自作主张，帮她认韩春丽做干妈，似乎她还真染上了干妈风火明烈的性格。何千惠气急了，就打自己一拳，骂一句，我去，这算什么事！就这么被情绪拉扯着，何千惠竟然消瘦了，下巴尖尖的，脸形流利，有了好看的轮廓。那一阵，叶逢秋都觉得女儿变了，情绪起伏难测，脸上时阴时晴，人多了一些沉默，最重要的是，爱照镜子了。

那个周末，何千惠徘徊着，脚步带着她，鬼使神差地，走近他的宿舍。

她敲门，他就开了，像在等着似的。

灿烂的晚霞从窗口铺过来，两人像是沐浴在金色的河水里，彼此的睫毛如寂寥的水草，在霞光里，承受不住某种重似的，微微颤动……在他落日般温暖的笼罩下，她能感到脸颊升温的过程，滚烫，且痒，有种致幻的效果，想就此沉溺。她的眼睛不管不顾，热烈汹涌，伸出胳膊，像两束光，两人的目光迟疑着，躲闪着，却还是连通上了……

也就是在连上的那一瞬，周致远率先浮出水面，打个冷子，站起来，推开她，仓促搬出一摞漫画书，堆在两人之间："你要多画啊，你很有天分的。"

何千惠的胳膊没有得到预期的呼应，还保持着寻找的姿势，在那儿执拗地僵直着。她回过神，才发现自己显得多么一厢情愿和愚蠢，一把推开那摞书，一跺脚，扭头跑了。

出了学校，她的眼泪才落了下来。

其实什么也没发生，却好像所有的都结束了。因为某种期待的猝然落空，她心里奔腾着千军万马的愤怒。他给过她温柔，又胆小而狠心地取走。

她发信息给他："我恨你！"

久久，他才怯懦地回一句："对不起。"

放了学，何千惠不想回家，在路上游荡。顺着人声，来到城市最密集的城中村区域。一到夜晚，平乐坊前面的广场就热闹起来。成片的啤酒烧烤大排档，露天的迪吧、昏暗的灯光、粗暴直接的音乐、简陋的舞池，舞池里挤满了人，他们眼神迷离，舞姿生硬激烈，在刺激的音乐里发泄着廉价的快感。灯光、音响、欢笑、烧烤，散发着肆意的气息。

何千惠站在舞池边缘，就看见了阿毛，数他跳得最嗨，是那种不要命的疯狂摇摆，带着恶狠狠的劲头。他刚和米米吵了架，正需要发泄发泄。

何千惠对这些小混混是不待见的，他们太粗野，和她不在一个世界。可这次，一曲终了，在换音乐的间隙，阿毛一回头也发现了她。他喝了酒，闲极无聊。如同命定，他走过来，上前一步，以夸张而蹩脚的绅士风度向她伸出手："来，靓女，给哥个面子，浪一会儿呗。"阿毛神情明媚，鼻梁挺拔，浓墨重彩的花臂，抬手捋一下红黄掺杂的头发，说话的时候眉梢一挑一挑的，看着很坏，但不讨人厌。灯光闪烁，打在他侧脸上，制造出一种朦胧的效果。周围有几个阿毛的朋友在叫好、打呼哨，很野，这氛围衬得何千惠有些骄傲、有些虚飘，不由自主手就伸给他了。

何千惠把和阿毛贴面跳舞的照片发给周致远："你就是个可怜虫，只配躲在鼠洞里腐烂。"

阿毛大咧咧的，风趣幽默，笑得像一个炽烈又霸道的括号，眼神大包大揽却并不粗暴，裹挟着她，逢迎着她，扭动身子，带动她起舞。她跟着他的节拍，带着叛逆的快感，忘掉所有的烦恼。在音乐中，故事猝不及防地铺展开去。

# 7

每到月末，韩春丽会坐一趟城际公交车，到山脚下车，再步行二十分钟，去看海歌。

韩春丽提前预约，坐漫长的公交车，递上证件核查，进门，到会客间，坐下。管教人员回来，对她摇摇头。海歌每次都接受探视，临了，却不露面。她默默地为他充上钱，将带给他的衣物交给管教，再走回公交车站。

刚出来，手机就响，是晚上订餐的，相熟的顾客，高门亮嗓，让她留个好点儿的包房。韩春丽语气惯性地高扬，订餐的男人言语上占着她便宜，韩春丽也热络地笑骂回去。又闲扯了几句，才挂了。合上手机，韩春丽回头望，"未成年犯管教所"的牌子黑白分明，刚才孟浪的笑谑还未散去，她真想扇自己。

可她有什么办法呢？

到了下个月，她仍旧坐公交车去，海歌不见她，韩春丽就在管教所附近坐一会儿。

韩春丽总会想起海歌三四岁时的样子。那时，他们一家还普通地幸福着。她和前夫经营着餐馆，爷爷奶奶替他们带着孩子，虽然辛苦，可一家人在一起，餐馆的生意蒸蒸日上，孩子一天天健康成长，韩春丽觉得生活有奔头。她年轻，人被触手可及的希望撑着，那份干劲和旺盛的精力，像一盏电力丰沛的灯，盯着后厨、买菜、开发菜品、和各方联络、招徕客人、维护关系，人未见先闻笑声，整个餐馆被她打理得一派喜兴。有空时，韩春丽带着儿子去周边游玩，海歌最爱和她一起坐公交车。一坐公交车，海歌就知道妈妈要带他去玩耍了，摇摇晃晃地，拉着韩春丽的手，去平乐坊小吃街，去动物园，去摘草莓，去采荔枝……海歌蹦蹦跳跳，别提多开心了。

她后来也无数次反思，到底是哪个环节出问题了呢？她做错在什么地方呢？韩春丽想了又想，除了愤怒，实在想不通：难道她对事业的拼命，有时难以兼顾家庭，也是错？

那些年，本地人谁不乘着改革开放的春风混得表里优渥？

纵然平乐坊面积大，政府一直规划，却没动迁，但混个丰衣足食总不难吧。前夫倒好，搭乘着彼时此地发达的娱乐业，吃喝嫖赌修炼得样样精通，钱没混到，沾染了一身坏毛病。一个男人，轻薄无行，没责任心，将原本幸福的家庭亲手葬送，还觉得不就玩玩嘛，怎么啦，值当小题大做？

正当她全副心思扑在餐馆的经营上之时，前夫暗度陈仓，和一个女孩勾搭上了。韩春丽知道他图她什么：年轻的身体、空白的阅历、对他的依赖、笃定的掌控，这些都是跟韩春丽相反的。这个男人，说起来也可怜，自己不上进，驾驭不了强势的妻子，只能从另一个低阶的小女孩那里寻找优越感。

韩春丽眼里容不下沙子，坚决要求离婚。离婚正中前夫下怀，可海歌的爷爷奶奶不同意，如果真离的话，前提是韩春丽留下海歌，净身出户。她正要打理餐馆，没有精力照顾海歌，而且海歌自小就由爷爷奶奶带着的，前夫既然不争气，她再不努力挣钱，就是将海歌争夺到身边，也给不了他好的生活。韩春丽想，等生意稳定了，爷爷奶奶也老了，海歌自然还得到她这里。

这是她此生最悔恨的决定。她没想到自己陷入日常经营里，会一直这么忙，也没想到海歌会长大得这么快，该陪伴的那几年没有陪伴，爱和信任再难建立起来，拿钱拿物质来补救，都于事无补。还有，海歌的奶奶，添油加醋，将韩春丽贬得一文不值，说她"心狠""眼里只有钱""不正经""不能容人""你爸也就一时糊涂，哪就至于离婚"，他们以言语以态度以偏见日积月累地挖掘战壕，鼓动海歌向被孤立的敌军开炮。

韩春丽再也赢不了了。

她常假设，如果她当时真下定决心鱼死网破，大不了餐馆不做了，就要海歌，是不是他就会有另外的人生呢？

海歌儿时，眉眼俊俏，出去玩时，牵着她的衣角，软软的，甜甜的，无限依赖地喊她："妈妈，妈妈。"想一想，韩春丽的心就能碎掉……这么好的儿子，跟着爷爷奶奶，自是溺爱中疏于管教，耽误了，毁了。现在，韩春丽坐慢车，步行，一步一步接近儿子。刻意延宕这段距离，让自己从热闹中抽身出来，品味自己酿成的苦果，受刑一样，她愿意在车上被痛悔的小刀子，慢慢地割她的心。这样，她才觉得好受一点。

这一次，再约好探视，韩春丽照例准备海歌不见她。她坐在探视厅，能听见别的家长和子女激动的交谈，她想，哪怕海歌骂她一顿也好呢。韩春丽叹口气，管教的脚步近了，她打算起身，歉疚地向管教道谢，然后走开。她刚站起来，才见管教身后带着一个人来。

是她的海歌。

韩春丽一下子愣住了。她半弯着腰，捂住嘴，泪珠子往下掉，她要扑过去拥抱，海歌侧过身，分明是一个拒绝的姿势。韩春丽生生定住了，差点被自己绊倒，她哭够了，就会一直说："海歌，对不起……妈妈对不起你……"

海歌错错嘴唇，低垂着眼睛，从眼仁下部觑视，是带点戒备的眼神，他挥了下手，样子很有些冷酷。

韩春丽就不敢再哭。

"他们说我什么，知道吗？"海歌眯着眼，是制服他们的胜利者那种目空一切却又虚无的笑，"他们说我有人生没人养。"他吹一下早已不存在的额发，盯着她，"他们说的对。"

这是他打来的第一波子弹。韩春丽拼命点头。

"知道我为什么要砍他吗？"

韩春丽盯住儿子，阳光打在他年轻的脸上，晕染出一层青春独有的明亮的金黄。他的唇边茸茸的，已有第一批胡茬驻扎。

海歌说："他们说，你妈开个饭店，骚得很哪，男人不是去吃饭，是去吃她豆腐。"他说，"他们说这些，我最多也就是打得他们吐血，还有一句，我就决定，得砍他。"他笑了，很苦涩，"他们说，你妈妈……就是个公交车……"海歌的嘴唇在抖，他扭过头，将眼泪压回去，吸了下鼻子，问她，"你说，我做得对吗？"

韩春丽捂住脸，眼泪从指头缝里往外淌，落在地板上，她挪开手，就如大坝开闸一样，从胸腔里泄出原始的悲伤。那种号啕，似是骨头内脏都打成了血浆，张开嘴，往外奔涌……离婚时她没这样哭过，支撑饭店时她没这样哭过，被人欺压时她没这样哭过，在儿子跟前，韩春丽终于哭出来了……她瘫跪在地上，头发散落，仰天哭号："儿子，都是妈妈不好，妈妈错了，对不起啊……"

海歌起身，走了。仿佛母亲的悲伤是流淌的岩浆，他怕被烫住。可走了一段，海歌又回头看了眼她，唇形无声，却又分明地，轻喊了一声："妈……"因为多年疏于温习，这声"妈"喊得艰难、陌生、磕磕绊绊，又有点像幼童本能地发声，略一迟疑，就非常确定。

如此珍重，喊得韩春丽眼泪哗哗掉，又不敢使劲哭，怕儿子嫌弃，她只顾跌跌撞撞地往前扑着，不停地答应："哎，哎，儿啊，哎，妈妈就在这里……"

这一句海歌说出来了，她听到了："你要好好的，我也会好好改造的……"

韩春丽的心，碎完了，又幸福地长好了。她咬着牙，抹去泪，在心里暗暗发誓：儿子，只要妈妈不死，只要有一线机会，都会早点让你出来。

## 8

回到餐馆，韩春丽叫了叶逢秋，做了一砂锅红烧肉招待她。做红烧肉，韩春丽拿手，或许是从小跟着父母在肉案上长大，处理起来得心应手。肉烧得香红酥嫩，颜色性感，筷子一夹，抖抖颤颤，为成全舌尖而肝脑涂地。咬上一小口，配一盅本地双蒸米酒，米酒的作用是扶持肉香绽放在唇齿间，若康巴汉子搀扶小娇娘上马鞍。酒肉入口之后，再佐几道时令小菜，清炒茭白、凉拌马齿苋、酸甜萝卜皮，不为冲淡酒的烈和肉的腻，而是给舌头一些信马由缰的绿意，酒肉是山，小菜便是水，山水互为调剂，吃下去才风水调和。

叶逢秋平日间是修身养性的，又供养了我佛，却还是一口气吃了三块肉，然后才抬起头擦着嘴说："小婊子怀孕了。"她把手机照片给韩春丽看，"一个陌生号码，也不知是谁，彩信发我手机上的。"照片影影绰绰的，拍得仓促，可还是能看出何家续搂着一个大肚婆。"我打过去，没人接。"她轻车熟路地六神无主，"丽儿，你说我该怎么办？"

"又不是第一次发现他在外面胡搞了，还没习惯？"韩春丽斟上酒，略过她的捶胸顿足，"先别拿你家老何那点鸡巴烂事煞风景，姐我好不容易有心情下回厨，等吃完再说。来，再喝，我们一醉方休。"

一壶酒见了底。

韩春丽眼里蒙上了一层水晶，亮亮的，指向楼下大排档坐着的一桌："妹儿，你看那一桌男人怎么样？"叶逢秋看不出什么，从穿戴上看，都像是有头有脸的，身后泊的车也都堪称豪华。"五个男人，我知道的就有四个在外面有姘头，看见没，那个红领带的做建材，两个私生子，他媳妇一概不知；那个灰衬衣是做绿化涂料的，包养了个电视台的小主持，正浓情蜜意，当初创业时他老婆可是把首饰都典当了支持他；还有旁边那个花格子休闲裤的，最落魄时欠了高利贷躲出去，留下媳妇在家挡追债的，结果呢，现在翻了身吃喝嫖赌样样精通……"

"没一个好东西啊！"

"所以你那点糟心事，算什么呢？"韩春丽点上一支烟，"他可以坏，你也可以嘛，给谁守身如玉呢？"

"你……可我爱他啊……"

韩春丽一口水喷了一半，看她一脸悲愤的样子，只好憋住笑意。

"你以为我割眼袋祛皱纹是为谁？"叶逢秋拉皮后不自然的脸上写满幽怨。这个时代还抱守着女色事君的观念，也活该你修成怨妇。可在这感官流行的年代，多少年没听过还有人这样告白了，竟让韩春丽有一丝轻薄的感动，但她就是要摧毁叶逢秋的执念，才能实现她隐秘的目的。

"得了吧，一把年纪了，也不嫌酸。你这哪是爱呀，是没得选择，"韩春丽弹弹烟灰，说，"一切都搭他那艘贼船上了，沉没成本太大，你不想葬身海底，怎么办呢，只好自欺欺人，说服自己爱他，哪怕他是个渣，然后扯着爱的大旗抢占了道德制高点，便于你这个正统的糟糠妻精准打击小三，是吧？"韩春丽摁住叶逢秋作势要泼来热茶的右手，"别不爱听，就这么回事，还告诉你一句，弃船没啥，婚姻这艘破船上跳下来的多了去了，跳之前都怕淹死，跳了后才发现河面他妈的好宽，大家游得欢腾着呢。"

"弄得跟离婚专家似的，其实你懂个屁，不搁你身上你当然可以天高云淡的。你要知道，这么多年我们也曾互相扶持走到今天，这时候婚姻还是那一张纸吗，还能容得背叛吗？"韩春丽做瑟瑟发抖状，配合她捍卫婚姻主权似的宣讲，把叶逢秋逗得哭笑不得，"你怎么胳膊肘总往外拐，不会是被何家续收买了，替他说话吧？"

韩春丽耳尖诡谲地一动，顺势打她一下。"喊，要说有私心，姐也是想整个儿把你占了。"她捏捏叶逢秋的脸，"老美人儿，你是我的呀。"

"去，谁有心给你闹。"

聊了会儿，扯到孩子身上，叶逢秋轻声道："又去看海歌没？听说海歌最近在里面很配合，表现得不错？这孩子，终究长大了，做错了点事，迷途知返，都不算什么，还是好孩子啊……"

韩春丽怔了一下，心里止不住一恸，摆摆手，连忙岔开说："别提他，和他爹一样，不成器，就会惹事，再关他几年也不亏。"可她耷拉下眼皮，光彩明显黯淡下去。

又喝了几杯红酒，韩春丽话题一转，取出一幅画，是她的一张画像，不过穿着古装，提着剑，踏着月光。"有意思吧，一个美术老师画的，特别有才，可惜不会混，那股清高劲儿，和你当年有的一拼。我酒店重新装修，想订他一批画，狗日的还拿腔拿调的，不怎么情愿接商业性的活儿，好像嫌我拿钱强奸他的艺术了，我操。"韩春丽嗔骂的语气里，没有愠意，反倒怜惜，"待会儿他来，你帮姐跟他谈谈，务必要把他'奸'了。"

"我可不帮你拉这个皮条。"

"那拉给你自己，成了吧？"韩春丽笑道，"他还没结婚哦。"

没多久，周一放来了。背着个双肩包，没有惯常小艺术家马尾络腮奇装异服长指甲的做派，语气温和，言谈有礼，正常得有些生分。添酒回灯重开宴，安排了酒菜，拿了碗筷，韩春丽借口楼下还要招呼，让他们继续边吃边谈。

周一放守着几碟小菜，喝得很安静，人也儒雅，一番下来，叶逢秋觉得他挺可爱的，像个略带拘束的大男孩，身上有一丝干净的落寞气息。只是在话题过渡的停顿里，偶然会捕捉到他眼神里的游离，那是不善交际的人打起精神参与谈话时，在冷场的间隙里本能不知所措的逃离。也没韩春丽说得那么不识抬举，他当然明白她们赏识的好意，给她倒酒添茶，聊得还算愉快。

接下来，在韩春丽的拉拢下，他们又见了几次，韩春丽的说辞是让他俩帮她斟酌下酒店画作的主题，大堂、走廊、楼梯等等各处，韩春丽过几天兴起一个主意，每个主意都要把两人叫来，却往往吃到一半，她被其他事绊住，起身忙去了，留下他俩继续。

如此聊了几次，也就熟悉了，渐渐放开了。

上大学时，叶逢秋选修过中外美术史，对画画自是心存热爱，闲聊下来，很多艺术见解、画作心得、前人掌故，谈得竟颇为投机。这是两人都没想到的。原来一个预设是风尘伧俗的金主物以类聚的闺密，一个预设是酸文假醋潦倒偏激的小画家，没想到超过了预期，这就有了一种互认同类的感动。到了这个年纪，感动也只能是平静的、压着的，正因为如此，才是珍贵的、深刻的，它是冷不防绽在心里的烟花，啪，小小地，亮了一下。

在一家烟火缭绕的夜市餐馆里，漫无边际聊一些形而上的美学话题，两人都笑了。说是朋友有点轻薄，说是知己有点早了，二人都有些无法归置这份交浅言深的关系，那就索性喝酒了。

好久没这样有人陪着喝酒了，叶逢秋多了聊天的欲望。话语是一泓溪水，它有语流，有方向，在交谈中，周一放不争不抢，桃李不言，下自成蹊，有时引出一个话题，也让她先流淌，很有耐心。于是整体的场面是她主导着话语的流向，周一放衬托得很自然，润物细无声。叶逢秋悠然回望，才发现自己说了那么多，想想在家何家续对她的不耐烦，或是横眉冷对，或是当她的唠叨如狗吠，两相对比，叶逢秋对周一放的体贴无以为报了。几场下来，发现心里的冰层解冻，她感到某种东西被唤醒了，似春风吹过，草芽儿在心壤里拱动，痒痒的，麻麻的。

喝酒过程中，他是照顾着她的，为她添酒夹菜，纸巾都叠好，放在她趁手的地方。他做这些是不经意的，娴熟的，似乎顺理成章，这里面当然是对她的体贴入微，但也可以看出他平时在宴席上的位置，是为人添茶加水的角色，大约没谁重视过，他习惯了。说不出为什么，叶逢秋猛地搅起一股子没来由的心疼。

"你可不能便宜了韩总，怎么样，趁机宰她一把，到时候我们买酒喝。"

周一放笑，说："好，听姐的。"

酒是过路的风，话头是窗口的被单，风诱引着被单出走，在风里，很摇曳了。

最后一场，终于确定了主题风格，韩春丽下楼照顾客人去了。仍旧剩下他俩，两人沉默了，沉默里有些伤感，韩春丽的酒店布置主题确定了，正事商量完了，以后还能这样正大光明地见面吗？两人你望望我，我望望你，似有许多话，却不知从何而说。

临末，好像下了很大决心，他从背包里掏出一只泥捏的小鸟。他自己做的，镀了釉，鸟儿的小眼睛灵动圆润，翅膀栩栩如生，很精巧，似乎吹上一口气，它就能扇着翅膀起飞了。

他递给叶逢秋："一个小玩意儿，留个念想吧。"

叶逢秋托在手心，把玩着，喃喃地说："我这辈子，大概是飞不动了。"

周一放喝完杯中残酒，忽而眼目灼灼，从包里掏出另一个更大的泥鸟，看着她。"让它引着你，"他说，"一起飞呀。"

# 9

米米该怎样向外人诉说她和阿毛的关系，那交织着太多悲哀欢乐的孽缘，她该怎么向他们一一说起？

父母分开那年，她十三岁，刚上初一，从巷子溜达着回家，还以为他们是寻常规模的吵架，米米都烦死了。贫贱夫妻的那种穷山恶水，情绪像是温度计里的水银，稍一遇热，"噌"地一下，立马飙到沸点。米米太清楚了，穷人就这一点，长期困境中形成的风声鹤唳神经分兮，稍一紧张就展示出攻击的敌对感，时时如临战状态。因为争抢底层那一点资源，一生不得舒展，骨子里藏着极端，眼睛里是警惕和戾气，恶语相向，面目狰狞，嘴脸难看，随时能给你来个图穷匕见。母亲的两场婚姻都是在这样的底层泥潭里打转，根本遇不到体面的男人。

　　所以，米米对钱的渴望是血液里的。有了钱，才能不用像母亲那样；有了钱，才能逃出生天；有了钱，才有资格体面起来，不必动辄撕破嘴脸。

　　这次，两人吵了几句，就噤了声，多说半句都厌倦的样子。两个人，一个收拾电视机、衣柜，一个打包锅碗瓢盆、棉被。米米明白过来，知道他们彻底要散伙了，她甚至觉出一份轻松。可目睹父母分割那点贫瘠家什的认真劲头，米米想冷笑，却又没有办法置身事外，是这两个没出息的人给了她肉身，她和他们互为血脉。这才是最难过的。米米无奈地跳起来，从渴望儿子而不得的生父雇来的三轮车里往外扯米袋子。她成功地扯了下来，抱到母亲那边的阵线……

　　后来，米米每每想起这个场景，心就要被扎一次，不是埋怨躲避计划生育来这里打零工没本事的父母，也不是惋惜他们维系不下去的婚姻，而是，怎么说呢，父母都不打算要她了，她还认真地为她认为的弱势一方争取半袋散米，胳膊都拽得生疼……那种大浪都要拍来，她还在试图多抓一根稻草的悲哀，混合着欺骗、无力、荒谬的感觉。

　　父母各自离开，去找落脚的地方去了。

　　房子空了。

　　没人提出要她。

　　屋里仅余一张单人床，一床窟窿连洞的破棉絮，租的房子十天后到期。对了，留下的还有那半袋糙米。

母亲刚在后来的继父那里安顿下。继父和母亲是同乡，在市场有个水产摊，母亲以前去买鱼虾，他会额外多给些鱼杂。

米米去找过母亲，面对面走过去，母亲正在门口洗衣服，看到她，不知是羞惭还是怎么，母亲把头扭过一边……米米竟然理解她。母亲也是寄人篱下，还拖着个妹妹，她再去，算什么呢？

等她反身走远，母亲才在后面说道："大囡，你先在老屋里凑合几天，你也看到了，这边实在住不下，还有一点，他爱喝酒，发酒疯会打人的……妈妈实在没地方可去，妈妈不好，对不起哦……"母亲又要熟谙地表演哭泣。米米心想，陷在悲戚命运中的女人惯用的伎俩。米米心硬得很："妈，不劳你担心，我死不了的。但是拜托，不管你和他要不要结婚，下次能不能别再生了，要不然，他长大还会像我这样，一辈子都恨你！"

米米折回老屋，在床上待着，也不去上学，肚子饿了，就喝水。母亲来叫她两次，还送了食物，米米倔，反锁上门，不理会。可喝水不顶饿，到后边只要一动，浑身发软，头晕，冒汗，要蹲下来才好。饿了几天，水喝多了，有轻度水中毒的迹象，嗜睡、乏力、面色发白，明明肚子里很空，却还想吐。米米饿得受不住，夜里从烧鹅店的泔水桶里翻捡出一盒剩饭，狼吞虎咽吃了。可能是馊了，米米拉肚子，拉得感觉五脏六腑都漏掉了，只剩两条腿撑着空空荡荡的上半身，可肚子还要随时喷薄。米米腿脚酸麻，头晕眼花。过了两天，她觉得自己快要变成一道烟，风一吹就能散掉。再这样下去，米米想，自己绝对会在一身臭气中成功地挂掉。

到了夜里，她顶着月亮，扶着墙，沿着小巷，夜游鬼似的，漫无目的地徘徊。在巷子尽头，米米就遇见了他。如同命定。

他就是阿毛。

阿毛可不是好惹的，父母都在香港做事，好气派的，至少别人这样说。阿毛长到十来岁就知道了，气派个屁咧，老爹在码头给人拉货，有点钱都买六合彩了，老妈早撇下他改嫁了。幸好有伯父襄助，要不奶奶吃药都成问题。阿毛倒也落了个好处，没人约束，在街上野惯了，在小混混界，颇有建树。

米米知道他，平素有点害怕，阿毛却不一定知道米米。她这样畏畏缩缩营养不良的黄毛丫头，自然不入阿毛的法眼。虽然都生活于一个片区，可在这十来万人的平乐坊里，他们之间如天上的雨和眼里的泪，都是水，少有交集。可这天不知是因为阿毛看向她的眼神在月亮下被柔化了，还是她饿昏头了，阿毛路过时，米米咧着嘴，冲他笑了笑，然后，顺着青苔湿滑的墙皮，一头栽倒。

阿毛叫了声："卧槽，这啥情况？"应该是被吓住了，疑惑地踱过去，拍拍她脸颊，米米是恍惚的。后来阿毛说她嘟囔着骂了他一句，又昏睡过去，可能他拍得重了点，拍疼她了。阿毛不得要领，摇晃推搡，米米再不作声。拉扯间，阿毛看到她瘦骨嶙峋的肋骨，他似乎明白了。捡了一只流浪猫似的，阿毛将她背回小红楼的小宅院里，煮了白糜，喂她。米米没出过此地，但知道潮汕有种粥，叫白糜，粳米煮得烂烂的、软软的，黏稠如蜜。阿毛没胃口的时候，奶奶曾煮给他吃，一碗粥，佐点橄榄菜，能吃得心旷神怡。他依样画瓢，煮给米米。当然，他煮得比较业余，加了肉丝、碎菜梗、吃剩的半条鲢鱼，烂糟糟的，热辣辣的，却也香喷喷的，是米米吃过的最好吃的东西。

米米命贱，吃了一碗，就生出力气，阿毛就不喂了，碗撇在一边，指指黑乎乎的饭锅："自己盛去。"米米再吃一碗，欢天喜地，又吃一碗，觉得能跑起来。吃完了，帮他收拾厨房。阿毛扔下烟蒂，"真他妈能吃，一点也没给我剩啊。"米米羞愧地笑笑，眼泪扑簌簌地落。阿毛见状，慌了，"没说你是猪，吃吧，吃吧，没事。"他说，"不过，以后饭要你来做哦。"

米米的眼睛，一半是凄迷，一半是笑意。可后边她总共也没做过几次饭，阿毛的世界混乱而精彩，大多数时间他在外面呼朋唤友，米米徘徊在门前，而门不开，或者一开，更让她肝肠寸断，阿毛挽着漂亮的小女生你侬我侬，米米赶紧退到拐角。米米想哭一哭，又觉得没资格。米米想明白了，她就是他偶然间捡回来的流浪猫，喂饱了，逗弄一会儿，一转头，就忘了。他有他的事，他有他的生活。

但是他的生活，她都了如指掌，直到一年后那个腥风残月的晚上，他们再度汇合。

# 10

阿毛夸张地撸起袖子，露出麻秆般细瘦的胳膊，要大干一场的架势。他最后向何千惠确认："你决定了，真要这么做吗？"

何千惠望望天边的斜阳，有鸽群呼啦啦地飞往日落的方向，她年少的脸上写满与年龄不相称的苍茫："开始吧，教训下他们。"她说，"这些个大人，长着长着就废了，也该教教他们如何做人。"

阿毛打个榧子："好嘞，千惠女王，小的得令，好戏上场！"他一跃身，跳出围栏，开上车，驶出为接下来的演员们选好的场地，在暮色中奔往故事的核心。

在阿毛走后，何千惠的手开始颤抖，她握着手机，给母亲发信息："可怜是没用的，我厌恶你的唠叨和亲情高压，但你总还是我妈，我会帮你，让他们付出代价。"她犹豫了一下，还是摁了发送。她挂掉叶逢秋随即回拨的电话，对母亲的询问信息置之不理。何千惠想，你还不知道你多可悲可怜，被自己信以为真的闺密摆了一道，还蒙在鼓里呢。你活成这个样子，有什么资格指导我的人生？算了，帮你出口气，没用的女人，你就等着坐收渔利吧。何千惠心中装着这份大义，手不再抖了，心也硬了不少，刀子要出鞘了。

她是三天前下这个决心的，那天她和母亲爆发了一场史无前例的争吵，原因是班主任告密她"逃课"，和校外的混混"处朋友"。在对其进行了盯梢、确证后，叶逢秋决意逼供，连辅助刑具都准备好了：一把鸡毛掸子。

等何千惠放学到家，观音像前线香袅袅，沙发上的母亲头顶好像也在冒烟。叶逢秋内心的导火线噼里啪啦，离爆炸仅有丝毫，何千惠抽抽鼻子，知道敌我之间即将面临一场恶战。叶逢秋沉不住气，率先发难："下午干什么去了？"

敌方逼问到第三遍时何千惠才懒洋洋地回答："能干什么，上课呗。"

"上的什么课？"

何千惠不吭了，倒不是为没上课羞愧，而是进门前忘了瞅一眼课表以应对，战略上失策了。"叶侦探，有什么要训的您老人家就直接开骂，行吗？绕这么个弯子耽误咱们双方时间，有必要吗？"

"你……"叶逢秋虽然训斥经验丰富，可临场应变能力明显不足，本来她攥着把柄占据优势，被对方这么胡搅一下，就乱了阵脚。

"你什么，还跟踪我，一家庭主妇演什么地下党呢，我看你就是见天儿闲的，但凡你有自己一份独立的事业，老何敢至于这么嫌弃你？"

"你、你……"

"拜托，多从自身找原因，别整天挂着一张弃妇脸，看多了谁都烦的。"

"你住嘴！"

"我就说，偏要说，别以为供我上个私立学校，让我上一些高端的兴趣课程，就觉得是对我好了，告诉你们，做父母你们根本就不及格！我不是你们手里炫耀的名牌包包，也对你们上流名媛的设计方案不感兴趣，为什么你们就不愿接受这个现实呢：我何千惠智商一般，中人之姿，并没什么了不得的天赋，不爱学习，载不动你们要夸耀四方的虚荣。你很普通，我也很普通，别老把你都没实现过的人生规划强加于我，我有自己的人生要过，哪怕是普普通通的，至少我还能落个开心。我们各自管好自个儿的事，好吗？"像是即兴演讲，何千惠发挥得慷慨激昂。"没别的事了吧？那我先回屋歇着了。"何千惠旗开得胜，笑了。

叶逢秋反应过来，才发现被小狗日的带偏了战线，眼看兔崽子要班师回朝，急忙拦到何千惠跟前。这么比肩一站，叶逢秋才发现什么时候女儿这么高了，几乎和她持平。何千惠身上那份青春的活力和破坏性，让她深切地感觉到动态的老，她在一天天老下去，女儿在一天天拔地而起。她这疲劳的司机已经驾驭不住女儿这台加速度的车。"还没说清楚呢,你下午干什么去了?"

"我去哪儿关你什么事呢?"

叶逢秋捧着一颗稀烂的心,悲愤地质问:"什么叫不关我的事?"

"我虚度的是我的青春,花的是老何的钱,哪一点与你相关?"

何千惠涎皮赖脸,盯住母亲,对手跟她显然已不在一个量级。她决定结束这无趣的争吵,瞪大眼睛逼视过去,像要火并,升级了武器,迫击炮似的,轻飘飘地打出最后一弹:"我不过是你俩争抢到各自阵线的一只棋子,一个拿钱一个打着爱的名义。母上大人,您是不是入戏太深了,你真像口口声声说的那样爱我关心我吗?还不是怕跟老何离婚了,一个人形单影只,拉上我垫背罢了。"

女儿一张满不在乎的笑脸,鲜艳的唇齿却如枪管,吐出的每个字都是子弹,每一颗都命中在母亲心坎上。

叶逢秋愕然,然后痛苦地闭上眼睛,摇摇头,再睁开眼,已是泪水满眶。她目光破碎,悲哀已极,撕心裂肺地喊道:"不是这样的,你是我女儿啊……"

母亲哭了。

女儿赢了。

可这一次成功击败了母亲,何千惠却没预想的高兴。她躲进浴室，任水龙头冲刷而下，在水流中，她终于放肆地哭出声。

等洗完澡，开了门，趿拉拖鞋时才发现母亲以往的用心。叶逢秋每次都是将她进去时的棉拖掉个头，方便她从浴室出来就能顺脚穿上。这一回母亲没顾上。何千惠心硬，咕哝一句，我还不爱穿呢，索性光着脚走来走去。饭在灶上，母亲出去了。何千惠边玩手机边吃，人参虫草煨牛腩，带着一股营养大全的味道，热气哈在脸上，如母爱，天经地义，自以为是。她戳戳捣捣的，吃了几块便推开。煲了半天的母爱被打入冷宫，向隅而泣。何千惠爬到床底，拽出偷藏的零食、泡面，将母亲恨之入骨的垃圾食品泡上一碗，放点辣椒，大逆不道，口角生津，额头沁汗。

叶逢秋去了茶社。

隔三岔五，她会来这儿坐坐，不为喝茶，为见他。

茶淡，情厚，和对的人在一起，喝杯水也能微醉。什么是对的人呢，无非是聊得来，有话时是藤萝缠绕着开花，噼噼啪啪，一簇簇的，你说说，我说说，也热闹，也安静；无话时相对坐着，平分一席沉默，这沉默也是好的，不空洞，有层次，有味道。恰当的留白，是中年人的神游物外，也如粤菜里煲过的老汤，看着寡淡清亮，实则滋味绵长。

平日在二人的关系里，他是承接性的，她若说，他就听，她不说，他不问，为她把冷茶续成热茶。一杯茶，几块点心，一下午，聊得很素，也很舒心。可这次，喝了周一放捧上的第一杯茶，叶逢秋眼泪就不争气地破土而出。

他递过来纸巾，没等她接，周一放探过身子，给她抿去眼角的水痕。这罕见的主动，加上他的叹息，很怜惜了。就很要命。叶逢秋指尖一颤，就势握住他的手，眼前一阵眩晕，摇摇欲坠的样子。周一放过来，在她腰上扶了一把，幅度很小，动作也轻，叶逢秋心头却轰隆隆的。周一放肯定也感觉到了，他们对望了一眼，视线里的微火无可挽回地接上了，一下子火树银花，人抖抖颤颤的，要决堤了……两人后来也分不清是谁率先打破那燃烧的寂静，那寂静是储存在罐里的钢水，扑通一声，兜头洒下，寂静排山倒海沸腾起来，眼睛、嘴唇、手、身体、鼻息……全乱了，乱得手舞足蹈，乱得张灯结彩，两个人带着极大的体贴和懂得，互相诠释了起来。

肉身瘫软，时光悬置，孤独的长河，不停流逝，这是灿烂的瞬息，这是平庸中年的飞地，这是从水变成云，云又落成雨。两人极力吞下着喉头的呜咽，这幸福来得过于压抑，过于剧烈，恰如痛苦。两个可怜人那种忽然心意相通的感动，彻底打开门，互认知己，一时忍不住涕泣，搂抱在一起……

门，忽然开了。

浪潮退去，海水消失，满地狼藉。水里的泳者被晾在原地，被岸上的人笑看着赤身裸体……门口一字排开，何家续、代理律师、何千惠，还有一个忍不住好奇探头探脑的伙计，叶逢秋认出是韩春丽酒店里的。

她被暗算了。

却可怜周一放也要陪演。

何家续此刻心底一定在笑吧，你不是自诩为道德标本嘛，怎么也堕落了，这回离婚协议你还有脸不签吗？

叶逢秋把茶壶朝何家续掷过去，你费了这么大劲，连韩春丽都能策反，这下终于栽赃下罪证，你满意了？何家续格开，措手不及，还是被茶水弄得湿淋淋的，他没有叶逢秋想象的得意，他在心底默默说一句："好合好散你不放，非要弄到法院起诉离婚让千惠目睹我的不堪，你休想。只有这样了。"他转头走开，留下一声苍然低叹。

何千惠要到再大几岁，才能体会父亲的恶毒，他让她目睹叶逢秋的狼狈，连同母亲这个形象彻底摧毁。而在当时，她只是捂住嘴，眼睛瞪着，眼神里含着难以置信的质问："周老师，怎么会是你？"

周致远是他的本名，周一放是他写字作画时署的。

叶逢秋望着女儿，她唯一的女儿，她的亲人，她的叛军，她开宫口一整天才生下的七斤二两的小人，她十四年鞠之育之却日渐敌对的闺女。像是落水的人望着岸上远去的身影，叶逢秋怆然满面，绝望地，怯怯地，喊女儿的乳名："囡囡救我！……妈妈是被冤枉的……"

# 11

后来，米米还是住进了继父家里。

继父矮小瘦削，小手小脚，一副营养不良的样子，在市场上卖水产，往往人没见影儿呢，一股腥臊抢先一步，再混合着隔夜的烟酒，气味生猛。继父对她还好，至少继续供她上学。母亲逼米米几次，让她喊爸。她喊不出。母亲私下拿话点她："虽说他脾气古怪暴躁，对你却还说得过去，做人呢，终归要记得别个的好。"米米悄悄翻个白眼。

继父眯眼，笑笑："又不是我的种，不喊也好。"咂着嘴，舔舔杯子，笑呵呵的。

唯独好酒。

不拘什么时候，收了摊，必然丢过去一坨心肝肚肺之类，是他拿死鱼死虾和邻近肉禽摊位换的，唤醒母亲，让她收拾烹炒。他跷着脚，先就着花生米，开喝。孩子哭闹随意，油瓶倒了也不扶，所有家务，一指头不沾。

且作风独断。说什么都如命令，让米米去买酒买烟，稍有怠慢，立睖着眼，如敢顶撞，塑胶椅子就能飞过来。母亲唯唯诺诺，回避男人的威风，是事实上沉默的帮凶。扭曲的家庭，权力的贯彻必然伴随着残暴，家像封闭的地窖，她们被囚禁其中。这个矮丑矬的男人是主子，是暴君，服从才能获得他的宠幸。

母亲忍气吞声，直到生了小弟弟，才有底气和继父对阵。

继父逢饮必醉，酒德不好，不醉时畏畏缩缩，醉了就如被泡发的干货，不老实趴下睡觉，而是箕踞高坐，历数养家之苦，滔滔不绝，劳苦功高，唾沫飞溅，尔曹记牢。

米米有时真想抓一把弟弟刚拉的屎屎塞他嘴里。一个男人，怎么喝了点猫尿，吧啦吧啦，嘴松得像垃圾桶一样呢？弟弟还在哭，恃宠而骄，无理取闹，厨房锅铲咣当，冒着油烟，电风扇呼呼旋转。弟弟光着屁股，挺着小鸡巴哭得嗷嗷直叫，米米哄不好，心绪狂躁，想都没想，扬手照屁股拍他一掌，训道："哭，再哭，把你丢出去喂狗！"

小狗日的哭得更欢脱了。

继父转头，眼如火枪，手上举着塑胶凳，要做助攻，刚要骂声与抛物齐发，在米米身上觑了一眼，许久，目光没打弯，喝了一口酒，呛住了，竟然催生出一个复杂的笑色。

天热，米米刚洗了澡，只穿个旧背心，汗水洇在身上，勾勒出鲜活的青春。

继父眉眼耷拉下来，酒杯缓缓放下，熟稔地眯眼而笑。

米米凛然一紧，说不出为什么。不过，她很快就知道了。

那晚，继父喝了很多酒，兴致很高，酒糟鼻泛红，罕见地将近期赚来的钞票给予母亲，喝完也没陈述他养家的汗马功劳，早早睡了。

米米半夜热醒，正要翻身起床喝水，先是闻到一股腥味，然后，移过来一大块黑影，一只手捂住她的嘴，黑影变成石头，天塌地陷地压下来……米米来不及叫喊，青春被闷死在那个燠热的夏日深夜。

她依稀记得有红红的月亮，蹲在窗户上，漠然照耀，不发一言。

这些，她能向谁说呢？

米米挣扎，动静那样大，嘴被捂住，喊不出，以为自己逃不脱了，却反手摸到床头的衣服撑子，她一边抗争，一边将撑子尖端掰开捋直，然后奋力插向继父的眼睛……在他触疼忍不住哀号的空隙，米米衣衫不整，跑出家门。

米米在巷子里游荡，跌跌撞撞的，她没哭，只是颤抖，浑身止不住地抖。她一遍一遍来回地走，熬到月亮只剩一钩，在巷子尽头转身时，米米发现远远地有个影子，跟在身后。

是母亲。

怕她想不开。

是不是刚才母亲就看到了，她是没来得及阻止还是不想声张这丑事？再或者是，她寄身于这个男人，不敢声张，甚至觉得不过是男人酒后失德的区区小事？

米米真真切切地，想到了死。真没意思，荒唐的人生啊，真没意思。

那一刻，米米心里的那种寒冷，就像一块冰刚从冰箱拿出来，冒着凉气的那种孤独。

……

米米摸着手腕上的环形刀疤，忍住心底的万千哭号，这一切，她向谁说呢？她终将厉声哭道："他纵有一千个不好，可这世界就一个他，他对我好啊，你们知道吗，知道吗……你们说是为我好，可我被糟践时，你们都在哪儿呢……"是他，阿毛，给她安慰。

米米不知道什么叫创伤应激，也不知道什么是抑郁，她就是觉得活着真没意思，或者觉得自己不配活，怎么什么腌臜事都能让她遇到呢，自己算个什么呢？她的死活，这世界没人在意，母亲都保护不了她。阿毛也不在家，他有自己的生活，米米不敢确定阿毛是否爱她。

米米想，我或许就是一件垃圾吧，活或者死，有什么意义呢？一切都是可笑的，一切都是虚浮，一切都是幻灭，一切都无意义……米米开门进屋，呆呆地坐着，床头阿毛吃剩的半个苹果还留着他的牙印。恍恍惚惚的，米米拿水果刀在手腕上划了一下。皮肤被划破的瞬间，那种痛感，提示她肉身的存在。她就反复确认这种存在，将手腕一点一点划开。血不是涸出，是漫溻的状态，从手腕流向手肘，汇成一条暗红的溪流。米米还嫌血流得不够快，她在叠加的伤口上，又用力划了一刀，疲惫的河床上又来了一次急流，然后，垂下手，还甩了几甩，满地的红蝴蝶，血欢快地顺流而下……米米没想到自己低矮的身子里，竟然储存了这么多血。她有一种快感，混合着自虐、报复和解脱、愉悦。阿毛再晚回来一会儿，米米就死定了。

阿毛推开门，甩落手里的打包盒，骂一句："我操你妈哦，真傻逼呀！"从血泊里抓住她的手，托举着，一只手撕自己背心，按压着血管，给她包扎止血。米米从失血的嗜睡中醒来，下意识地扯拽绷带，嘴角还挂着甜甜的笑意，这渐入佳境香甜的昏迷，她不想被阿毛终止。阿毛又骂了一句，照她脑袋上使劲扇了一下："再拽，老子直接敲死你算了！"阿毛是惊慌的、忙乱的，一地血，触目惊心，这个傻子划得这么深，创面这么大，他按住这里，那里出血，阿毛还要举着她的胳膊，打地鼠似的，一只手根本忙不过来。眼看着她的血不停往外涌，阿毛绝望了，抱住她半边身子，发狠，攥住她的胳膊，不让血管供血。阿毛破口大骂，"我操你妈操你妈操你妈啊……"阿毛哭了，"你他妈死了，我怎么办啊……"阿毛的眼泪落在米米脸上、胳膊上，火辣辣的。

米米醒了，用另一只手摸他的脸："哥，你怎么哭了？"米米笑了，她还以为阿毛出去耍了，不回来了。他真哭了，米米不觉得自己失血是多大的事，她只顾傻笑了。阿毛抹掉满脸泪，咬着嘴唇，骂了句"傻逼"。米米还笑，她撒娇了："哥，别骂我啦，再抱抱我，好不好？"阿毛没辙，就抱紧她。米米满意了，亲他，给他擦泪，脸贴在他脸上。"哥，你别哭了，你一哭，我也想哭了……"米米说，"哥，我不想死了。"米米感受着他的心跳，终于从糊涂里醒转回来，眼泪落在嘴角，可她在笑，她摸着阿毛的胸口，"哥，我再不死了。"

然后米米就没意识了，阿毛抱着她，火急火燎地打电话，让他的狐朋狗友帮忙把米米送到海城最好的医院，为她包扎疗伤，给她煲汤买糖水滋补。

有了阿毛照顾，米米活过来了。

活过来的米米，就会笑，还习惯了撒娇，动不动就让阿毛"抱抱"。阿毛凶他骂她，她都不恼，只咧开嘴，眉眼弯弯的，笑啊笑。阿毛没脾气，摸摸她的头："小傻瓜血流了不少，不会是脑子也流掉了吧。"米米缠住他，让他抱紧自己，笑着，不说话。

米米住院时，睡不着，缠着阿毛附在她耳边讲故事。阿毛擅讲鬼故事，他以前在酒店做事的积习，讲个血腥恐怖的故事，吓得小女生娇喘尖叫，扑向阿毛的怀抱。阿毛早不干这轻薄事了，可米米不信，总让他讲。米米傻傻地想，他给我讲完了，讲恶心了，就不会对其他女孩讲了吧。阿毛总说她割腕一次，脑回路都割坏了。不过阿毛还是讲了，讲了很多，米米印象最深的一个故事是这样的：说有个男的，负心了，辜负了女孩，出轨了，女孩气愤不过，跳楼自杀了，自杀前留下遗言，做鬼也不会放过他，头七那夜来取他性命。男的害怕，找大师破解，大师说那晚躲床底下，不要睁眼不要出声。到了头七那天，男的照做了。刚躲床下，没一会儿听见咚咚咚的声音，绕了床一圈，然后没声音了。男的以为女鬼找不到他，走了，男的忍不住睁开眼，一看，就见女的头倒立着，咚咚咚的声音原来是她头撞地发出的，因为她跳楼是头着的地。女鬼眼睛盯着他，以头倒立，眼里流着血，冲他一笑，勾勾手指，道："出来吧。"男的"嗷"一嗓子就吓死了。米米也吓得一激灵，好长一段时间有阴影，她抱住阿毛，心扑通扑通跳，好刺激又好开心。她说："阿毛，你要是爱上其他女孩，我也会这样哦。"阿毛还轻弹她脑瓜崩，笑她听个故事，净说傻话。

等她手腕伤口结了疤，留下一圈斜刺的瘢痕。阿毛拉她到文身店里，将创口文成一轮满月，疤痕文成小小的红蝴蝶。伤口红红的，月亮也红红的，红红的月亮下，有红的蝴蝶在飞。阿毛摊开她的手腕，抚摸着月亮和蝴蝶："傻瓜，你才十四岁，还有十五岁、十六岁……蛹会变成蝶，会有光照进来的，就算没有，也没事。"他坏笑着，说："哥照着你，做你的电灯泡。"

米米翘着嘴角，撒娇，纠正他："哥，你是我的小太阳。"

那个被疼痛压得蜷缩起来一声不吭的小姑娘，有他，才活得下来。

过了很多年，米米反复回想继父龌龊的那个晚上，她最悲哀的是，她弄不清自己到底是何遭遇：被侵害了没有，到何种程度？每每想起，她都恨自己，那一会儿为什么要睡得那么死呢? 米米恨他，也恨自己，咬牙切齿地。

等她长大了，继父因为在市场上和别人争执，失手用剖鱼刀刺伤了对方，关在监狱里等死。

他活该。

可米米还是想当面问问他，到底他是什么卑劣的构造，为何能对一个小姑娘下得去魔爪。然后啐他一口，踢他几脚，像踢一条死狗。


## 12

阿毛驾车而来的鸣笛打破何千惠的思绪。她冲出屋子，想替母亲向那解押而来的蒙面女人扇一巴掌，却瞥见她肚子隆起的规模，收住了手，啐一口唾沫，狠狠骂一句："不要脸，做什么不好呢，非做小三!"

一使眼色，阿毛将女人推到里边储藏间，关上门。

她鼓着个肚子，揍是没法揍了。何千惠心说，老何保密工作做得可以啊，这么大月份了，她竟然一概不知。

"监督这么长时间，她怀孕了怎么不跟我说?"

"你也没问啊，我还以为你早知道呢，毕竟是你家的事嘛。"阿毛挠着头，一笑带过。心说，要是给你说了，哪还有这出好戏呢，老子心思不都白费了。阿毛嬉皮笑脸，"指不定转正了还是你后妈呢。"

"你妈！"何千惠踢他，"弄来这么个大肚婆，底下怎么办？"

"你不是要出口气吗？人我给你费劲带来了，教训一顿呗，你要下不了手我帮你，好了吧？"说着，他装作解下皮带，就要去里间。

"你他妈干吗？"

"帮你出气呀。"阿毛眨眨眼。

"下三烂，裤子提上，滚，滚！"

"对，我下三烂，你小公主。可也不想想，没我这个下三烂，这复仇计划你能干成吗？嘿，小公主，还护上你小妈了？到底是一家人嘛。"阿毛从烟盒磕出一支烟，"那你俩好好聊吧，顺便商量一下谁把我这些天的误工费出一下。"说着，坐门口放风去了。

这里是阿毛以前服务过的酒店老板早年在远郊盘下的一小块地，建了一圈铁皮房，充当仓库，堆放着旧家具、装饰物料、轮胎、零件之类。更重要的是老板爱吃点野味，屋里总不间断地养着收购的麂子、狗獾、山鸡、斑鸠等违禁野生动物。老板给他把钥匙，阿毛明白其用意，并非他做事机灵信任他，而是出了事拿他顶包。日常飞禽走兽的饲养由他打点，想吃时让他宰杀分割后送到指定的私家菜馆。有了这么个隐秘的据点，做起坏事来确实得天独厚。

　　坐在门口，抽着烟，阿毛也没想到他会走这一步险棋。服务过的酒店倒闭后，阿毛一直失业在家。可阿毛仍活灵活现的，有时间呼朋邀伴撸个串蹦个迪，日子也过得摇头晃脑挺快活。他桀骜不羁的性格对世界是不在乎的，当然除了鄙夷、冷漠、羞辱，世界也没给过他什么好东西。

　　世界有它一套前倨后恭锦上添花的运转法则，他也有他瞎胡混穷乐和的抵抗政策。

　　何千惠看上去和他一样，对一切都有股子满不在乎的劲儿。其实这不在乎是不同的，他什么也没有，在平乐坊的底层里辗转，不在乎是他最后一道护身符，以此向命运翻翻白眼；而何千惠的不在乎，是金殿公主拥有了万物之后随时可丢。他们的人生，一个是在高楼上丢肉骨头，一个是楼下饥饿的流浪狗。

　　他常忍不住拿米米和何千惠对比，两个女孩是两个世界，一面是光鲜亮丽，优越高级，世界为她敞开，她走过去，无数人会为她搭建舞台；一面是阴影里，计算着每天的花销，在命运的碱水里浸泡，还得强撑着、笑着，熬下去……想来想去，他还是心疼米米。她和他天然的亲近，都是家庭的弃子、社会的蝼蚁，所不同的是，他在自暴自弃，米米还不认命，在努力。

　　认识米米是阿毛最无力的年纪。他已十八岁，瘦巴巴的，在工地上都出不起力气，除了瞎混，没什么出路，看不到未来。抱着混一天是一天的心态，吃吃玩玩，一月一月的也能过。在倦怠的生活里，期待着虚无的奇迹，如此便草率地挥霍了年月。不知命运是看不下去，打算将他置之死地倒逼一把，抑或是出于单纯的恶意，突然向相依为命的奶奶下达了死亡通知。父亲在香港打工，没什么本事，指望不上，却好买六合彩，沉迷到山穷水尽的地步。阿毛再过些年才能体谅父亲的恶习，那是经年陷在泥坑里的蚂蚁渴望某一刻上天开眼，从打哈欠的命运恶龙身边猛抓一把，搂一堆钱，金光闪闪，自此人生翻盘，亮瞎向来看他不起的婆娘的狗眼。可没等他做完梦呢，媳妇就跟别人跑了，留下阿毛这个麻烦，在平乐坊由奶奶带大。

　　也许是这些年吞下了太多生活的苦水，奶奶的胃终于受不了了，激变成癌。他去广州的肿瘤医院咨询过，及时做胃切除，饮食得当还可有十来年的生命呢。他做不起。奶奶倒无所谓，还乐呵呵的："你都长大了，奶奶活着也没什么用了。"吃一块他拿来的奶油面包，奶奶幸福得眉开眼笑，含在嘴里，一点点小心咽完，还替他操心，"那个胖胖的小姑娘怎么不来啦，你俩怎么样啦？阿毛，你可要对人家好啊。"奶奶嘱咐他。米米讨喜，奶奶喜欢她。"这面包就是她买的。"奶奶牙口不好，米米每次来带点小面包、蛋糕，剥开，喂给奶奶。米米帮奶奶梳洗头发，给她戴鲜艳的发卡，买衣服，嘻嘻哈哈地打扮她。

米米有耐心，做奶奶的听众，听她讲陈年旧事，还颇有兴致。阿毛笑她阴险，打亲情牌，拉拢奶奶。她们祖孙俩其乐融融，阿毛真是感动。他真想将来娶米米啊，祖孙三人，在一起，该多幸福。可阿毛不敢许诺，他连自己都养活不好，拿什么给米米幸福呢？米米打两份工，这么辛苦，还经常把钱给他用，阿毛觉得自己没出息极了。

奶奶还笑眯眯地继续叮嘱："你俩可要好好的，阿毛，你脾气臭，常凶巴巴的，可要改改啦。"阿毛就点头。奶奶叹口气，说道："将来你俩的孩子，就没奶奶帮你带喽……"

阿毛的眼泪"唰"地流下来。奶奶在一寸一寸死去，他两手空空，拽不过死神手里的缰绳。

为给奶奶看病，阿毛花光本就不多的积蓄，也不好意思从米米那里一直拿钱，狐朋狗友借了个遍，还在网上借了高利贷，在几十个小额贷里辗转腾挪，从这个平台上借出，补另一个窟窿。可每借一笔，都要被借贷方和平台扣留不菲的手续费，借到后边，阿毛拆东墙补西墙，却怎么也补不上疯长的利息。几十个平台，就像是几十条疯狗，穷追不舍，要将他撕扯了。他的处境岌岌可危。可他不后悔，奶奶最后的时间里，他尽了力。一年后，安葬了祖母，阿毛盘了下欠账，雪球滚到了雪崩，他欠了大几十万。阿毛一支烟抽得苦，老实打工是堵不上窟窿了，他好高骛远地想，怎么能干一票大的，才好翻身。

可他能干什么"大"的呢？

阿毛拼命喝酒，极力疯闹，或许奶奶说得对，每人各有其命运，他对此无计可施，只好让自己麻木点，或是装作快乐些。可欠账的雪球还在滚动，总有一天要崩盘。

阿毛脸上笑嘻嘻的，却急得满嘴燎泡，甚至去积云寺拜了菩萨。

没想到，歪打正着，没过多少天就搭上了何千惠。

像一颗流星，何千惠闯入他的生命轨道，她有明亮的眸子，青草样的目光，鹅黄初覆的脸庞。阿毛带她去玩，对她大包大揽，在他那些小兄弟跟前介绍："这是惠公主，外国语中学的学生，画画获过大奖呢，都给我伺候好喽!"阿毛语气里透着骄傲，好像她是微服私访的公主，下来与民同乐。阿毛结交的那些难兄难弟，无非是保安、酒店小厨师、服务员之类，身份低微，对她这金丝雀儿，他们这些野鸟客客气气的，有种分属不同阶层不同人生境遇的生分。她不自在，他们下三路的笑闹也放不开。为了打成一片，有次何千惠拎过啤酒瓶就喝，喝了几口，呛住了，她还纳闷这玩意儿有什么好喝的。他们笑了，确实都放松不少，可她再要喝，阿毛就夺过酒瓶，她还要去拿烟，被他用力照手背敲了一筷子。她负气，偏要抽，阿毛霍然起身，把烟盒踩扁踢飞。何千惠下不来台："你他妈凭什么管我，你算什么?"阿毛脸上黑一块白一块的，真想给这不识好歹的小犟驴一个嘴巴子，可看到她眼里白花花的泪光，阿毛眉头舒开，笑了，言语柔软下来，"你能和我们一样吗?"他说，"你不过是偏离一段主线，过了这点儿叛逆迷茫期，还有上好的人生等着你呢。"他摩挲她的头发，"别犯傻，你这个阶段哥又不是没经历过。"

那次父亲本来答应她班级进步十个排名就带她去看航展，却以公司有事而爽约，最可气的是父亲的语气，好像区区小事再不依不饶就是胡搅蛮缠了。父亲轻描淡写地转了一万块钱作为道歉，可把何千惠恶心坏了，她爆发道："你是在陪其他女人抽不开身吧？除了钱你还会点别的招吗？以后我喊钱叫爹吧！"她把书包丢进路边垃圾箱里，还学个屁呢，给他们长脸，他们可也配！打电话给阿毛："马上出现，带我去玩！"

阿毛踩着电动平衡车，风风火火的，潇洒现身了。带她抓娃娃、打台球、滑旱冰，却都激不起她的热情。阿毛黔驴技穷，往两边拨开她忧愁的眉毛，恨不得给她固定住："就不能别老这么往中间锁吗，姑奶奶？""我锁我的，碍你啥事？""看着就添堵。""那就别看呗。"阿毛摊摊手："好吧，我犯贱。"踩着车要走，她从后面喊一声："你敢！"他刹住车："你愁你的，我乐我的，两不相干，也不行？"不过阿毛说着，还是返回来绕在她身边："姑娘，说真的，陪你玩不起了，我还有事呢。"何千惠从兜里掏出一把钱，撒在地上，红彤彤的一片，在落日下，格外惹眼。"够不够？"她问，"买你今儿个一天。"阿毛一愣，"日你大爷。"他说，"再理你爷们儿不是人！"阿毛气冲冲地走远，一扭头，却见她蹲在一片零钱中抱着头哭呢。

阿毛叹一口气：妈的，遇上你，真是作孽。他弯下身段捡钱："谁跟钱过不去呢，傻啊，还有没，这点儿太少，不够我身价。"何千惠踢踢他，破涕笑了。

　　阿毛扶她上平衡车，他一边跑着，一边气喘吁吁打电话叫他一帮穷哥们儿，在平乐坊的小红楼集合："都滚过来，老子请客，打边炉，给我们火暴的惠公主来点儿乐子！"

　　不多时，人聚齐了，一锅漂亮的红汤出场，何千惠从没在这样破落的环境里吃过如此粗糙刺激的东西。母亲做的菜讲究营养搭配、荤素兼备、清淡养生，根本容不下这生猛的民间。肉丸、海鲜、蘑菇、土豆片、玉米、豆腐前赴后继跳入锅里，奉献出各色香气……肉和海鲜是从酒店里顺出来的，其他都是小超市冷柜里的便宜食材，他们喝着啤酒，她喝维他奶，众人七手八脚在她面前捞了一堆食物。

　　何千惠对着面前的小山，吃着吃着，眼泪吧嗒吧嗒落了下来。

　　阿毛看似大大咧咧的，其实心思细腻，他使出浑身解数，就是想取得她的信任。可她有时兴致高昂，有时萎靡颓唐，起伏不定，像是有什么东西一直压在心头，上一秒还笑呢，下一秒眼睛里就蒙了一层阴翳。当她发现自己情绪没跟上现场的节拍，就赶紧附和着大笑一场，那笑容匆忙披挂上阵，过犹不及，突兀而刻意，反而更凸显出她的落寞。

　　阿毛徘徊无门，有些恼火，问她："妹子，你到底有什么心事，说出来嘛，哥帮你解决。"灯光下，他看到她眼角湿润，似乎有什么要说，却又摇了摇头，一笑带过。阿毛急了："有什么事，跟哥说！"

何千惠终究单纯，抽丝剥茧地从她嘴里套出埋藏的积怨。阿毛做了前期调研，这一跟踪才发现，哦嚯，这老何，可以啊。阿毛大喜过望，恰如饿得半死的乞丐看别人席开盛宴，阿毛摩拳擦掌，决定搞他一笔。

他推演出这么个计划，添油加醋地推销给何千惠："既教训了小三，又拯救了你父母的婚姻，何乐而不为呢？"

反复游说，何千惠被说动了，主要是他的计划翔实，有极大的可操作性。何千惠点头认可，并支付了启动资金。

阿毛积极推动计划的进展，为了把楚小云骗来，他租了和何家续同款的车系，网购了假牌照，追踪了十来天，才趁楚小云去小区附近的婴幼儿店买东西时，将车开到她跟前："我是公司新来的司机，何总在银河路出了点事，现在医院里，让我开车来接您……"说这话时阿毛面色凝重，真跟死了领导似的。他在心里祈求楚小云千万不要打电话求证，虽然他在车里装了手机信号屏蔽器，却是从网上买的便宜货，他测试过了，时而管用时而不灵，万一打通，他可就白忙活了。他一边准备驾车逃掉一边等着楚小云下一步的动作，可这傻女人，一听何家续出了车祸，拉开车门就上了车，还不停催促他快点开。阿毛笑了，想，这简直是真爱啊。

等上了车，楚小云再要打电话给何家续，手机被阿毛一把夺过。开到监控盲区，给她绑了手腕，戴上头套，一路呼啸，奔赴远郊。

## 13

何千惠进了里间，将楚小云脸上蒙着的头套揭去，自此，楚小云才算完整地出现在她跟前。何千惠被这个女人给惊了一下，也不单是姿色，是那份由涵养、天性、气质总体呈现的东西，不是想象中小三狐媚算计的伶俐钻营状，她坦坦荡荡的，美得和风细雨，这是一个被爱呵护得很全面的女人，眼睛清澈，没有戾气。何千惠促狭地想，这一比，母亲真是老了。那老很大原因是自找的，有种自暴自弃的怨气。她为母亲感到悲哀。

"知道我是谁吗?"

楚小云竟然对她笑了笑。她笑的样子，似曾相识。何千惠想了想，她小时候母亲笑起来好像也是这样的，先是弯弯的眉梢一挑，拉开幕布似的，然后释放出脸上的笑，到了后面，脸上的笑意渐消，眼睛仍亮晶晶的。何千惠再仔细打量，这个不要脸的女人，眉眼身形真和母亲年轻时有很多相像的地方。

"你比照片上还漂亮呢。"楚小云说。

这就是对她很了解了。估计是老何给她看的。这拉家常似的镇静模样激怒了她："跟谁套近乎呢，带你玩儿来了？还没认清你的处境吗！"

"那，美丽的小绑匪，你好。"

"严肃点儿，不许笑！"

楚小云立起眉梢，做出害怕的样子。直到气急败坏的何千惠从兜里掏出折叠刀，一下钉到桌面上，楚小云才真正意识到不是跟她闹着玩的。刀柄在嗡嗡摇晃，刀尖的碎光映在她脸上，楚小云慌了："可别做傻事，小惠姑娘。"

"这可就怕了？"何千惠冷笑道，"你不是对我很了解吗，那就应该知道我还差三天才到十四岁生日。"她踏着楚小云逐渐惊恐的目光，一步步走过去，落日从身后的玻璃窗照过来，加重了何千惠逼迫而来的危险阴影。她晃着手里的折叠刀，做出一个凌厉的手势："我现在就是一刀子把你杀了，你也是白死！"

楚小云尖叫一声，心头发冷。她确实给吓住了。

终于取得预想的效果，何千惠还算欣慰。

楚小云盯着她手里的刀子，看她那样子真要扎她几刀呢，情急之下，她笨拙地转过身，努力将背部对住她。何千惠愣了一下，偏要绕到她前面，拿刀尖抵住她的腹部："这会儿你母爱泛滥知道护住自个儿的孩子了，你勾搭老何的时候，有没有想过他也有个孩子？"她吼了起来，"就因为你这个坏女人，把一个家给毁了，毁了！……"

"对不起……"

水珠滴落在刀背，何千惠才发觉自己哭了。怎么能在她跟前哭鼻子呢，太他妈不争气了！她恨自己。可汹涌的委屈让她管不住泪腺。

"自打有了你，父亲不再像个父亲，母亲也不像个母亲。他们成了仇人，丢掉了亲密、温暖、体面，像狗一样，撕咬着，样子丑陋、凶狠，不停地在争执离婚。我是最大的受害者，你知道吗？你体会过吗，我实际上成了孤儿……"

"对不起……"

她哭得打噎。楚小云也哭了，不停地说对不起，要帮何千惠捶捶后背，被她打开。何千惠甩了一把眼泪，恢复了冷静和狠相："老何的钱是我妈做后盾才挣来的，你往那儿一躺，钱就哗哗地来了，你还不满足，还要取代我妈，还能要点脸吗？"

"不是这样的。"楚小云急切地在这点上要反驳她，"我爱你爸爸，我没勾搭他，他追求我的时候没说有家室，后来他又说会处理好你们的……"

如果她继续道歉，何千惠可能还会原谅她一些，可死到临头她还在辩解，无耻！"还'他会处理好你们的'，有了你这个狐狸精，他会怎么处理？——把我们丢垃圾一样，遗弃！"何千惠怒气冲冲地，推了她一把，"我现在就先把你处理了！"

　　阿毛听到动静，及时推门奔过来，拽住何千惠的胳膊："发那么大火干吗，犯得上吗？鼻子都气歪了，再这么着可就变丑啦。"他可不想真出什么幺蛾子，不过图谋一点快钱。阿毛刮一下她的鼻尖儿："我煮了面，你先去吃点儿，歇会儿，我帮你来教训她。"

　　劝走何千惠，阿毛扶住趔趄的楚小云，让她在椅子上坐下："看你对千惠的伤害有多大吧，要不是我拦着，她今儿能把你吃了。"

　　"你们……要怎么办，才能放过我？"楚小云哆哆嗦嗦地说。

　　"是这样的，"阿毛转转眼珠，说，"她呢，在这里感觉不到家庭的温暖，也失去了父爱母爱，伤了心，刚才她那小暴脾气你也看到了，要打要杀的，我真保不准她会对你做出什么过激的事。我呢，就比较平和，想着怎么把问题解决了。我计划呢，带她去别的城市散散心，她开心了，不追究了，你也称心如意，是吧？可是呢，去别的地方就要花钱……"

　　"你要多少？"

　　"不多，一百万。"

　　"一百万！"

　　"你是觉得万一有个好歹你这一尸两命重要呢，还是这点钱重要？你也知道，她现在这个年纪，不管做什么都不用负刑责。要不，还让她来和你谈？"

"不、不要。"楚小云摆着手，她是被何千惠的样子给吓着了，"可是，我没有这么多钱……"

"哪能要你出呢。"阿毛拿来她的手机，"录个视频，发给他，再打个电话，就这么简单，等他往账号里打了钱，就放了你，回家接着做你的何太太去。"阿毛边录像边说，"你不是说他多么爱你嘛，这点钱对何总来说算什么呢，肯定分分钟的事。别怕，你就权当来这儿兜了个风。"

何千惠端着一碗泡面过来，一份放在楚小云跟前，然后又去端另一碗。阿毛还冲楚小云挤挤眼："看到没，被我劝的，气消了不少。"阿毛大刺刺地跷着脚，等着何千惠把面也端到他跟前，刚要伸手去接，何千惠兜头泼他脸上。

阿毛当即炸了，顶着一头泡面，烫得龇牙咧嘴，蹦跳得分外妖娆，口不择言地骂道："我操，为了帮你出气，老子这些天可睡过一个安稳觉，刚把人给你弄来，你这算怎么回事?!"

"你自己清楚。"何千惠一脸霜雪，"我给过你钱了。"她付他两万块钱作为计划启动资金，只说教训楚小云一顿，让她知趣，自觉离开父亲。

两万块钱，就想打发了? 阿毛呵呵一笑。

她抢了折叠刀，逼住阿毛："我说你这么热情撺掇我落实计划呢，原来心里另有算盘，胃口不小哇，一张嘴就勒索一百万。"

这是刚才跟楚小云的谈话被她听到了。阿毛反而淡定了，往后退着，躲开她手里的刀具。心说，不为钱这些天我陪前陪后，给你做小跟班呢？不为钱我绑她当祖奶奶伺候呢？不为钱搞这么大风险是拍电影呢？

阿毛晃晃手机："已经给你老爸发过去了。"阿毛脱下湿淋淋的外衣，忽然团起来，朝何千惠掷过去。趁她躲避衣物的间隙，他飞速夺门撤离，然后拴紧屋门，隔着铁栏杆的窗户，像逗弄笼子里的动物，笑嘻嘻的，冲何千惠说：

"刚我还怕你爹不愿为了一个小三出血呢，这下好了，多了你这个宝贝砝码。"

# 14

叶逢秋像一尊石像，坐在餐馆门前。

今晚，远远瞥见她走来，在柜台前的韩春丽就悄然把首饰腕表卸下，掠起鬓发，袒露脸颊，像是腾空沙滩，等着巨浪来拍打。她准备好了，叶逢秋怎样打，她都该。可叶逢秋不打也不骂，拉开椅子，坐在回廊下的角落里，不看她，也没有动作，就那么坐着，呆呆的，愣愣的，如同木桩。韩春丽亲自做了饭菜，安排人端过去，过了半天，也没动筷子。

这是很不屑了。

如果她摔摔砸砸，破口大骂，扇耳光踢裤裆，大闹一番，韩春丽心里头还有点底，罪恶感也会减少一点。可叶逢秋好像是摸着她的心思，不争不吵的，这静坐本身就是一场审判，她多坐一秒韩春丽心里举着的石头就重一层。读过书的人，到底心里阴。

到了后半夜，韩春丽已扛不动积攒的大山，她趋身到叶逢秋跟前，矮下身来。"我服了。"她半跪着，"姐妹儿，要杀要剐，给个痛快的，行不?"

叶逢秋样子十分可怖，眼睛通红，眼窝里像是埋着两座坟，目光发白，神情飘忽，要哭，又似在笑："老何答应帮你把海歌弄出来?"韩春丽嗯嗯点头："我就这一个儿子，他再浑蛋，我还得管。"

"那就好。"她说，"至少我还不是一无是处，还能被你利用一下。"叶逢秋语气平静，可随即的一抹苦笑泄露内心的苦痛。

"你别说了，这次姐对不住你，不求原谅，为了海歌，我给你磕一个吧。"韩春丽说着，以头触地。旁边食客和服务员都要拉住，她摆摆手，继续跪着。叶逢秋没拉起的意思，甚至都没看她。韩春丽迎着她冷笑的眼神，自己爬起，拍拍手，落座，点上烟，和叶逢秋对坐在桌子两侧。

她一支烟抽完，叶逢秋表情仍然冷淡，一副"还有什么招数，怎么不接着表演了"的样子。韩春丽突然抬手，捆向自己的脸，一下，一下……有人要拉，还有后厨雇员对叶逢秋指指戳戳的，要替老板出气。韩春丽将啤酒瓶子掼在地下，凄然一笑："和你们无关，我不是东西，伤了我妹子的心，今儿……"说着还要狠掐自己。

叶逢秋终于大吼一句："够了！"她呜咽着，"别演了，你是不是还要说，都是为我好，免我一生断送在这劣质婚姻的泥坑里，对症下药似的介绍个男人，下好套，等着我往里钻！"

韩春丽不恼，冲看热闹的做手势："没见过姐妹俩撕逼的？喝你们的吧，今晚全场，酒水免费。"她揽住叶逢秋，一抹脸，忽而笑吟吟的，"妹妹，你又不傻，老周突然出现的那天，你就该知道是我有意安排的，那你告诉我，后边你动心了，也是我安排的吗？"

叶逢秋气短，落了泪，掐她。

韩春丽任她掐。

她点上烟："你是这些年被豢养傻了，到现在还看不清形势，老何那边儿子都要生下来了，铁了心要离，你觉得就凭你，还能扭转结局？"

"那你就设个圈套拿我和何家续交易？"

"为什么不呢？"上帝目力所及，皆可交易。韩春丽飘然吐一口烟，"我卖你之前，还能和老何谈谈价钱，真弄到起诉离婚公事公办，翻了脸，凭他暗地里的手段，你能得到什么呢？"

叶逢秋噙着翻卷的泪："你想得可真周到啊，我还没离呢，下家你都帮我拉好皮条了，是不是我要对你感激涕零呢？"

"没事，你大可恨去。"

"说说吧，老何开出了什么价码？"

"房子、车子、店铺他都答应给你，外带一大笔补偿。"

"辛苦你替我争取到了最大的利益。我好感谢你啊，韩春丽，真不愧是菜市场长大的下贱坯子。"

"啪。"韩春丽冷不防抽了她一嘴巴子，"你说得对，我是生得贱，你骨子里从没看上过，来找我诉苦，也无非是找优越感来了。姐不怪你，可我的人生是牺牲了陪伴孩子，自己一点一点挣来的，至少没被男人养过，每个日子都活得硬气，你还没资格说我，明白吗？"

年轻时娇俏，后边嫁得好，叶逢秋半生并未曾经历命运的炎凉煎熬。可她韩春丽呢，一分一毫都得赤膊上阵自己去挣，笑脸下面都是腥风剑雨，经营着这一摊子，背后要照顾一大家子，一个女人，哪有那么容易。韩春丽嘴角夹着香烟，抚摩着叶逢秋的脸："老实说，你小狗日的，命好。"她说，"姐嫉妒你。"

叶逢秋呜呜咽咽地哭了。

哭了就好了。

韩春丽拍着她，像安抚一个失落的孩子。好了，妹妹，你得到的够多了，还为满手抓不住星光哭个什么，收拾收拾，和你的周知己开始下一段无忧无虑的人生吧。

哭到一半，叶逢秋抬起脸："千惠他打算怎么办？"

"这点放心，我知道，她是你的命，不管老何怎么打算，我都会让他尊重你的意见，你要就跟你，你不要就送她出国上学。"

"你们倒是爽利，就这么手起刀落把我们分割了，可你们征求过我和千惠的意见吗？"

韩春丽无声笑了。在白眼狼嘴边，两脚羊持什么意见，还重要吗？

"你们才是一样的人……都够狠。"

"他狠，我不是。"韩春丽掐灭烟蒂，叹口气，"逼到这一步的。"

## 15

阿毛蹿出去得太仓促，一时疏忽，没顾上收缴何千惠的手机，再要去武力夺取，力有不逮。所以现在两边的装备是，屋内一方有折叠刀一把，手机一部；屋外面的阿毛有打鸟的气枪一挺，屏蔽器一台，扳子扶手钢管等可做凶器的钢件若干，更重要的是，他囤积了一堆水和食物，而屋内两人，饥肠辘辘。

阿毛在窗户前探头探脑。

何千惠举着刀："衣服脱掉。"她命令身后的孕妇，"别磨蹭！"楚小云哆嗦着，依令脱了外衣，递给她。挨上她攥着的刀子，手抖了一下，衣服掉地上了。何千惠瞪她一眼，捡起来绑在铁栏杆上，封住被外面察看的窗口，再锁死窗户门闩。

灯灭了，屋里一片漆黑。阿毛扳了电闸。

何千惠打开手机，没信号。他开了屏蔽器。

"阿毛你大爷的，老子出去饶不了你。"她冲着外面骂，"你就是个人渣！"

"惠公主，你是不是傻，你觉得咱俩，一个千金小姐，一个穷屌丝，能做长久朋友吗？"他嘿嘿笑，"没错，我是把你骗了，骗得你的信任，哄得你傻开心，老子就冲着你家的钱来的，谁让你傻呢。"

"还他妈在红口白牙做下承诺，我就是个傻逼，早该识破你……阿毛，你不得好死！"他还曾口口声声要帮她"解决"呢，就这么解决的吗？情感积累作废后被骗的空落感，她感到一种由衷的伤心。

"哈哈，接着骂，我坐门前听着，让你骂个够。"他搬一把椅子，在何千惠的大骂中敲着铁门，像是为她打节拍。何千惠把掌握的那些污言秽语全都批发给了阿毛，骂得五彩缤纷，酣畅淋漓。阿毛也听得兴味盎然，一个乖乖女在小浑蛋跟前兜售粗鄙，有一份喜感。"还有没？我还没过瘾呢。"何千惠就又重播一回，骂得唇酸舌累。"没词了？小妞儿，你不一向伶牙俐齿，再来再来。"她实在无力回击了，令她意想不到的是，楚小云捡起话头，骂了开去。虽然都是拾她牙慧，没一点新意，且更可气的是她骂人的语气还溪水潺潺似的，没一点凌厉。

阿毛笑得肚子痛："小姐姐，你这骂得人好舒服。不过呢，我还是建议你消停会儿，待会儿有你饿得说不出话的时候。"

何千惠瞪她，可屋里黑暗，她瞪眼她也看不见，训斥她："得了，老实待着吧，别丢人了。"

楚小云怯怯的，噤了声，把椅子上泛凉的泡面拿给她："我不饿，你吃。"

"向我卖好呢？"何千惠说，"就凭一盒泡面？"她用脚拨过去，"猪才吃这垃圾玩意儿，呱嗒呱嗒吃饱了好下崽。"每个字都硬邦邦的，砖头似的砸向楚小云。她忘了每次母亲给她炖了食补大全，她最好的抗议就是从床底下拉出私藏的泡面。

楚小云不敢吭。何千惠又恼了："不吃，还等我喂你？"她嘀咕道，"老何也不知怎么瞎眼看上你这么个傻了吧唧的东西。"

她们俩天生存在古老的敌意。

面都快泡腻了，楚小云只好揭开盖子，含恨吃起来。她分明听见何千惠肚子很响地咕噜了一声，吃着吃着，楚小云的眼泪落到面里，却极力忍住，怕惹了这小姑奶奶发飙。吃了一半，她说："我饱了。"不敢多加一言，把面碗悄悄往她那边挪过去一点儿，抱着胳膊，趴在椅背上，作势要睡。

　　过了一会儿，从胳膊缝隙里见何千惠窸窸窣窣地捧起面碗，喝了几口汤。楚小云笑了。何千惠喝得有些急迫，在喉咙里泛出回响，大约觉出惊动了楚小云，大声武气地说一句："看个屁，我渴了。"她知道她饿，却还是没动剩下的面，楚小云喉头发黏，想说什么，却又不敢。

　　肚子里有了点东西，何千惠重又泛起力气，咣咣砸门："阿毛，我命令你，立刻，马上，给我送来面包和水，不然……"

　　"还命令我，不然怎么样呢？"阿毛在门外嚼着牛肉干，故意发出享受的声响，"好吃。"他咕咚咕咚喝水，"你老爸到现在也没个回话，爹不疼娘不爱的，就别在这儿跟老子发公主脾气了！饿了？忍着！渴了？也忍着！"阿毛把水哗哗倒在地上。这水意丰沛的甘甜声响，刺激着屋内人焦渴的想象。何千惠吞咽着舌根，一阵抓狂。

　　"那谁，我能和你谈谈吗？"楚小云扒着窗帘，"我身上这张卡，有几万块钱，你先拿着，行吗？"

　　"打发叫花子呢？"阿毛不接受议和条件。

　　"你倒是大方，凭什么给他？"何千惠一把夺过银行卡，"也不想想，这钱是你的吗？"她把卡折弯，扔到一边，"我们家的钱花起来很爽吧？"

　　楚小云低声分辩："其实那不是你爸爸的，是我之前在音乐机构做培训……"

"那也活该。"何千惠打断，"谁让你犯贱，做小三。"

"你俩，都给我闭嘴。一个情人，一个千金，不都觉得自己是老何的心肝宝贝吗，怎么到现在他还不管你们死活？还有脸在这儿吵吵，都自求多福吧，老子可没那么多耐心。"

"能不能让我给他打个电话……"

"让我打！"

她俩又内讧上了。

阿毛头大，拿钢管杵杵门，以示警诫："别争了，照我看，老何拿你俩都没当回事，还自以为多重要呢，屁咧。"

"能不能让我先上个厕所……"

"就地解决。"

楚小云崩溃了："求你了，我肚子痛，撑不住了……"她打开窗户，把项链、手镯捧在手里，"都给你，行吗?"

阿毛大咧咧接了贡品，装进兜里，扔给她一个垃圾袋："到了这儿，就别那么讲究啦，您凑合下吧。"

何千惠还幸灾乐祸地笑。楚小云终于确信，这其实是个没有机心的傻女孩，属于那种粗枝大叶一根筋的女生。她关上窗户，过来拉何千惠的手，被她甩开，她再拉住，悄声说："出去了你要打要骂都可以，但现在得先出去呀。"她揽一下她，说，"对不住哈。"径直扇了何千惠一下。

何千惠一愣，本能反击："你打我? 我爸妈都不敢动手，你他妈算个什么东西!"

"我就是要教训你，女孩子家，不要学小阿飞那套，嘴巴放干净点。你知道你爸怎么说你的吗？整个儿一假小子，愣冲冲的，还死犟，提起你就头疼。"

何千惠刚要发起新一轮进攻，却见楚小云照墙上啪啪地打，一边打一边说："今儿个就是打你了，怎么着，你就是欠教训。"她总算明白过来，也踢椅子砸墙，一时间配合得格外欢畅。

突然，椅子一声巨响，楚小云大叫一声，倒在地上。

半晌无声。

屋外，时刻关注着里面动静的阿毛沉不住气了："你把她怎么了？"他拍门，"何千惠，说话！"

"她不禁打，就一拳，晕倒了。"何千惠还无所谓的语气。

"日你妈哦，你是不是傻，孕妇你也敢打？"

"别啰唆了，快开门把她弄出去，喝点水呼吸点新鲜空气，要不待会儿死了，你负责。"

灯亮了。门开了。

何千惠坐在那儿，玩着手里的刀子。

楚小云躺在地上，蜷缩着身子，痛苦地呻吟。

"先申明，别想耍什么花招，要不然我这一棍下去……"他抄着钢管，"过来，扶她起来。"

何千惠不情不愿地起身，去扶楚小云。

阿毛指一下何千惠："退到墙角。"她退了几步，倚着墙，继续玩着折叠刀。阿毛揭开一条门缝，放楚小云出来，给她水和食物。

趁他抽烟的工夫，楚小云将插在电板上的信号屏蔽器踢掉，然后大喊一声："千惠，快！"

阿毛回过神来，叫了声："我操。"墙上电板插口给踢坏了。阿毛护住设备，再找线路插板，忙完，估计屋里何千惠早打完电话了。阿毛直眉瞪眼，抄起钢管要揍楚小云，却又没法下手，气得脸都青了。"大姐，还能不能有点信任，你这么做良心不会痛吗？"

楚小云不好意思地笑了。阿毛把她推到屋里，她怀里还紧紧抱着吃的喝的，夺都夺不下来。拴上门，她急不可待，问何千惠："打电话了吗？"

"打了。"

"这下好了，再坚持一会儿，警察就会来。"

"没报警。"

"什么？"

想想也是，她也策划参与了绑架，怎么会报警呢？楚小云肺都要气炸了，把水和食物一股脑丢了，气鼓鼓地坐下，再也不想理她。

# 16

这几天，米米又找不到阿毛了。电话、微信、短视频号，都联系不上。米米最怕这种感觉，她如水里的鱼，而阿毛是岸上的鸟，总要米米在岸边苦守着他的身影。可是呢，水是一潭死水，鸟却可以随时展翅高飞，米米经常空等。阿毛的世界辽阔，玩的花样也多，经常顾不上她，不过以往阿毛失联前，总要给她说一声行踪，大都是周末，去找朋友了，去海钓了，去打联机游戏了，虽然也真假难辨，可总有个着落。这一次，却是凭空消失，米米来小红楼几次，都是大门紧闭。

祖母去世后，阿毛消沉萎靡，因为照顾祖母耗费太多心力，米米也不敢逼迫他，想着让他再玩一段散散心也好。阿毛玩归玩，在男女关系上还是比较乖的，改邪归正了，他的手机主动让米米检查，米米不傻，才不检查呢。他真存二心，检查手机有什么用？最近有人告诉她，阿毛在和一个中学女孩交往，阿毛也主动跟她交了底："她要跟我学滑板，交了钱的，你别多想哦。"还把钱给她。米米就相信他，一个小女孩，他们年纪差四五岁呢，阿毛才不会犯傻。

米米能理解，可不代表米米不在意。米米打一次电话就气一次，心说，不理我，我还不想理你呢。可隔不一会儿，她就忍不住看看手机。阿毛始终没回消息。

天色渐晚，街上人大都散去，晚风静静吹拂，米米一个人在路上溜达。走着走着，有那么一瞬间，米米孤独得想哭。走着走着，就想把手机给摔了，就想冲谁大发一场脾气。她的同事里，本地的不必说，本就拥有很多亲朋好友，不缺少各种节目安排；外地的，也都各自精彩。似乎只有米米没有亲戚、没有朋友，没有人投奔，也没人牵挂。一个人，默默地，吃饭，上班，回来。有时候出来走走，也是为了散散满心的孤独感。她想克制，又实在忍不住对阿毛的依恋，有他在一起说说话，插科打诨，就快乐点儿、充实些，好过终日静默。

米米能怎么办呢，只有恨恨地，等。她甚至想好了阿毛再嬉皮笑脸出现在她面前，她该怎么骂他。别人不说，她也知道，她爱得确实太卑微了。米米哼了一下，阿毛，这一回我可不再轻饶你了。

可是，下了晚班，走过光明市场熟悉的街道，来到熟悉的煲仔饭摊前，米米心里就又失了防线。米米点的是和以前一样的腊味蒸饭，阿毛他俩都喜欢吃，两人常相对而坐，饭上来了，阿毛抢她一块肉，说几句荤话，没个正形，说说笑笑，米米吃得可香了，锅巴都铲下来吃得咯吱咯吱响。可今天一人吃着，总觉得干瘪瘪的，例汤也没滋没味。米米叹口气，又看看手机。如果阿毛此刻出现在她面前，陪她一起吃煲仔饭，她最多打他几下，就又和好了。

对他，米米还是恨不起来。

米米吃不下饭，想着算了，不吃也好，就当减肥了，就只喝汤。心不在焉的，汤刚出锅，烫了一下。米米一怔，想起什么，忽然想哭一哭。

祖母去世后那段，阿毛抽烟太多了，成夜睡不着，后边咳嗽得厉害，她要表演贤惠，逞能似的，给阿毛煲一味清热润肺汤，已经在手机上看了许多遍，每个步骤都不错的，汤煮出来自觉也很圆满。米米开心，端着砂锅双耳，急于向阿毛展示，却忘了打湿抹布，砂锅滚烫，米米忍着痛，还想坚持着端到桌上，奔跑一段，落桌急了点，溅出滚烫的浓汤。米米"哎呀"一声，放得不稳，砂锅滑落地上，她赶紧跳起，就这，脚踝仍然被烫住……米米愣了，眼泪随即落下，不单是为自己笨手笨脚，连一罐汤都端不好，还为那砂锅，是阿毛祖母用了十几年的老物件，阿毛几乎是被这个砂锅养大的。祖母去世了，想着她煲汤煮饭的过往，似乎历历在目，这个砂锅是阿毛的念想。可米米一次就将它报废了。米米惶恐得手足无措。阿毛闻声，大步走来，气冲冲的样子，看一眼地上的碎片，米米想，果然，第一句就是："你说你怎么这么笨呢！"米米闭上眼，缩着脖子，等着他骂出更难听的。可是，阿毛不骂了，他蹲下来，握着她的脚踝，仔细查看了下，赶紧拿冰块给她敷上，还小心往红肿的伤处吹气，嘴里嘟囔着："怎么这么笨呢，唉……"

说完，继续吹气。那一刻，米米如羽毛，在他的气息里飘飘欲仙，她直愣愣地站在那儿，喜欢的男孩蹲着，埋头帮她护理伤口，米米的眼泪就那么源源不断，心里幸福极了……她之前活了十八年，做错了事，打了碗碟，损伤了家具，只要被母亲发现，必然被骂，那种窝火、抱怨、愤怒的气话，声音很大，瞪着眼睛满脸嫌弃地骂："你有什么用！""你笨死了！"……这些骂声，米米太熟悉了，都到潜意识里了。这次打破了祖母留下的砂锅，这么珍贵的遗物，这个男生，平素没个正形，可他没有破口大骂，也没有指责，下意识的优先级却是疼惜她的烫伤……米米的世界里太缺乏尊重和关爱了，以至于，阿毛流露的温柔，都如她溺水时抓到的稻草。米米无可救药。

米米拭了下眼角，这回是什么也吃不下了，彻底没心思了。米米孤孤单单往回走，寂寂寥寥睡下，睡到半夜，有些黏热，米米不舍得开空调，旧电扇吱吱呀呀的，吹来的也是热风。她揉了湿毛巾，擦了擦浮汗。擦到胸口前，触到戴着的佛像挂件，米米握在手心，才戴了一个多月，就似乎和自己融为一体了。桃木雕刻的小小佛像，寺庙门口的寻常物件，米米却很珍惜，因为是阿毛在积云寺为她求的。

米米想起一个月前两人去寺里玩的场景。

积云寺是此地一处古刹，寺中矗塔，寺建于唐，塔成于宋，历千年而独树，护一方而特立。寺无非榕树繁茂，香火缭绕，塔确是岭南美学上的一个标高，砖石仿木，斗拱角梁，龙头悬铃，九层莲花式仰瓣，云雾环绕塔尖。"古塔晴烟"自是此间地方志上附会的八景十景必不可缺的经典。前几年翻修寺院，顺应民间对观音的普遍好感，重塑了观音金身，山门奠基法会上，出了巨资的何家续列坐方丈身旁，笑得弥勒佛一样。

"阿毛，你也拜一下嘛，这里观音菩萨很灵的。"

"狗屁。"阿毛说，"再灵能把我奶救回来吗?"祖母病重时，阿毛就来烧香磕头，祖母还是走了，阿毛对菩萨失了信任。

"别说脏话哦，小心菩萨咒你。"

阿毛打个榧子，翻个白眼，心说，我早看透了，菩萨才顾不上管我们这些蝼蚁的死活，倒是万恶的生活，时刻在催动着咒语，没有一个猴子能逃脱。

却不过米米拉扯，阿毛潦草作个揖，说："算了吧，我这样的坏蛋，鬼都厌，哪有脸拜呢。"

米米双手合十，跪拜在蒲团上，闭眼默念。

阿毛被她那郑重而滑稽的样子逗笑了，语带嘲讽地说："你又没买老和尚推荐的高香，也不捐功德，就算拜了，菩萨也懒得搭理。"

"别乱讲哦，菩萨才没那么小气。"米米很虔诚，继续默祷。拜完了，还非要阿毛也磕头，一脸肃然，让他也许愿。阿毛烦不胜烦，看米米委委屈屈，真要生气，才不得不磕了一个，闭上眼，装作默念。

"许的什么愿?"米米问他。

"一愿世界和平天天发财,二愿小娘子身安体泰笑颜常开……"阿毛油嘴滑舌的,学着搞笑视频的语调。米米打了他一下,笑靥如花。

在佛堂前,米米还纠缠一个她常问的、无聊的话题:"哥,你说,你为什么要对我好? 说嘛。"阿毛刮她的鼻尖:"我有什么办法,不幸遇到了呗。"米米努着嘴,气呼呼的,菩萨跟前还没个正经。阿毛赶忙改口:"好啦,你是我妹嘛。"米米显然不满足他这大而无当的回答。

"那今天我就告诉你一个原因:我奶奶拾到过一个弃婴,女孩,两条腿一长一短。我们买不起奶粉,稻米煮熟晒干磨成粉,调成糊糊,喂她。我天天放学最期待的就是亲亲她的小脸,喂她汤水。养了两年,都会叫哥哥了,腿也没那么瘸了,主家寻来,抱走了……"阳光洒进他的眼睛,他想起曾喂养过的弃婴,她都会咯咯笑了,娇滴滴地喊他哥哥,有时梦醒时分,他衷心希望她会有一个幸福的人生。他说:"你知道吗,也不知是巧合还是怎么,你俩鼻子很像,都是扁扁的,挺可爱。"

"嫌我猪鼻子就明说嘛。"她打他,笑得泪光闪动。

"对嘛,米米,就要这么常笑才好。"他捏她脸颊,"你许的什么,不会是想和我私订终身吧?"

"不告诉你!"米米脸色羞红,不愿说。

"我很畅销的，你可要抓紧哦。"阿毛笑嘻嘻，拉起她的手，去登古塔。

到了塔上，两人背靠背，看风景。风很大，从四面八方无遮挡地吹来，如刀剑齐鸣。阿毛触景生情，说："我们像不像电影里的那种生死兄妹，在敌人丛中，背对着背，为对方挡剑?"

她反手拍拍他肩："真要有这么一天，哥，你可不要丢下我不管哦。"

他捉住她的手，心说，傻丫头，要是真到那时，不管这世界洪水滔天，我也要抽刀断水，为你劈出一条生路。

从塔上下来，阿毛抽了支烟，忽而正色，对她说："米米，今天带你来，不是为拜佛，我接下来要去做一件事，事成了，我们就不用那么辛苦了，欠的债也能还清了。但是，如果有一天，你找不到我了，必然是我有事被困着，你不用找我，也别担心，我处理好事情自然会联系你。"他说："真有那天，我会给你发一个暗号数字，你就来这里。我到时会留给你个东西。数字是703，能记住吗?"

这三个数字，可太好记了，前后是他俩的生日月份。米米不明所以，可望着阿毛罕见严肃的样子，还是点了点头。米米吓住了，带着哭腔："阿毛，你不会有什么事瞒着我吧?"

阿毛揉揉她的头发："放心吧。"他眼神望着云朵，"菩萨不一定会保佑你，还得靠我。"阿毛笑了。

……

想到这里，沉默的手机突然丁零一声，米米从床上惊起，打开手机，一个熟悉的数字赫然映到眼前：

703

# 17

看到手机视频时，何家续正在和老和尚吃茶。寺庙及周边景区在他的公司经营运作下，最近效益很好，佛器流通处新添的开光桃木佛像也卖得紧俏，离婚胜利在即，儿子也将要诞生，何家续顺风顺水，人被得意撑着，笑得也枝叶葳蕤。吃了两盏茶，听了老和尚一番恭维话，何家续豪气丛生，答应额外捐给住寺师父们一份供养，并决定给寺里佛像重装金身。在老和尚眉开眼笑的"阿弥陀佛"里，手机丁零一响。看完楚小云发来的那段视频，何家续奔出佛堂，才发觉手里还握着茶盅，他要摔又觉得不敬。打过去，楚小云的手机已然不通。

何家续首先想是不是妻子报复呢？越想越有可能，他能算计妻子一道，鱼死网破，她又为何不能雇人绑架呢？夫妻做成这样，已成仇雠，何家续肝火催动，打妻子电话，一接通，他吼道："叶逢秋，是不是你做的？"

"做什么了我?"

"你心知肚明。我告诉你,她要是有一点闪失,你也好不了,什么也别想再得到。"

"你发神经吧!"叶逢秋把电话撂了。

何家续气急攻心,团团转,浑身冒烟,咬着香烟过滤嘴,努力让自己平静下来。往楚小云手机上回复:"钱可以给你,正在准备,不要乱来!"

对方回了个笑脸:"这么爽快?"

"事既然都做了,能不能告诉我你是谁?"

"无名小卒,阿毛。"

何家续向龅牙彪咨询。道上呼风唤雨的龅牙彪表示没听说过这寂寂无名的鼠辈,有可能是假名。"最怕这种愣头青,行事鲁莽,不懂规矩,急眼了什么都敢胡来。既然他这么做了,肯定要得逞,你也不能轻举妄动,要不小嫂子……"他建议何家续,"先打一半钱给这狗日的,稳住他,放心,只要有这号人,事后我保证把他薅出来,钱一分不会少。"

何家续宽心一些,对方却发来诘难:"怎么还没转钱,还没打探完我的底细吗?"

"刚凑了五十万,这就打过去。"

"到这时候还跟我讨价还价?好吧,现在涨价了,情人身价一百万,再添上个她,你看着给加多少吧?"

何家续又收到一条视频,何千惠和楚小云一道被关在屋里。

"天可都快黑了，你今晚想让她俩和我共度一室的话，就再拖延会儿。我不急。"

"你到底是谁？想干什么？操你妈！"他绷不住了。

"骂吧，再磨叽，待会儿有你哭的。"

"要多少？"

"你觉得你女儿值多少呢？"

这就没法聊下去了。

何家续在疑惑，他怎么能单枪匹马把何千惠和楚小云都劫持了，他肯定在说谎，绝无可能是一个人，而应是一个团伙，这就难办了。何家续几次摁下110，却一次也不敢拨通。他出了口气，决定孤注一掷，罢了罢了，流年不利，破财消灾，看来今年确实是个坎，就当遇了恶狗。

"银行快要下班了，你给个数，咱们都痛快点，我这就去转。"

"急了？对女儿还挺上心的嘛，不错，不错。刚我手下一傻屌还在嘀咕，说我要多了，你不舍得。我说何总才不会，毕竟是亲闺女，要是在这上头还犹豫，那他也太畜生了。是吧，何总？我还记得看过你个电视访谈，现场当着几百号人侃侃而谈什么家庭才是最重要的，亲人是生命中的无价之宝，既然都这么'宝'了，也就别怪我多要哈……"

"多少？"

"五百万。"

"没那么多!"何家续掐着虎口咬着牙，极力让自己不发作。

"那有多少?"

"最多，加一起，一百五十万。"

"你看，正他妈夸你呢，你又拐回去了，先不说你这天上一脚地上一脚地还价，就说这是亲闺女嘛，怎么还不如个三儿值钱呢?"

"你要的也太多了……"

"嫌多了？这样，你女儿的我一分不要了，行吗?"

"你想怎样？没说不给你，别胡来……"

"你这让我很为难啊，我说要，你不买账；我说不要，你紧张；儿子都快生了，女儿还值什么钱，撕票不正合你意?"

"她也一百万，我给你。"

"钱出得很心疼吧?"对方冷笑，"晚了，爷们儿生来就倔，这钱还就真不要了。"他说。

"你想干什么?"

"别急呀，听我说完，钱是不要了，可是不要你点儿其他东西，你也不放心，别紧张，不伤筋动骨。知道你女儿手机屏保是什么吗？机器人，木头的，听说是你做的，很有意思，我挺喜欢。这样吧，再做一个，我有个妹妹，拿去哄她，啥时候做完啥时候放了你女儿。"

　　何家续一脑门的疑惑，不知对方又是出什么招数耍他，咆哮着说："我给你钱还不行吗……"

　　对方已经挂了电话。

　　何家续无计可施，赶去银行转了一百万，想买个木头机器人凑数，让员工询问了几家超市，却没找到，只好让人选购钢锯、凿子、量尺、锤子、砂纸……一应工具扛到家里。

　　女儿到现在没回来，电话也打不通。叶逢秋心神不定，跪在廊下蒲团上，自言自语，祈祷默念。播放机里是佛乐低回的观音咒，既是祝福，又似咒语。很多次，何家续回来，见她也是如此，孤夜深灯，对着供奉的观音默诵，地上留下一团恍惚的身影，何家续没觉得她可怜，这场景，倒觉得凄厉。

　　何家续将菩萨、香炉、供品一股脑掀下，要拆那精雕细镂的高脚长案。叶逢秋惊觉过来，已来不及阻拦，白玉雕刻的观音怆然坠落，碎了一地。叶逢秋慌忙跪下求菩萨宽赦，地上残缺的观音仍不悲不喜地悯然笑着，似在祝福，似在叹息。

　　叶逢秋哭了，欲扯拽何家续的胳膊，被他黑着脸甩开："姓叶的，你还有脸要女儿跟你，你就是这么照顾女儿的吗？"他翻开手机视频，戳在她脸上："要是出了一点意外，我要你死！"

　　叶逢秋想起女儿下午发给她的莫名其妙的短信，再看着手机上女儿被关押在屋子里的录像，她叫了一声："天啊！"

# 18

黄昏中，忽然响起一阵敲门声。

阿毛支棱起耳朵谛听，扒着门缝窥视了一会儿，开了门，一顿训："敲什么敲，敲坏了你赔？这不贴着'私人属地，闲人莫进'，眼瞎，没看到？"

来人唯唯诺诺，把帽子摘下来，露出最大范围的笑："来这边写生，贪看风景，误了去城里的班车，想着能否在这儿留宿一晚呢？"他背着帆布包，拎着画夹，沾满颜料的手递上烟，望着阿毛，这边还举着火机等待给他点上。

阿毛来回觑他几眼，心下稍安，接了烟："按说呢，你这要求实在也不过分，可哥们儿今儿个确实不太方便，你来得不巧，对不住了。"

"这荒郊野外的，附近也没个旅馆，手机也没电了。眼看要起风，拜托小兄弟了，给个地方让我将就一晚，行吗？我付你钱……"看阿毛还冷着张脸，想驱赶他又暂时碍于他点烟赔笑的情面，他拍拍脑袋，赶快追加道，"我来帮你画张像怎么样？你看看，这些都是我给人画的，比照片好玩。"他打开画夹，让他看那些身着各式古装和漫威英雄铠甲的画像。

阿毛一张张翻着看，嘿，还真有点意思。有一幅是有个女子骑着老虎飞舞，旁边写一句：见说风流极，秋来叶如雪。他嘀咕一句，怎么和小惠这么像呢？男子想了一下，才明了他嘴里的小惠是谁，心下纳闷，这绑匪提起人质为何是如此熟稔的口吻？

"能把她和我画到一起吗？"他翻开手机相册，是剪了一角的身份证黑白照，模模糊糊慈祥的一团，"我奶，一辈子没像样地照回相。"

"我试试。"他说，"应该没问题。"他随即拿起炭笔勾勒草图，不消片刻老人的形象浮现画纸上，对照着证件上的轮廓略作修整，举给他看。

阿毛眼睛亮了一下："挺像。"拍拍他肩，递上根烟，"好，住下吧，哥们儿。"

阿毛领他到最角落的储物间里，临关门前，他晃晃手里的气枪："画完就睡，不该看的别看，对你好，记住喽。"男子唯唯。

望望院落和旁边遮得严严实实的屋子，周致远出了一口气。他掏出手机，从窗缝里偷拍了几张院子的布局，却发不出去，信号不好。

阿毛披着外衣，挂着气枪，盯住大门，在院子里南面而坐，隔一会儿，他会出门，大约是出了信号屏蔽的范围去接打电话了。

门被反锁上了。周致远耐心等了半天，画了一半，确定阿毛再没有其他同伙出现，站在窗户前喊："草稿出来了，刚才忘了问你，要画成什么风格的，古装还是……？"

阿毛踱过来："把我奶画成老太后，我是皇孙，后边是天安门，我搀着奶，搁那儿玩呢。"他哈哈笑了，这下好了，连北京都免费去了。笑了一半，想到他奶很多年几乎都没出过平乐坊，却听邻居说，以前他在镇街五星酒店工作，老太太每到周末，一早磕磕绊绊走到平乐坊广场前，在那儿望眼欲穿地站上大半天，盼望远方驶来的某辆客车会吐出孙儿鲜活的身影……

周致远敲击玻璃的声音打断恍神的阿毛："小兄弟，现在收手还来得及。"

阿毛蓦地一脸防备，凶巴巴的："你他妈是谁，从哪儿冒出来的？"

"趁现在事情还没失控……"

"再放屁，老子一枪崩了你！"

周致远拔出烟，柔和的眼睛望着他，不发一言，让阿毛的暴躁在他跟前如石击棉。这份淡然引发他更为盛大的恼怒，砰的一声，玻璃殒命。这一枪也只在周致远那里荡出一点涟漪。阿毛应该想到，何千惠那个电话就是打给他的，既然有备而来，他就绝无畏惧。让阿毛不解的是，他是谁？凭什么何千惠一个电话就能确定他会不顾危险赶来？

　　他费尽心机才侥幸赢得何千惠的信任，这个男人，到底和何千惠是什么关系？阿毛泛起强烈的妒意。他对着残余的玻璃一通射击，砰砰砰砰。"信不信我先打死你。"

　　周致远笑了。"你输了。"他说，笑意融在稀薄的夜色里。他掐灭烟蒂，从烟盒里掏出一支彩色小棒，迅速点燃，从破败的窗口斜伸出去，一小簇烟花呼啸着蹿升，在夜空炸出一捧繁华，很美。他说："给过你机会的，别怪我。"

　　接到何千惠电话后他找到了韩春丽，让她开车送他到附近，她等在车里，他们约定好的，如果院子里绑匪太多，他不方便打电话，就趁机放出烟花，由她在外面带人冲进去。"要告诉何家夫妻吗？""千惠在电话里交代过，她不让。"他说，"难得她信任我一回。"他往烟盒里装好烟花的刹那，韩春丽拉了他一把，停顿一下，"上次没想成心作弄你和她，我要说那么做，实际上对你俩都好，你信吗……"她要下车，"算了，不解释了，让我去吧，你在这儿守着，我该还的。"他摁住她的手，打开车门："我想好了，过一段可能就会离开这里，回老家教课。"他说："我想在走前，当面告诉千惠，她是我教过的在画画上很有灵气的学生。"

　　阿毛盯着那一片烟花，直到它消失。"求仁得仁，我成全你吧。"他咧着嘴，给了周致远一枪，打在左臂上，"留你一条胳膊，记住，你答应了的，就要画完它。"

　　与此同时，在家里，何家续还在满头大汗地组合木头机器人。他心焦气躁，锯木头时一个分神锯到手背上，血往外涌，他顾不得，还在锯呀打磨呀，木头都染红了……叶逢秋要拽住他的胳膊，被他甩开。女儿生死未卜，还在等着解救呢……

他想起那些艰难的日子，那时候，住在小公寓里，他刚开了第一家代工厂，欠了一屁股债，凡事都要身先士卒。大冷天里，半夜忙完回家，老远就看见小屋子窗口的灯亮着，媳妇准备了靓汤，电饭锅咕嘟咕嘟，水开着，涮了羊肉、青菜，备瓶米酒，等着他。他到了屋里，看看床上睡着的女儿，抱抱妻子，热热乎乎的，暖暖和和的，忘却了劳累。两人坐在那儿打着边炉，喝着酒，规划着小日子，间隙里，抬眼看见窗户上不知什么时候结满了好看的水花……那时电视上正热播一部机器人的动画片，他没余钱买，这个城市也买不到，周末，他依葫芦画瓢，给女儿用木头做了一件，竟也能转动变形，女儿开心得笑声泠泠……

一转眼，怎么都过去了？

现在，对着这堆木料，他怎么组合不成了呢？

何家续瘫坐在地上，眼前呼啸着无数的过往，他扇了自己一巴掌，像个孩子面对破碎的玩具，呜呜嗬嗬地哭了起来……叶逢秋扑在他肩膀上，摁住他的伤口，他的血流在她手里，她也哭了。

# 19

"老何真那样说我吗?"

"哪会。"她笑说。

何千惠突然发作:"那他妈就是你编派的了?"她还在介意楚小云转述的老何对她的评价。

楚小云也生了气:"你是希望他说还是没说呢?"话软绵绵的,底子却很硬,有可供联想的歧义空间,可能她复述的就是老何说的,也可能老何没说是她临时编造的,更可能老何对女儿的评价更差更伤人而她不忍说是老何说的。这个不忍,是包庇老何,也未尝不是对何千惠的体恤。可在何千惠这里,问题要紧之处在于,父亲对她的评价让她伤心是一方面,另一方面是父亲的话要假手于这个外面的女人她才能知道,这且仅仅管窥一斑,私下里还不知父亲怎样和她议论自己呢。这一层扎得更锥心,也更令人愤恨。

楚小云推波助澜问一句:"他的评价对你这么重要吗?"她心说,既然你在乎他的看法,那就争气啊,看你都做的什么,策划绑架,学习倒数,和社会青年厮混……

"你难道不在乎你爸的评价吗?"黑暗中看不清她的表情,

但从她劈裂的声音中可以想见她怒气填膺的心碎。楚小云想起自己的父亲，不吭了，不知道他老人家知道自己在婚姻和生活中是这个处境，会做何感想？

"我算是终于明白，老何不是个东西，你更不是个东西，你俩，一对，狗男女！"带着控诉的意味，字字血泪。她揿亮手机，从书包里掏出纸笔，丢在她跟前，"写吧。"

"写什么？"

手机光源照一下刀尖，再照一下她的脸。"你说呢？"

"我不知道。"

"好，那我告诉你。"何千惠抓耳挠腮，在手机上推敲出几行字，戳在她脸前，让其照抄：

> 我是楚小云，破坏别人家庭，罪有应得，做出以下承诺：保证离开何家续，不索取分文，如有违逆，天打雷劈，孩子遭报应。

楚小云扔了笔："我做错了什么？"她睁大的眼睛、质问的表情，在手机惨白的光源下，更显无辜和惊恐，"你不能这么逼我……"

何千惠将刀子架在她脖子上，厉声叫道："那我做错了什么呢？就该承受这烂摊子吗？"

她的手在颤抖。楚小云也在抖，她猝然一笑，抱着何千惠的手，往自己肩胛处扎下去："你不是恨我吗，这一刀够不够?"何千惠始料不及，去拔刀子，楚小云却攥着，红色洇满肩头，二人都落了泪，纠扯在一起，难解难分。

忽然，屋门大开，最后一抹余晖溜了进来。

阿毛乜着眼，像个蹩脚导演，挥一下手里的气枪，叹口气，却又似乎全在预料里：

"卡，结束啦!"

随之，院门攻破，龅牙彪带着一帮人，冲了进来。

在这一刹那，何千惠哭着，呼啸着冲出去，飞跑着，将手里的折叠刀扎进阿毛的腹部。她大骂着："骗子，都是骗子……"

阿毛望着他，摇摇头，又点点头，他笑了。他永远记得那天他倒下时，何千惠哭了，她说："你这个骗子……"阿毛咧咧嘴角，攥住她握着刀把的手，"嗯，傻瓜，上当了吧，就是骗你的。"阿毛想，费那么大劲，确实是想从老何那儿捞点钱，但也不全是歹念，做这一场戏，希望能修复你父母之间的旧情，不要像我一样野生野长。现在看来，大约是没能成功。奶奶曾经说的，人各有命，我们尽力就好。

阿毛捂住肚子，还没来得及看一眼咬牙切齿的何千惠，夜色哗地从天而降，铺盖下来。

天黑了。

## 20

被龅牙彪带走时，临上车，回望一眼破败的仓库，阿毛捂着殷红的腹部，笑了。笑得很苦。

阿毛态度很不好。倒不是对干的事不认，反而是认得太迅速，和谁争抢似的。"都是我干的，就为了勒索点儿钱，"他挑着嘴角，"彪哥，能不能赏支烟？"

龅牙彪目光如水。水是冷的："小子，你一个人能绑架路线完全不同的两人，嘿，能耐够大的啊。"

"没想到吧，谁让咱脑子好使呢。"

"绑架为钱，很好，可卡在哪儿呢？"

"明说吧，在朋友那儿，我不能把他卖了吧？"

"这么一大笔钱是打算给谁花呢？"

"为我奶治病，胃癌。"

"倒挺孝顺，可你奶去年就死了。"

"没有，她没死，还活着，我每天都能梦到她呢。"他说，"我不会让她死的。"

"老人家要是知道你做这事会怎么想？"

"我下手晚了，所以说凡事不能犹豫，我一想起就后悔。

只好给自个儿花，这点钱，也就够糟践几年的，等花完，打算再干一票呢。"

龅牙彪往后仰着脖子，撤开一点距离，抽着烟，眯着眼打量他："扯这么多，钱藏在哪里?"龅牙彪吐着烟雾，挠挠眉毛，眉梢和鬓角相接处，隐隐的，有一道贯穿的刀疤。龅牙彪啪地立起，照他胸口轰了一拳："再给你个机会，说吧，卡藏在哪儿，钱吐出来，这事就结了。"

阿毛身子痛得缩成虾米，终于直起腰，还笑。

这就耍无赖了。

"你不说，行。"龅牙彪啐一口，让手下将阿毛绑起来，吊在横梁上。他去跟何家续汇报："这小子，嘴硬，脸都扇烂了，就不说钱在哪儿。"

何家续还有楚小云和何千惠要安慰，顾不上一个小毛仔："你看着办吧。"

龅牙彪觉得压力更大了，一个黄毛后生都搞不定，传出去，影响他在业界的风评。

他找到韩春丽："这小子，挺扛揍。还有哪些人，对他比较重要呢?"

韩春丽想了想，说："我哪知道。"又说："教训一顿放走呗，惹出事报了警，都麻烦……"

"你倒是挺大方。"

龅牙彪扭扭脖子掰掰手指，咔吧咔吧一阵响："姐，知道就跟我透露一点吧，钱要不回来，跟何老板不好交代。"

"他又不差这个钱。"

"我差！"鲍牙彪惦记着追回来后的提成呢。

"那你再去努力下吧。"韩春丽说，"他父母早离了，唯一的奶奶死了，其他亲近的，真不知还有谁了。"

"那我等海歌出来，好好给他接个风。"鲍牙彪微微一笑，"不知他在里面进修几年，打架技能进步了点没？"

韩春丽骂了句粗话，之前海歌就是跟他们这些烂仔混在一起学坏的，打游戏、吃喝、飙车，把人生给搭进去了。这些人，是城市的阴影，浑浑噩噩地过了半生，盘根错节中吮吸可以利用的关系，只为了寄生。

"别恼啊，姐，我也奔四的人了，时代变了，到处扫黑除恶，我也想走正路了，就指着老何这笔提成，打算做点小生意，正经过日子呢。"

韩春丽闭上眼，还是说了。

鲍牙彪眉开眼笑，走掉。

鲍牙彪来到"早晚小吃"。姑姑的肠粉店还是那么热闹，喝茶的喝茶，吃早餐的吃早餐，是寻常晴好的一天。鲍牙彪点了一碟肠粉、几只鸡脚，还问阿公们讨了一杯早酒，吃着喝着，忽然，他拍着桌子，喊一声："茅一杭，阿毛！"

米米端着的盘子就掉在了地上，发出破裂的声响。她的心也是。她望着鲍牙彪，眼神似溺水的人在寻找求救。鲍牙彪笑了，知道找对人了。他不急了，端坐在那儿，像块鱼饵，等着鱼自动过来咬钩。

米米趋步过去，呼吸急促，一句话就暴露了自己："你知道阿毛在哪儿……"在得到龅牙彪的点头后，米米拽着他的胳膊，"大叔，你带我去找他，好吗？他是出什么事了吗？我好几天没见他了……"

龅牙彪喝一口米酒，不疾不徐地将肠粉吃完，啃了鸡脚，又添了碗茅根粥，这才抬起头，对米米说："走！"

米米就如迷路的孩子，跟他走，都没顾上跟姑姑交代一声。走到偏僻街巷，龅牙彪停下来，说道："本来呢，这事跟你没关系的，你一个小女生，叫我大叔，大叔也不想动粗，给你看几张照片吧。"龅牙彪给她看阿毛被打的惨状。

米米看了一眼，眼泪就落下一串："为什么把他打成这样，是谁干的？"

"别急，听我把他干的好事说完，你就会觉得，打轻了。"龅牙彪将阿毛做的事复述了一遍，"现在，主家之所以没报案，就是不想把他的人生断送了。只要还回这笔钱，就饶了他。"龅牙彪点支烟，又加了一句，"过了今天，我说什么也不管用了。到时就交给警察吧，单就他绑架这个事，判下来至少十年往上。"他说，"现在，就看你的了。"

米米攥着口袋里的卡，其实早知道他的目的。她想：阿毛，我又让你失望了。

收到阿毛那个突兀数字信息的黎明，米米就来到了积云寺。寺里的三角梅在汹涌寂静地开着，在出了佛堂通往古塔的背阴处墙上，花木下，几块砖瓦上面，写满凌乱的数字，601535289471703993……米米的手指停在 703 的位置，仔细看，有一个小洞，被封存伪装得很好。米米抠了抠，发现缝隙里的塑料包，打开，是一张银行卡，附着的纸条上拙劣地画着一座观音像，潦草画了个笑脸，还有歪歪斜斜的一行字：

　　那天，菩萨在笑，你在佛光里，也在笑，真好……米米，只有在你面前，我才觉得自己不全是废材，至少还能偶尔让你开心一下，以后你要多笑哦……拿了卡，离开这座城市，然后为我报警。放心，我会找到你的。

米米"哇"一下哭出来。

米米悄悄去查过，输入她的生日，ATM 机屏幕上赫然出现一长串，她数了几遍，六个零，整整一百万。那是她这辈子，离这么多钱最近的一次。

"我给你。"米米说，"我一分没动。"

"密码？"

"你放了他，我自会告诉你。"

龅牙彪狐疑地看着米米，这小小的胖胖的女生，眼神里不再是初见他时的恐惧，全是坚毅。他至少明白一点，她确实在意他。

打开铁门看到米米的刹那，阿毛闭上眼睛，按住腹部，呼吸变得凌乱而急促，似乎伤口复发，蹙起眉头。他心里在骂，如此周详的计划，都他妈白费劲了，米米，你怎么这么傻呢？这笔钱，我们什么时候才能挣到呢！

米米看见破烂的阿毛，捂着嘴，哭得身子都是软的，说了密码，POS机查了，确定无误后，龅牙彪才放开她，允许她扑向阿毛。她抱着阿毛，颤抖着，想抚摩他却不知从哪里下手，阿毛露在外面的皮肤没一处好的。米米将一张折叠的宣纸转交给他，是一个素不相识的中年男人转交给她的一幅画。画上是一位老奶奶，男孩和女孩分坐身边，老人仍端坐在平乐坊那座旧院的玉兰花下，给他俩讲过去的琐碎事，白发苍苍，言笑晏晏，夜空炸着烟火，人间开着红花。

阿毛看着画，一抹苦笑。

米米放下阿毛，哭着，往龅牙彪身上撞过去，破口大骂："你们怎么这么狠心啊……"她用躲在暗处旁听父母吵架习得的最恶毒的市井脏话骂他们，边骂边哭。

龅牙彪却不恼，嘿嘿笑笑，松开阿毛身上的绳索，抄起钢管，作势要砸阿毛右腿，米米像愤怒的狮子，扑过来咬他。龅牙彪甩开她，让手下架着他俩，推出门外。

龅牙彪最后冲阿毛使劲踹了一脚："丢你老母，早说不就不用费那么大劲了嘛。衰仔，你他妈可以嘛，还有这小靓妹护你，记住，对她好点。滚吧。"

阿毛被踹倒，落地之前，他再次想起了带她去积云寺的那个黄昏。


# 21


龙生九子，麒麟为长。麒麟集龙头、鹿身、马蹄、牛尾、狼额于一身，身披五彩鳞甲，驱邪避鬼，幸福祥瑞。民国郡县志载："元旦至晦，结队鸣征鼓，以纸糊麒麟头，画五采，锦缎为麟身，两人舞之，舞罢，各演拳棒。"珠三角麒麟舞以海城鼎盛。平乐坊舞麒麟至今已有三百多年历史。

阿毛麒麟舞得好。常率队出征，队旗上标有姓氏堂号，阿毛每次都勇夺魁首。锣鼓唢呐令下，麒麟舞者一身习武打扮，弯腰鞠个躬，一少年舞麒麟头，一少年舞麒麟尾，随着鼓点节奏的轻重缓急，一前一后，通力合作。麒麟一红一绿，代表一雌一雄，成对出场。舞麒麟分"头套""麟趾呈祥"和"尾套""采青赐福"两部分，"头套"表现麒麟梳理、舔脚、舔尾、舔身、洗脸等动作；"尾套"表现麒麟寻青、闻青、试青、找青、逗青、采青、吃青、吐青等艰辛过程，表示麒麟降福人间，给人们带来美好的祝福。上下套路配合，演绎着麒麟晃头、张

望、舔脚、舔尾、搔痒、滚地、嬉戏、见青、抢青等动作，活
灵活现地表现出麒麟的喜、怒、哀、乐、惊、疑、思等神态。
舞动起来，各显其能，场面热烈，深受人们喜爱。

　　阿毛的队伍常是笑傲到最后的那一队。

　　他还有个大招，这招要到斗得难分难解时，才使出来。他
专门找老师傅做了钢丝加固的超大麒麟头，威风凛凛，上面可
端坐一人，挥舞旗帜，往敌方进军。阿毛足踏一米多的高跷，
托举几十公斤的道具，完成闪、转、腾、挪等系列动作，舞起
来虎虎生风、气吞长虹。可这样的花活，难度大，也危险，表
演不了多长时间，主要震慑下别的队伍，他们认输，就行了。
往常坐在麒麟头上的要胆大瘦小的小男孩，要不重量真吃不
住。

　　阿毛这次没打算舞麒麟的，是米米鼓动的。阿毛回到小红
楼里，米米照顾他养伤。阿毛瘦了二十斤，做什么事，再也提
不起精神，好像生命的热闹和活力消磨尽了。米米想，这样下
去不是办法，得有个由头，暂时撇开灰头土脸的现实日子，在
台上舞一回麒麟，舞一舞，闹一闹，让阿毛在锣鼓喧天中露个
脸儿，出个彩儿，抖一抖身上晦气的尘埃，或许能唤回他的心
气，继续风风火火地将人生铺展下去。几个月来，米米一直鼓
励他：“年底你还得上台舞麒麟呢，再多吃点……”

　　每天米米变着法儿给他做滋补的饭菜，期望他能壮实起
来。阿毛有时实在没胃口，主要是泄气，人生经此揉搓，没有

劲头。阿毛抽烟打游戏，和狐朋狗友联络频繁，喝酒胡闹，醉醺醺的。米米骂他，他也不恼，笑笑的，是那种水淌到地上，处在低处，再不打算爬起的无所谓的笑。骂久了，他就转头睡了。米米揪着他耳朵说了一千遍一万遍："阿毛，你不能这样自暴自弃……你忘了吗？我最喜欢你自信的样子了，明亮张扬，浑身都发着光似的。阿毛，你打起精神，我们不用那么多钱的，就这样，挣点工资，就很踏实。"没有用，阿毛的表情是看透一切的，你这都是白折腾，米米，没有意思，一切都没劲，一切都没意思。

米米不管，做好饭，就命令他吃。他不吃，或者敷衍了事，跟他急也没用，米米就默默垂泪。阿毛哭笑不得："我还没死呢。"米米哭得不依不饶，却也静悄悄。阿毛受不了："行啦，别哭了，我吃，我吃，好了吧。"米米这才破涕为笑。

为给阿毛打气，也是陪阿毛一起努力，米米放出话来："你长多少斤，我就减掉多少。"我陪你，你长胖总比我减肥容易多了吧，米米甚至自虐地想，就当是把我的重量转移到你身上吧。米米胖得多不容易啊，是她一口一口吃出来的，胖得珠圆玉润，恰到好处。可以说，米米是离开家，自己能挣钱了，一点点从一个瘦巴巴苦兮兮的傻孩子，点点滴滴吃到这么胖这么甜美可爱的，每掉一两，米米就想哎呀双皮奶浪费了，再掉半斤，米米哀号过去吃的烧鹅也白搭了。和别的女孩不同，米米减肥减得真心疼。以前每到发了工资或是赚了外快，米米总要好好吃一顿犒劳自己，她常欢天喜地向阿毛汇报："今天吃了虾饺、艇仔海鲜粥、鸡翅、杨枝甘露，还有超好吃的桂花味点心和奶酥，哦，还有一杯绿豆蜜薯糖水，好开心哦。待会儿打算再去吃个夜宵，光明市场后面新开了一家，有小龙虾烤鸭肠，味道可好啦，你要不要一起去体验下？"阿毛回她："乖乖，你明天是要枪毙吗？"米米哈哈笑："想吃就吃啦，今天吃了才是今天的，说不定明天挂了，就真吃不到啦，还是今天吃吧，不留遗憾嘛。"

可这次米米严格执行减肥计划，早餐一碟素肠粉，中午一颗鸡蛋，晚上一杯燕麦，戒断所有零食。米米有可怕的韧劲，因为她说了："阿毛，下次舞麒麟，我坐麒麟头上。"

米米的目标是减到九十斤。

阿毛不忍拂她心意，只好勉励加餐锻炼。每天起来，米米都要在日历上划掉一天，然后用电子秤称量两人体重，如果阿毛的重量稳步攀升，她的持续下降，米米就开心，手舞足蹈的，期待着舞麒麟的那天快到来。被她念叨多了，到后来，舞麒麟就不单是个节目了，是吊着的一口气，是一针强心剂，关系到阿毛能不能走出这段低迷期。

终于到了年初舞麒麟那天，米米减到了九十八斤，饿了两天，只喝一点点水，还是离目标多了五斤。阿毛倒是壮实多了，原地托举米米几分钟不成问题。阿毛舞麒麟之前，吃了米米准备的巧克力，喝了"红牛"，披挂上阵，舞到难解难分，阿毛祭出大招。米米在麒麟头上坐好，阿毛举了起来，亮了个相，刚要做个"甩青"的动作，忽觉肋下清晰的"咔嚓"一下，浑身就软了，再使不上一点劲，身子一歪，米米摔了下来。麒麟头磕在地上，摔得破碎，阿毛瘫倒在地上，许久爬不起来。

别的队伍刚叫了一声倒彩，发现不对劲，赶紧围过来，去拉阿毛。

米米顾不得摔痛，搜着阿毛的手，问他哪里疼。阿毛满脸涨红，是那份没能当起大任的羞愧。

"是我太重了，阿毛，怪我，不怪你……"米米要哭要哭的。阿毛拉着她的手，笑了，意思是又让你失望了。可是他的笑里又有一层平静，对什么都无望的，那种寂静，让米米觉得悚然，好像在向她摆明：米米，我说了我没用的，你看，努力了吧，还是什么也干不成。

## 22

世间就数秘密这东西最麻烦，朋友给你说了个秘密，临末往往还要嘱咐一句："只给你一个人说的，可别说出去哦。"得，他吐出块垒一般，一股脑说完，拍拍手轻松了。可你呢，自此就被这个秘密绑架了，不得不逼着自己成为肉体保险柜。可人长了个嘴，总有跑风漏气的时候，秘密就像蒲公英似的，在嘴上完成了接力，开出流言之花，结出不可预测的恶果。

　　来到糖水摊，米米先是耷拉着脸，默默垂泪。芬姐给她端了糖水，拧了热毛巾给她，对她哭的原因并不怎么热心。能有什么呢，不就是小两口闹别扭吗？芬姐想。米米倒按捺不住了，擦完了，又哭，哭得干干巴巴的。芬姐懂了，是为了引她注意，重回到米米的问题上。

　　芬姐问了："说呀，怎么回事？"米米瘪瘪嘴，下意识地摩挲着小腹，下了很大决心似的："你可别和人说啊，姐，我……我看到他又……"

　　芬姐真不该点点头的。

　　转天，平乐坊的闲人都知道阿毛被警察带走了。米米从商场下班回来，听到后，先是冲进小红楼，人去楼空，一地烟头。然后，就奔进店里，对正在淘洗粳米预备晚上糖水的芬姐，迟疑了半秒，还是一个嘴巴子招呼过去。

　　芬姐蒙住了。

　　米米手抖着。

　　哦，她以为是我说出去的呢。芬姐苦笑。米米就知道她太冒失了，这么好的芬姐，她都失心疯敢打。米米反手抽自己，芬姐攥住她的手……米米坐在地上，抱着胳膊，呜呜哭，她说："姐，我什么都没有了，全都没有了……"她仰着头，似在向谁质问，"怎么可以这样对我？"

回应的只是月亮的冷脸。

芬姐揽着她："傻瓜，你还年轻，什么都会有的。别哭了……"

"不一样的，姐。"米米满脸鼻涕眼泪，反复哭诉着，"不一样的，姐。世上只有一个他，只有他曾经对我好过啊，姐……"

芬姐替她擦泪，擦不干，像两眼汩汩流淌的活泉。"他对你好不假，可也不能犯法呀……"

米米痛哭失声，六神无主："姐，我心里好苦……"

"演电影呢？哭哭啼啼的，给，擦干泪，爬走，别在这儿丢人。"韩玉婵从二楼听闻已了，兜头丢下来一块毛巾，声势夺人。要不是韩玉婵后边添加的几句，米米也没那天的歇斯底里。

"你还以为他做那违法的事是什么秘密呢？警察盯他好多天了，他还想跑路，借钱都借到我这儿了。"韩玉婵瞥了眼不成器的米米，"明白告诉你，举报电话就是我打的，就一烂仔，值得当什么稀罕宝贝呢？真要是离了男人不能活，入夜平乐坊街上闭着眼随便抓个男的，也比那短命鬼强。"韩玉婵却忽然叹口气，接着说，"他还让我转告你，他不爱你，你也别太自作多情，忘了他吧……他自己说的……"

韩玉婵还没说完，米米突然爆竹炸似的，以破碎的姿态，"啪"地捧出内里的爆响。她尖叫一声，如癫如狂，冲到楼梯上，抱住韩玉婵的腿，往下拽，不管不顾地，撕、扯、拽、拉……韩玉婵整个人被这炸药包掀倒，再直接跌下楼梯。像一件瓷器，突遭暴力，韩玉婵摔得不成个样子。衣服扯烂了，头发跌散了，头脸摔破了，淋淋漓漓的……最主要的是，韩玉婵平日的威严和气度，如被爆破的大厦，这一下，在尘烟中轰然倒塌。

米米神经质地傻笑，抄起桌上的残茶，朝地上的韩玉婵兜头泼洒。"叫你举报！碍着你啥事了？你不就是嫉妒嘛，你嫉妒我俩，你年轻时男人为啥不要你，和你离婚，别人不知道，你以为我也不知道吗？"

韩玉婵闭上眼睛，眼角晶莹。她是离过婚，也确实不孕，那些堆在旮旯里泛黄的证明，擅长钻柜子的米米，应该是都看到了。

米米还在发疯："你平常拿腔拿调的，以为是谁呢，我操你妈！"米米大骂，"你知道什么，你以为我只是图他那栋房子拆迁吗，你了解我吗？你知道我们俩的感情吗？你们太自以为是了，呸！"米米啐了一口，决绝离去。

第二天，韩玉婵一开店门，门上以及她暂时没看见的平乐坊几乎所有的公示栏、电线杆上都贴着她多囊卵巢综合征的诊断书和离婚证复印件。复印件应该是手机拍的，怕观众看不明白，米米额外花了钱，请大学城附近打印店里戴眼镜的大学生从网上借鉴了半文半白的言辞，以掩盖她的身份，白底黑字加粗打出一段：

　　　　韩玉婵，女，现年四十六岁，徐娘半老，保养良好。家住平乐坊水榕堂花闸门三巷 21 号，因病，不能生育，曾被前夫狠心抛弃。后被一老头包养六年，得其遗产千万，华屋数栋，铺面若干。

　　　　如若不信，请去平乐坊打听。她和侄女在此开有餐馆"快香食亭"和酒店一家，家产万贯，仍觉寂寞空虚，每见别人牵儿逗女，归来向隅而泣，独自哀叹。临到晚年，非常渴慕完整的家庭。现欲重金求夫，请各位男士垂怜，满足我做女人最后的心愿，报名或介绍即有答谢，事成将重酬 1000000！

　　　　观音山上菩萨莲花座下发愿，以上绝无虚言。

　　　　联系电话：159×××××××××

　　将韩玉婵和侄女绑到一起，亦真亦假。为表示所言非虚，还贴着韩玉婵的翘角礼帽的大头照，以及她的房产和车子照片，一百万的六个零圈一个比一个粗犷，直戳眼帘。

　　并且，在卷帘门上，插着一把刀子，刀尖挑着一张干瘪的猫皮，洒上的不知是血水还是什么，鲜红淋漓。

# 23

　　阿毛所住的那套房子并不是他的，是他大伯名下的。父母离异后，阿毛和奶奶一直居住在老房子里，即便拆迁，也分不到他什么。不管米米有没有非分之想，在这一点上，阿毛没有坦诚交底，也是他不愿意让米米觉得他一文不名。阿毛知道，到最后，他什么也给不了米米，最重要的是，他想给她点东西。

　　阿毛原来在酒店做管理，介于打手和掮客之间的角色，在小姐和嫖客之间，维持秩序，联络逢迎，互通有无。他做这个挺有天赋，嘴皮子活，本地仔，关系熟络，处理得一团喜气，没人敢在酒店闹事。阿毛曾有过几年潇洒的日子，职位最高做到后勤部副部长，手下有几十号兄弟听从调遣，护卫着三十九层的大酒店三百多位佳丽，门开四方，恭迎来自世界各地寻欢的人。

　　可这一切随着扫黄彻底斩断，酒店歇业，大老板身陷囹圄，灯火熄灭。川流不息的停车场长草萋萋，阿毛自然也宅在家里，没了用武之地。他大手大脚惯了，朋友又多，纸醉金迷里养成的积习难改，吃喝玩乐，一样没丢。不消一年，积蓄挥霍成空。

祖母病危，阿毛才开始好好反省，决定老老实实地上班挣钱，做过 4S 店销售、游戏陪练、淘宝小店，都不长久，干着干着就不耐烦了，主要是他挣过大钱，这些辛辛苦苦的死工资，阿毛看不上眼。要不是阿毛各路的朋友多，光靠平台借贷阿毛也撑不下来祖母的医疗费。阿毛确实朋友多。

有个故事阿毛从没提过，可他的那些朋友吹嘘过不知多少次：阿毛做酒店后勤部副部长时，有个小姐，称得上是店里的头牌，一位相熟的港商谈完生意，心情不错，提着箱子来消遣，小姐阅人无数，知道这港商是收了款项，兴致高昂，一番下来，服务得周详，港商精神焕发，拉开箱子给小姐消费。港商在这方面大都大方，他们不知道小姐收了也要上缴的。拉开箱子的刹那，小姐眼风一瞟，心怦怦跳，可脸上淡定，伺候金主事后沐浴。这个港商有个习惯，完事喜欢坐浴缸里被小姐按摩着抽支细雪茄。小姐按摩完，他在迷离中享受进口雪茄的烟草香气时，小姐借机出来，迅速更衣，将箱子掩上外罩，下楼，打车，直奔机场，购票，值机，一气呵成。港商出来，就明白了，打电话给酒店经理，经理一声令下，阿毛带着众兄弟分赴各个车站，独他去了机场。阿毛在候机室堵到女孩时，笑了，说一句："没想到我能来这么快吧。"他说，"不好意思，楼下的黑车都是我兄弟伙儿。"小姐就哭了。这要带回去，不打死才怪。女孩磕头作揖，求阿毛放过，声泪俱下地说，她母亲重病，不然她也不会做这一行，今晚见钱眼开，也是无奈。可女孩说着，故意大声吵嚷，吸引人围观，并想往值班人员那里冲。阿毛一把将她攥住，拳头抵在她腰畔："你说的我都当是真的，你走吧，回去救你老妈，钱呢，留我一半。"女孩懂了，马上照做。阿毛用衣服包着二十五万美金凯旋，然后给经理汇报，晚了一步，人已飞走了。阿毛能沉住气，等事情平息，才将钱拿出，一部分给了跟着他的家里困难的兄弟，大部分和朋友们去澳门赌掉玩掉了。浮财来得快散得也快，阿毛浑不在意。他的朋友讲起阿毛的这些传奇，绘声绘色的，阿毛倒静气，只眯着细长的眼睛抽烟，脸上似笑非笑。米米明白为何阿毛落魄了，他的朋友对他还都服气。

　　经过那场功亏一篑的绑架，阿毛更加颓废。一个大男人，天天在家挺尸，头发油腻，浑身邋遢，穿着裤衩，对着电脑打游戏，饿了吃盒泡面，累了倒头就睡。昏天暗地。

　　米米前后帮他找了几份工作，都没干几天，不是嫌领导傻逼，就是嫌管束太多，没一个能领到整月工资的。最后一个是送外卖，还是米米央求朋友介绍的，阿毛倒是干了五天，因为顾客投诉，他直接将汤粉摔在对方门前，汤汤水水溅了顾客一头一脸。阿毛解气，扬长而去。顾客不依不饶投诉到分部，米米磕头作揖赔了钱不停道歉，才平息了朋友的愤怒。朋友临了还劝她一句："你呀，真是瞎了眼，找这么个不成器的玩意儿，吃你的喝你的，米米你图什么呢？"

回到家里，米米第一次和他争吵，不是怪他不该发火，而是你怎么能摔人家快餐呢，成什么了？阿毛余怒未消："他骂我什么你知道吗，他说我也就是条跑腿的狗，这辈子翻不了身……"阿毛很委屈，眼睛通红，要抽刀子杀翻这个世界的样子。米米揽住他的头，揉搓他起伏的胸口："好啦，你不是狗，怎么能是狗呢，你是老虎，是豹子，不干了，我们再不干那窝火的工作了……"阿毛竟然趴在米米怀里，抽抽搭搭地哭了。米米像个小母亲，安慰着他，看着一米八一的阿毛哭得像个孩子，她的心快要碎掉了，我的亲人啊，你是我的英雄，曾解救我于水火之中，可生活哪能像我一样，都顺着你呢……

阿毛还是没去工作，被米米低微的工资养着。阿毛和他那帮之前挣惯快钱的兄弟伙儿，没法再弓腰费劲打工去了。他的那些朋友，几乎都没有好的结局。阿毛极力想证明自己，却无能为力，握起的拳头，抓不住任何东西。越是空虚，他起伏不定的臭脾气越变本加厉，他敏感多疑，总觉得米米嫌弃他，甚至在小小的口角中，出口伤人，骂米米："我是不成器，嫌弃你就走啊，外面男人多的是，你他妈非要免费主动上门……"

"我贱，好了吧，我犯贱……"米米捂着脸，跑出屋子，委屈已极。

可是到月亮出来，米米还是返回，带着烟酒和食物。她想：米米，你就是贱啊，离不开他了。

等米米睡着了，阿毛才悄悄起来。米米累了一天，睡得酣然，他轻抚着她的脸，苦笑，心说：米米，我总是让你失望，我想悔改的，可是，我可能没机会了，米米，遇到我，你真是倒霉，这一次，就当补偿吧，但愿你不要再犯傻，我不值得。

阿毛白天去见了何千惠。她们母女要去国外读书，加拿大多伦多，能看到极光和雪山的地方。何千惠没见过大雪，可她喜欢雪，在她想象里，洁白纯净的雪，不似人心那么肮脏。

临行前，何千惠一定要见见阿毛。何千惠剪了短发，站在阳光下，干净高挑，仍是命运的宠儿。见到阿毛，她粲然一笑，又略有拘谨，说："嗨，阿毛，你还好吗？"

阿毛撩起衬衫，肚子上有她给的那一刀，还有龅牙彪的杰作，也回报一笑："反正没死，不知道算好不好。"

"对不起哦，扎了你那么深……"

"该的。"阿毛说，"可惜扎偏了，下次争取扎准点。"

何千惠踢了他一下，笑了，眼泪忽而掉了一串。

"临走，就是想看看你，我想了很久，其实，你挺好的。"

阿毛挠挠头，竟然歉疚地羞赧了："别呀，不带这样的哈，我一小浑蛋，骗了你，还不自量力图谋你家的钱，你倒好，还表扬。"

"我就想问你一句，从头到尾你都是处心积虑骗我吗？就没有真心对我过……"

阿毛晃晃手："说这些还有什么意义呢。"他说，"不说了，等你回来，想学滑板还找我，收了你的钱，还没教会你呢，过意不去。"

他们不说话了，在广场士多店凉棚下喝汽水。汽水喝完，何千惠就要走了。"看到了吗，我妈和干妈——就是韩春丽——在对面咖啡馆监视着呢，我要走了。还要给你透露个消息，老何如愿生了个儿子，可查出来心脏有点问题，本来跟你没关系，但龅牙彪巴结他，说是被你绑架吓的，其实是想从老何那儿再捞一笔。他们可能要报复你。你逃吧。"

"好，我知道了。谢谢你，惠公主。"

"我从来不是什么公主，只是经常孤独。"何千惠摆摆手，"走啦，谢谢你，哥。"何千惠想清楚了，她要感谢阿毛为她和父亲修复感情的努力，也要感谢他带给她那些粗浅直接的世俗快乐。

何千惠留给他一个机器人。包装盒里，有一沓钱。是她的零花钱。

阿毛用这些钱，买了违禁品。他自己其实没敢踏进去，佯装自己是个瘾君子的那几次也是别有目的。阿毛还有残存的理性，他的理性就是米米，将米米辛苦挣来的钱扔进水里，他不忍心。他决意打着给瘾君子们提供场地的幌子，再挣一笔快钱。他甚至都在心里替自己狡辩好了，这些渣滓，和他一样，不值得同情，那就让他们掉进深渊好了，所以他钱倒挣得坦然。阿毛这狗日的也真是个人才，没多久竟然发展了几十个下线。

阿毛得让自己赶快进去。

这些人聚集在一起，是为了防止有人控制不住，过了量，一下子死掉。阿毛有屋子，又没人管，正是他们理想的罪恶场地。

又一次争吵后，米米负气离开，阿毛特意叫了几个街上有名号的瘾君子来。

米米没走，就藏在外间的衣柜里，都看在眼里。

米米再没来过他的房子。

最后，阿毛躺在床上，瞥着米米伤心离去的背影，落下眼泪，欣慰地笑了。


## 24

米米做了个梦。她梦到自己置身于陌生的舞台，台下的人觥筹交错，彩灯和霓虹变换的柔光中，女孩们如汛期的鱼蜂拥登场，男人们三五成群，酒足饭饱之余闲来垂钓。推杯换盏中，掌控着资源的男人们，交际人情套近了，挑拣说笑的当口可能就把生意谈成了。事项谈定，关系升温，然后，在围绕而来的鱼群中，选定一尾，进入暗室，剖衣解鳞，渐入胜境。

腰牌挂着"6"字头的女孩，坐在角落里，神情快快的。她个子矮，胜在肌肤雪白，在莺莺燕燕中，这个价位算力争上游了，可她还是觉得没卖上价钱，哪怕是"8"字开头呢，念出来也口彩吉利。今天是培训了半个月后，她首次展览着标价售卖，说不紧张也是假的。

　　常规的做法，带班的妈咪会嘱托几个熟客，表现积极些，给刚出台的女孩一点信心，顺利开张。可她不会来事，别的女孩都热热乎乎地围着妈咪巴结，她做不来。也不是做不来，是舍不得花钱，买礼物、请饭，都得实打实出血，她囊中羞涩，妈咪也只好任她自生自灭。

　　站成一排的各式女孩陆续被底下坐着的金主挑拣完毕，拥着验货去了。她持续站在那里，怯手怯脚的，有些不知所措。她低头看看脚尖，再抬眼看看舞池，躲闪地观望，因为内心的自尊，身体略微绷紧。可是，很快随着观众越来越少，舞台显得愈发空旷，四面八方的风似乎都吹过来，冷飕飕的。她有点着急，心里发狠，瞪着前方，眼神坦白中带着恓惶，更凸显出某种无辜。

　　这个工作她谋取得不易。扫黄之后，会所招人严格，且更加隐蔽，敢于逆风而上的，多迁移到邻近城市的偏僻之地。她想要钱，想快点将自己卖出去。职业装风格简约，她很想抱着胳膊，劝自己放松点、自然点，于是她继续站好，像是挑着价位的道具，保持着训练出的职业假笑。

　　愣神间，服务生喊她："641，楼上包房有客人点你。"她还纳闷呢，她初来，怎么会有人钦点呢？

一路迤逦走过去，她敲门，进屋，弯腰鞠躬："先生您好，欢迎您来到'百夜门'，很高兴为您服务。"

抬起头，是韩玉婵。

她扭头就走。来看我笑话？日你妈哦！

韩玉婵喊住："米米，你敢走，马上投诉你。"投诉是这一行的七寸。此地曾开创了以顾客体验至上的可以细分量化的行业标准，像它遍地的模具厂流水线一样，苛刻而严谨。遇到投诉，不分对错，小姐先被教训一顿，扣钱事小，积攒多了，卖不上价钱，在这一行没法干。

米米转身，咧开嘴，笑得冷硬，像是劈开的冰层："大妈，我该怎么服务你呢？腰里绑根假东西，跟你玩吗？"

韩玉婵扬起手掌。

米米不为所动，梗着脖子，甩开鬓发，露出脸颊，让她打。

韩玉婵的手掌叹息般落下，要过来揽她。米米躲开，坚硬地笑了："阿姨，不需要服务的话，我可就走啦。"说完，米米倔强走开，将门摔得巨响。韩玉婵的解救者形象也就轰然碎了。她确实掠过一丝抗议的快感，可拒绝了韩玉婵的援手，失水的米米仍要重新面对回测的水流。她满心茫然。

米米似是被摔门声也震得"咯噔"一下，醒了，才发现是一个梦。她想，真窝囊啊，梦里都卖不上好价钱，梦里也绕不开韩玉婵。这时，忽而传来"咚咚"的敲门声，米米一时分不清梦里梦外了。

开了门，果然是韩玉婵。

米米没好气："你来干什么?"

"来找你算账。"韩玉婵针锋相对。她找张凳子坐下，命令她，"坐下，陪姑姑说说话。"

"有什么可说的?"米米甩了下头发，扭着头，看墙顶斑驳的水渍。

"听芬姐说，你打算下水去做那个?"

"要你管!"

"切，谁稀罕管。"韩玉婵冷冷笑了，"也不照镜子看看，就你，能卖上什么价钱? 也不知你猪脑子怎么想的。"

米米想起刚才的梦，似乎韩玉婵是从梦里的场景穿越来的，全都不幸被她言中。米米委屈又愤怒："卖不上价钱我就站街去，才不要你可怜!"米米说着说着哭了。韩玉婵还笑吟吟的，米米气急败坏，哭了一半，觉得好没出息，就狠狠瞪她，瞪得眼睛都疼了，韩玉婵也毫发无伤，像是看小孩子的把戏一样。

"芬姐给你买了串手链，转运的，她要照顾摊子还要伺候病人，抽不开身，让我转交你，喏，接着。"韩玉婵抛过来一个珠宝盒，白金链子穿着三颗淡绿蜜蜡转运珠。芬姐真好，米米几乎又要哭了，转念一想，芬姐现在哪有闲钱，再说，这种冷色的审美，必然是她韩玉婵心属的。她以为她喜欢什么，别人也喜欢吗？米米本想将盒子重重合上，使劲丢到她脸上，可是，手链真好看啊，也真贵重。米米犹豫的瞬间，韩玉婵摆摆手："别琢磨了，我买的，嫌弃怎么？不过芬姐确实挺惦记你，打你电话也不接，挺能耐的啊。戴上吧，但愿赶快转了你的运势，这副愁眉苦脸的样子，看着都烦。赶快收拾收拾，跟我回去，明早接着送餐。"

"我不！"米米齉着鼻子，有浓重的水音，"我就不回去，你别逼我。"她说，"我就要干那个，你尽可以骂我、瞧不上我。说到底，我们不过是共事过一段时间，你是老板，我是打杂的。不要以为你有多了解我，不要以为你有点钱，就可以干涉别人的生活！"

韩玉婵笑了："是，我是不了解你，都挺忙的，一屁股事，谁有那闲工夫了解谁，是吧？可你钻到楼上柜子里翻我陈年病历干什么呢？"

米米语塞，嗫嚅着："我是……不小心……"韩玉婵为了方便，经常住在早餐店楼上的卧室，也是喜欢平乐坊夜晚的人气，煎炸烹炒，热热闹闹，活色生香，都是生活的图景，供她在阳台上，伫立观看。有一段时间，家里的房子装修，韩玉婵将杂物搬来堆到店里的楼上，米米是想偷偷见识下韩玉婵的化妆品，却不想韩玉婵随之上楼，情急之下才藏到柜子里，谁知道不经意间翻出韩玉婵的隐秘。

"你说你多阴损，还真的写上我的电话号码和住址，还扯上我侄女。要不是我劝着，春丽非要起诉你，你底裤都赔得不剩！就说这几天，我都快被骚扰电话、信息烦死了，有你这样干的吗，傻东西？"

米米低着头。那会儿她在气头上，确实做得卑劣。

"我换了电话卡，都要从你以后工资里扣，饶不了你。"韩玉婵撩起鬓发，"老实说，姑就是可怜你，能怎么的吧？你说我高高在上也好，说什么也好，就可怜你，受那么多罪，脑子还不好使，傻乎乎一个。"韩玉婵脾气急，说着说着能把自己气住，"真是白替你操心，不识好歹！"

米米头更低了。

"那猫皮是怎么回事，你真杀了只流浪猫？"韩玉婵气冲冲的。米米知道她爱猫，常投喂街上的流浪猫，所以才用猫皮刺激她。米米想，自己真卑鄙。

"网上买的，假的，仿造的。"米米嗫嚅道。

韩玉婵松了口气，骂了句："真有出息。"又叹息，"说起来，阿毛这孩子还是我看着长大的。他奶奶腿脚不好，他小时候常来打包肠粉，最鬼精了。一晃，长这么大了。"她说，"要不说你傻呢，到现在，你又了解阿毛多少，你真要去做那个，对得起他吗？"

"我怎么不了解他了？他可以吸毒，和其他女人乱搞，我为什么不能，至少我还要收钱呢……"米米胸脯起伏，眼角酸楚。

"自己嘴硬，顶个屁用，谁心痛谁知道。"韩玉婵旋开床头的瓶装水，递给米米，看她又要爆发，"姑姑忙着呢，没心情看你的笑话。只是有个事，以为你自己会醒悟到，看来阿毛还是高估你的智商了。"

米米头发奓开，连丝质短裙下半露的乳房，都随着愤怒的心脏在跳荡。米米将水挥到地上，水在地板上无声地洇开。

"姑，风凉话说够了吗?"

韩玉婵递过去一张银行卡："没呢，你且坐着，喝口水，仔细捋一下前因后果，你再决定要不要去接客。"

## 25

不说从宇宙的尺度来衡量，仅仅时间的节点稍微拉长一点，若从多少光年之外回看，飘着一个若有若无蓝色的小豆粒，豆粒上躁动着七十多亿浮游生物，互相爱恨，承受各自的命运，混乱地、有序地交集、构陷、攻击，若问一句，有意义吗? 没有。但眼前的悲喜、苦痛，就不重要吗? 不是的，这些是我们存在的依据，也是正在经历的人生，我们各自，是唯一。

所以米米，你在我这里，是珍贵的。请你，请你，爱惜自己，替我照顾好自己。还会有别的男孩来爱你，你不要错过，该恋爱恋爱，该结婚结婚，该生小孩生小孩。放心，我会来找你的，哪怕要过很多年，哪怕到时候我拄着拐杖，再见你，你已经子孙满堂……

我记得你的快乐模样，记得你惺忪的睡眼、酣睡的呢喃，记得你生气时握紧小拳打我的样子，记得你没安全感睡觉蜷缩着像个可怜的小猫，记得你待吻时闭上眼睛的娇羞之态，记得你哭泣时泪珠的清白，记得你恨铁不成钢却不敢给我压力时心内的叹息，记得你怎样摊开自己忍着疼让我莽撞只为了收纳我的悲伤……甚至记得你目睹我堕落，最后离开时的绝望和心碎……亲爱的，你看，所有的，我都记得。我并不是像你说的，跟你只是玩玩的，我很爱你，至少和你爱我的，一样多。

我的傻女孩，不挣扎、不叫、逆来顺受的女孩。你总是极力克制痛苦和欢乐，像个沙包，承载一切，有着惊人的忍耐力，慢慢消化体内的疼痛，让人心疼。我很庆幸，能给你带来一些微不足道却珍贵的快乐时光。还记得吗？那一次，我们在郊区游乐场的马场里，骑着马，想象那是草原，在蓝天下，风在耳边，你抱着我的腰，那种无拘无束的自由，真开心……真好……一辈子忘不掉。

傻女孩，希望你多一些这样的快乐。不必是和我，谁给的都可以。

钱你拿好，不过以你那副对钱的抠门样儿，我才不担心你会收不好呢。别有负担，这钱该是你的，我说我要给你最好的，给你良田千顷，给你华屋千栋，给你天赐姻缘，哈哈，我吹牛逼呢。反正，钱你大胆花就是了，就是给你挣的，哥欠你的。

我还记得你给我写过一首情诗，哎呀，我去，好酸，心里又好甜，我很喜欢。

> 你捂住我双眼
>
> 我看到了阳光
>
> 那一刻才知道什么叫心花怒放
>
> 你亲吻我
>
> 我看到了月亮
>
> 那一刻只感觉幸福要溢出眼眶

还有一层，一直压着，没给你说，你这些年都释怀不了那个心结，傻姑娘，抓住悲伤紧紧不放，我再看不下去你这个样子。我希望你跨过去这个坎，余生里，再没有阴霾。

我会见到你继父的，会"亲手"帮你问清楚。

没想到我的文采这么好吧，哈哈哈，我也没想到呀。这里头什么人都有，好几个戴眼镜的读了都感动得眼泪哗哗的，哈哈。他们帮我出谋划策，还润色了下，不过最后都是我一笔一画写的，感动吧？

还有，你不要恨姑姑，是我求她打举报电话的。我有消息，知道自己快要露馅儿，所以，还不如我将所有的都收拾妥当，自己主动进来更好。因为，我听说老何可能要报复我，我逃不掉，也不能牵连你，想了下，哪里最安全呢，只有这里了。还有，我进来了，那些高利贷，就作废了，等我出来，那些非法平台估计早就爆雷啦。嘿嘿，我够聪明吧。

你可能也知道了，我在里面还不错，在外面女人缘好，在里面男人缘也不差，没办法。不给你嘚瑟了，等过段时间，你不那么难过，我也长胖了点，再让你见我。

就说这些吧，我要去吃饭啦。


米米望着阿毛委托律师捎来的信件，心说，你聪明个鬼哦，最蠢的就是你了，一次次做违法的事，还觉得自己多能耐呢。米米嗤之以鼻，望着手腕上的蝴蝶和月亮。米米叹口气，没办法，怎么遇到这么个浑蛋呢。米米将卡里取出的钱全部装好，装进书包之前，她一遍一遍抚摩着那一沓沓崭新的钞票，又拍了几张照片，作为留念。然后，终于下定决心，都装上，一分也不留。四十万，装了满满一书包，背着沉甸甸的，压得米米腰都微弯。走了一路，她真想哭，不是累的，是不知道下次什么时候才能这样再被一大包钱压疼肩头。米米这会儿真恨阿毛，为什么不正干呢，弄了这么多钱，最心痛的是，让米米取出再亲手送出……

出了门，好大月亮，城市的白热光映衬下，满月橘红油亮。过马路等红灯时，米米心想，阿毛这次你闯红灯了，认罪服法，该你受罚，好好改造，我们下个路口见。她不恨阿毛了，算了，只要你人能出来，穷光蛋也是好的，钱再多，也不能逗我笑，更不会抱抱我，喊我小傻瓜……

米米想，阿毛，你狗日的，出来后，还要挣够这么多哦，我们一起干干净净地挣，我再给你最后一次机会。米米想起他讲的那个鬼故事，米米心说，你再胡作非为，我就被气死了，就算做鬼，我也不会放过你，阿毛。不过，到了派出所，米米向接待她的民警讲清楚事由，将钱全部移交给警察的时候，还是把书包抱在怀里让它盘桓了片刻。他妈的，我也做过一个小时的小富婆了，我记得抱着钱的这种沉甸甸的幸福感受，你的米米爱财如命，这辈子，没救了。

# 尾声

当楚小云决定从何家续给她买的高档公寓搬出去时，她给儿子取名为"楚小辞"，寓意从上段孽缘中辞身而去。

她要搬走，何家续阻挠不成，只好同意了，可看到出生证明上本来属于他的儿子被冠以母姓，何家续揪着自己的头发，他的恼怒不言自明。所有的盘算都落空了，何家的家谱上男丁那一栏注定还得是空的。何家续拽着楚小云的胳膊："你不能带他走！"

楚小云脸上空茫茫的，望着至今检查不出原因，许是被惊吓早产的儿子，医生说智力也有可能发育迟缓。小男孩对这世界的深浅尚无认知，甜美地咬着自己的手指，望着悲哀的母亲，笑呵呵的，一脸天真烂漫。楚小云落了泪："或许，这就是报应吧，我罪有应得。"她说，"这是我的孩子，我只希望他以后活得清白一点坦荡一点，放过我们娘儿俩，好吗？"

何家续还在展现他已掌控全局的端然，信誓旦旦地说："我现在就娶你，他得姓何，小云，求你了，我会给你母子俩最好的。"

楚小云笑了，眼窝里却都是泪。"晚了。"她说，"对你妻子女儿好点吧，你还想我们母子活在她们的诅咒和愤恨里吗？"楚小云似是喃喃低语，"我知道错了，该结束了。我的儿子已经这样了，再作孽的话，会给他积德吗？你就算给我们再好的，我们娘儿俩会问心无愧吗，能心安吗？"

她将之前何家续求的木雕小观音还给他："我走了，不要找我，我会好好带小辞的。"

楚小云走后，何家续瘫坐在空荡的客厅里，抽了半盒烟，抱着头，终于孤零零地大放悲声。夜黑了下来，月亮蹲在落地窗上，映着他斑白的鬓发，像是为他点灯，又像是在嘲讽。

下
——
部

# 1

　　田居者为村，邑居者为坊。平乐坊能成为海城最大也最有年头的坊巷，首先是地利之便，西北边靠近东江，有一片水域，阔且深，叫莲湖，勾连东江和运河，溯江而上，去广州，顺江而下，是入海口。几百年间，船只如梭，物流集散，形成繁华的港湾。

　　如果说河流是藤蔓，沿线大小的城，都是藤上结出的果儿。平乐坊，无疑是东江在入海前，曲曲折折的青藤最后的馈赠。来自岸上的物产和海里的渔获，在这里集合流散，水到渠成，平乐坊西北角的莲湖市场兴旺，商业发达。

　　清末民初的显贵商户们沿着平乐坊靠近莲湖的地段，建有连街跨巷的"骑楼"，实用且气派的南洋风格，融入了西方元素，让人眼前一亮，是当年的时尚。骑楼上楼下廊，底部宽敞，雄伟的立柱，撑起进深丈余的顶盖，形成跨出街面的长廊，商家和顾客的共享，挡避风雨炎日，江风湖水送来爽气，底层铺面做生意，上面楼阁住人，连廊连柱，立面统一，是平乐坊一景。

最难忘的，还是年节时置办货物的景象，是本地人心头共有的温馨记忆。进入腊月，城区镇街的人们，挎篮提兜，扶老携幼，络绎赶来，穿行在骑楼下，金银铺、珠宝行、饰品店、钱庄、当铺林立；海鲜铺、干货店、南北点心汇集；粮油店、绸缎店、药铺、影相馆齐备；粥粉店、云吞店、小吃店繁多；烟馆、赌馆、茶室兴起；年橘、盆景、时花争艳……骑楼鳞次栉比，货物琳琅满目，店面精致考究，让人目不暇接。谈生意的商人，沿街叫卖的小贩，通宵达旦的营业，共同谱写了当年的盛景。

到了晚间，长廊下，收获丰足的商户们支一张茶台，邀着邻居，喝茶、吹水、纳凉、会客、交流信息，兴致一起，叫几味老饭店地道的特色菜，吃着夜宵，看小孩在旁边奔跑打闹。父亲沈文渊晚年记忆已经错乱，住在香港的别墅里，常常念叨的，除了他的美娟，就是平乐坊下的花团锦簇。他记忆里的平乐坊街上，似乎一直都这么承平兴旺。

那些横跨几十年的血泪惨伤，父亲好像都已遗忘。

到这时，比起以前，平乐坊确实衰落多了，新城区国贸中心拔地而起，大型连锁超市物品齐全，小区内士多店密布，除了念旧的老人习惯来此选购，年轻人只偶尔到此打卡一游，再没有摩肩接踵的购物场景。政府曾动议要将莲湖市场拆了，划为临湖高档楼盘，在各方专家建议博弈下，总算保留几段骑楼，配套建了千篇一律的旅游区那种小商品店，算作旧港口的文化遗迹。

从陶瓷厂落幕后，何汉章常来莲湖边，总是闷坐半天。出行如此便捷，失去了交通功能，莲湖成了被遗弃的死水，小了，萎缩了，再不复舟船辐辏的景象。倒也好，安静。何汉章枯坐到黄昏，会沿着湖边信步闲走，每一株碧绿的草，每一根斑驳的立柱，每一段长满苍苔的砖路，每一处老院子里探出头的三角梅，他都看得仔细，他揣着母亲的照片，不单是为了故地重游，也是为父母打捞那些温暖的记忆。

对生父，他已不再仇恨。

走到花闸门巷，有一处青砖建构的亭楼小院，叫莲园，这连绵的宅院，按血缘来说，曾是他家的祖宅。何汉章也能以寻常眼光去打量。时光流逝，莲园静驻闹市，历久弥新。莲园以小巧玲珑、设计精巧著称，住宅、庭院、书斋等艺术地糅合在一起。十余亩土地上，亭台楼阁、山水桥榭、厅堂轩院，一应俱全。中间的主堂"善馀堂"，其山花、柱式、拱券等带有明显的西洋味道，哥特式门楣、爱奥尼克柱式门框以及浅浮雕花纹图案的窗框装饰，精美秀丽。园林布局高低错落，曲折回环，空处有景，疏处不虚，是岭南私家园林的珍品。新中国成立后，土改时莲园被分做乡民住房，现在，划给了毗邻的书画院，成了博物馆。

何汉章对这处繁复的宅院，并没有任何感情，但他还是会想父亲住在里面时的情景：富家子弟沈文渊从铺面经营生意回来，喜欢爬到当时平乐坊的制高点，伫立莲园的阁楼上眺望风景，月白风清时，会预料到后边的变故吗？

沈文渊的出身称得上家世渊深，其父沈老爷子接过家族生意，展现出惊人的商业运筹能力，老爷子掌控一方水陆码头，家业日丰，商铺十余处，平乐坊骑楼有半条街皆是沈家的物业。沈家的船队里，有两艘是江南造船厂产的蒸汽机货船，于广州、香港、海城三地转运货物，最远跑到南洋，经营范围宽广，有莞香、海货、华服、香蕉、日用百货，等等。

每当沈家的船队驶入莲湖港口，平乐坊的半数男女都要跑到码头上，看数十米的商船卷起雄壮的波浪，随着腥味的波浪而来的，是五花八门的商品，和海上带来的新奇故事。在船队做事的平乐坊后生，也都神气，光是亦真亦假的海盗故事，就能唬住眼睛放光的孩子，还有托他们在香港买东西的、和海外的亲友联系的，跟着沈家谋生，自觉高人一等。那时候，谁不以能和沈家攀上点关系为荣？

沈文渊和兄长经历过那些昔日雾里看花的繁华。不说别的，十岁以前，沈文渊没下脚走过几步路，出行必有人背着或小轿抬着。

　　老爷子娇宠儿女，却对自己悭吝，自知家业是辛苦筹划出的，得来不易，口头禅是："人呀，要惜福。"老爷子日常一碗粥一碟橄榄菜就能对付，吃条寻常江鱼都得剔得骨刺不余肉星。除了生意，几十年间，老爷子对各派的此起彼伏的政治势力都不感兴趣，出于本能的道德观，他对这些大小官员，甚至不大看得起。这些旧时代的老爷，除了合法的剥削权，他们一辈子没创造过什么价值，是被供养的食利阶层。他小心回避各方势力，回避不了，就小心维护，但从不热衷趋附，这是他谨小慎微的智慧，也是他总结的前车之鉴：禅城霍家，结交权贵，攀附广东军政老大陈济棠，得以专营赌场，号称广东赌王，富可敌省，盛时煊赫何极？一旦换了主帅陈炯明，霍家财散人空，徒留谈资。政治势力就像个大火炉，能很快地给你炙手可热的温度，可弄不好，也容易烤煳掉。老爷子明白得很，他这点家财，在平乐坊能数得着，出了海城，在那些大人物眼里，又算什么呢？是以各派势力，寻到门上，他也认捐粮饷，不过是从风浪里求个暂安的小路，他还要沿着这小路，做点实业。不管怎么着，老爷子想，万江农户产出的稻米得往外卖吧，麻涌蕉农的香蕉得运出去吧，优质的莞香总有人要吧，旗峰的腊肠总得往外销吧。别的不掺和，闷头做生意好了。

　　生意之外，沈家撒网买地，这也是老爷子的稳妥之计，到什么时候，有了地，才有出产。东江右岸最丰美的水田，大都是沈家的。所以运动一来，沈文渊的父亲被划了个地主恶霸。对于"地主"称号，老爷子觉得不亏，"恶霸"从何说起呢？他虽对自己悭吝，可对伙计们不薄啊，工钱从没拖欠，从农户那里收购产品也没店大欺客，逢年过节不忘给积云寺捐功德，抚育孤老也干过不少。老爷子甚至逆流地想，日行一善当然重要，但良性运转的商业才是最为可靠的慈善，他只有经营好了，大河里有水小河里满，工人们才有得钱拿，他们身后的家庭才能运转。

老爷子想不通。沈文渊却想得明白，不患寡而患不均，虽然跟着你沈家挣了点粮米钱，但大钱还不是被你家拿走了。逢年过节的那点小恩小惠，无非是个施舍性的表演，你沈老头佯装节俭，大宅院姨太太一样没少啊。批斗起来，个个都没手软，分起地主的浮财，人人争先恐后。

还编排出《木鹅收租》的故事辛辣地鞭挞沈家对佃户的恶行，说是沈家有只木鹅，是请南洋妖僧作了法的。每到佃农稻米成熟，沈家就将木鹅放出，木鹅沿江沿河而下，吃人鱼塘啄人米穗，回到沈家悉数吐出。还未正式收租，沈家木鹅已将稻米偷走大半，等到再交了田租，佃户们只好饿肚子了。并有歌谣传诵：

　　东江桥陇莲湖头，

耕人田地使人牛，

放下禾镰田主到，

交完租米挨芋头。


　　老爷子一辈子顾脸面，从报纸上、亲友那里，听闻了邻县斗地主的手段，再看下面的人，以前"老爷老爷"地热络叫着，现在好像都对他虎视眈眈，老爷子脸红耳热。入夜，罕见地喝了几杯酒，冲家人苦笑："我糊涂，只会做点儿营生，是该听他们的啊！"不知他老人家说的是该听他们的不能只顾在时代夹缝里做实业挣钱，还是听他们的，该早做打算撤到香港？

　　老爷子望望两个儿子一个女儿说："晚了，这就是命。"又挣扎着说了一句："躲躲吧。熬一熬，等世道好了，还做生意。子弟要谨记。"

　　"等世道好了，还做生意。子弟要谨记。"这一声嘱咐，沈文渊记住了。三十年后，他的儿子何汉章，也从母亲的讲述里记住了。

　　喝完酒，众人都退下歇息了，只剩下沈文渊的母亲，老爷子最宠的偏房，也就拉着手，仍旧喊她："巧儿……"一灯如豆，相对无言，似乎什么也不必说了。

　　夜里，老头独自起来，来到莲湖边，望着他一手经营、曾经喧闹繁华的码头，徘徊了很久。到后半夜，只见水面的月光晃动了一下。

老爷子再没打捞上来。人都说老爷子成就于这一片水域，也魂归于这一处好水里，也算死得其所。

唯有巧儿，每逢有好月亮的晚上，穿着全套的戏衣，在湖边咿咿呀呀唱念做打，哭哭笑笑，直唱到月落星沉，一脸泪痕……她要演给湖里的老爷看。

良田分了，物业收归，沈家败落，还背着恶名，连累得沈文渊兄弟俩在村里难以存身。哥哥完整地赶上过家里的好时候，生养得娇，到底受不了，率先逃港跑了，是沈文渊撺掇哥哥跑的。

哥哥窜逃后，家里重担落在沈文渊身上。他划归到生产队里，和村民一样，插秧、翻地、捉鱼，赡养卧床的母亲，抚育年幼的妹妹。挖塘泥时，他累到吐血，割稻子时腰肌损伤，他站不住，跪着，往前匍匐，接着割，膝盖都磨烂了……这都是母亲梁美娟讲给何汉章的。

母亲跟沈文渊好了一段，却担惊受怕了十几年，直到将何汉章养大。可母亲至死，说她没后悔过。

夜已经深了，何汉章折回到莲湖边上。月光下，这片黑魆魆的湖水，波光粼粼，如同鬼魅，吞噬了他的祖父，又对他有救命之恩。

湖水依旧静默，关于平乐坊的记忆，都如渺渺幻象，恍惚中，却又都浮现在水面，一帧帧，一幕幕，涟漪荡开，都是一段段故事。


# 2


晚上的糖水摊，依旧甜甜的、淡淡的。

芬姐守了近二十年摊子，爱看的，还是那些拍拖的小情侣。逛街累了，或是从午夜电影院出来，点两份糖水，桌上头抵在一处，悄悄私语。趁人不注意，你喂我一勺我喂你一勺，底下手拉手腿还要并在一起，有时一句话说岔了，女孩小小嗔怒，打男生一下……这样的情景，芬姐会想，儿子悄悄谈朋友了没？她想，不会的，陈立生学习那么努力，正是关键的时候，他才不会分心。芬姐感到一种惭愧和欣慰。芬姐见过好多，那些穿着打扮还是中学生的男孩女孩，打闹着、嬉戏着，挽着手，来芬姐小摊甜上加甜。芬姐是开明的，她年轻时美丽过，知道情窦初开是多么美好的事。儿子本来也该无忧无虑享受青春的，他那么帅。像他老爸一样，他们父子的帅气一脉相承，不是流行的那种软绵绵的精致的女相的好看，是气概，五官里有一份清朗昂扬的英气。最受不了的，是他们的笑，一笑起来，仿佛阴天里陡然亮了光，世界一下子亮亮堂堂。当初芬姐就是这样沦陷在老陈的笑里的。

芬姐眯着眼，想，那得是多久以前了。脑子里过起云烟，芬姐嘴角浮着笑意，叹了口气，样子像回忆吃过的甜东西，怅惘里带一点慰藉。芬姐承认，尽管近来严霜催逼，但她的前半生总体来说还是被命运照顾得很好的。

这命运，便是老陈。

陈庭舫和李毓芬说起来还是近邻。他们的父母，都是"桂元糖厂"的职工。岭南出产好甘蔗，糖厂一度非常红火，所产的白砂糖、单晶冰糖、赤砂糖、精制绵白糖、果糖曾垄断过岭南的糖类市场，糖厂里学校、商店、娱乐设施一应俱全。那时糖厂所在的临江有许多这样的国有企业，纺织厂、腊味厂、轻工厂，每家都蓬蓬勃勃。这些厂中，数糖厂规模最大，有员工上万名，厂区和家属区连成一片，楼舍林立，道路纵横，俨然一座小城。企业对员工的生老病死，大包大揽，从而产生极强的归属感，职工自带一副被体制全面照护出的优越笑脸，走起路来脚底下像是踩着无形的气垫，那份气定神闲，那份好日子无限铺展下去的笃定感，人群里，打眼一瞧，仅凭气质，便知是在糖厂上班的。

改革开放之初，小型帝国里有着相对封闭且高人一等的日子。

可陈庭舫没有按部就班地承袭父辈的职业。他学习好，撇开糖厂，自己设计道路，考了省府的师范学校，毕业分配到原籍街道做中学老师。而李毓芬就没这么幸运，她学习也不差，家里却不鼓励一个女孩子出去经风沐雨，中学毕了业顺理成章到糖厂做了工人。

　　做什么事，走什么路，到芬姐现在的年龄来看，都不过是完成普通的一生，可在当时，却不甘心。一件事，一种选择，在别人看来，都已属于幸运的一小撮了，自己却心意难平，这不平之中，最大的心结就在于，和陈庭舫越来越远。她想，他们将要分属不同的人生，再无交集的可能。

　　她喜欢他，这点情思，从她是少女时就揣在心里。喜欢他什么呢，笑起来干净明朗的神情？和她打招呼时那份温和的真诚？他儒雅挺拔的样子？李毓芬说不清，反正一见到他，她几天心里头都觉得亮堂堂的，阳光普照大地，阳光是他，大地是他，她呢，是那墙角突然绽开的玉兰花。玉兰是这个城市寻常可见的市花。

　　她还记得，第一天上班回家，正好他也从学校回来，在楼道前碰到了，李毓芬穿着印着厂名的工装，那一刻，她勾着头，只想迅速溜走。她忽然觉得自己这样低矮、平庸，不配接受他的光。陈庭舫眼睛一亮，想和往常一样揉揉她散乱的短发，伸出手，却迟疑了一下，落到她的肩头，轻轻拍拍，忽然发现新大陆似的，说："小妹，长这么高了，都上班啦。"

　　芬姐回想起来，总想哭一哭，是欢乐也是委屈，暗暗喜欢一个人，曲意婉转，深情款款，却不见天日，是多少黑夜里的独自凭栏，他是那栏杆上的红月亮，踮着脚，够不到……这瞬间，月亮突然发现她还在栏杆跟前，并且长大了，不再被他当成小孩子呢，李毓芬是该笑还是哭呢？

夕阳的光线打在她脸上，低垂眼眸，不胜娇羞，她大着胆子，抬起头看他一眼，没忍住，欢快地落下一串眼泪。

心里，真甜。

## 3

母亲生前写得一手娟秀小楷。梁美娟喜欢用蘸水钢笔，在珍藏的洒金花笺上写信。有时她的手忍不住颤抖，信件上偶有滴落的墨滴，她会用棉布将墨迹吸净，一笔一画，继续写下去：

　　文渊，阿章昨天过了五岁生日，带他去祖父衣冠冢前拜了拜。阿章好乖的，你放心……勿念。

　　文渊，老屋院子前的那株龙眼黄了。今年雨水好，果子结得真密，我们吃不完，打算晒成桂圆。人家说吃桂圆时，家人都团圆了……文渊你什么时候回来呢？给我个消息也好啊，可能你在忙吧……教了阿章两首童谣，才几遍他就学会了。我们都好，勿念。

　　文渊，开始他们传你死了，被暴雨冲走了，我都不信，最近，允许探亲了，他们坐观光车回来，停在政府指定的地点，有武警看守着，滞留的亲人可以和他们约见一面……我和阿章去了好几次，明知道没有你……他们传你开了厂子，新娶了太太……文渊，当着人我还笑着摇头，回来等阿章睡了，我哭得好大声……文渊，我想了很久，就算是真的，我不怪你变心……可是，文渊，是真的吗……我和阿章都好，勿念。

　　文渊，勿念……

　　文渊，勿念……

钢笔和信笺都是沈文渊送给她的，字也是他教给她的，有点飘逸的瘦金体。泛黄的信纸上，每一封最后都是"勿念"，勿念，勿念……这可怜的尊严。沈文渊根本就没念。母亲啊，他将你利用完了，就丢垃圾似的，把你扔在角落，再也不管。

　　这些信，始终都没寄出去，全锁在抽屉里，压在母亲心里。何汉章看到这些信时，那种复杂的情感，最后都化成愤怒，他真想扇这个叫沈文渊的男人几巴掌。

　　本来，梁美娟和沈文渊是产生不了交集的。一个是沈家的少公子，一个是贫户人家的女儿。梁美娟的阿妈农闲时挑担卖点水果，贴补家用，大都是屋头产的荔枝、龙眼、香蕉。她家的桂味荔枝鲜红，核小，肉厚，呈乳白色，肉质爽脆，清甜多汁，有桂花香味。沈文渊碰到，会买一兜子，就地剥开吃。沈家二公子有一份难得的活气，那么金贵的出身，却能顶住烟火气，不像他的父兄，都是沉稳的、一本正经的、八风不动的。也许他随和喜气继承自母亲，他母亲是沈老爷子最后的小妾，年轻时是地方上有名的粤剧角儿，戏台上咿咿呀呀悲悲切切，下了台欢蹦乱跳好吃零嘴儿。沈老爷子最爱她那份青春生机，和唐明皇年老独宠杨玉环同理，衰老残躯从青春活力得到补偿的心理。所以虽是庶出，沈文渊在老爷子那里，爱屋及乌，和他母亲一样受宠。

　　沈文渊当街吃荔枝，别人就看他吃，他笑，看他的人也笑，他手上汁水淋漓，白皙的脸上，笑得波光粼粼。梁美娟也是看他的一员。他优渥生活里培养的那份天真明朗，眼睛里似乎都是蓝天白云。梁美娟之前没见过这样的男生，她熟悉的同龄男生都和她一样的处境，生活无时无刻不将他们按在地上揉搓。早早地，他们眼睛混浊，木木呆呆，浑浑噩噩，勉强一笑，透着一竿子到底的土气和傻愣，黧黑的额头上，抬头纹茂盛。

　　当时，她也不过觉得，这大户家的小贵人，没有架子，挺好亲近的。过了两天，仍是她陪阿妈摘了两篮荔枝、龙眼来平乐坊售卖，他买了，还不够，问她阿妈："太好吃啦，还有吗？我带给同学尝尝。"在学校里，沈文渊和戏剧社的同学们正排练莎翁的《李尔王》，第一幕第一场里，他饰演慧眼识珠的法兰西王，对被昏聩的父王李尔贬得一文不值的小女儿科迪莉娅夸张而深情地表白："最美丽的科迪莉娅！……向他们告别吧，虽然他们是这样无情；你失去了故国，将要得到一个更好的家乡。"沈文渊想带些荔枝给同学们尝尝鲜。这一段他满脑子是戏，觉得梁美娟就和科迪莉娅很像。

阿妈当然喜笑颜开，连说着："有啊，有，还有好多呢，都在树上。"

"我们去摘！"

沈文渊不由分说，令伙计撑船，去梁美娟家的果园采摘。沈文渊大概是第一次到这泥土上成片的果园，像是出笼的某种幼兽，看什么都是好奇的，搬梯踩凳，爬高上低，伙计都劝不住，怕他跌下来。沈文渊撒开欢，摘了又摘，脑门出了一头细汗，在五月的艳阳下，整个人通体灿烂。他怎么这么大的兴奋劲儿呢？有几次从树下滑下来，他拍拍泥，继续上树，像只技术生疏的小猴。

梁美娟只望着他笑啊笑。

中午沈文渊出其不意地，要在她家留下吃饭。梁美娟和阿妈搓着衣角，简直不知道怎么招待才好。翻箱倒柜，将积攒的鸡蛋、腊肠、鱼干都呈出来，生火做了一小桌子菜，其实缺油少盐；米是糙米，煮饭前她和阿妈一粒一粒扒拉了一遍，怕有沙子杂物，煮出来的饭泛着红色。饶是如此，沈文渊吃了两大碗。吃完还想看梁美娟家的鱼塘，被伙计催着，才给了钱，拉着水果，依依不舍地走了。临末，还问她："还有什么好玩的吗?"他清朗的眼神，撒娇的软糯口气，让梁美娟觉得好笑又受宠。她搓着辫梢，偏头想了一会儿："莲湖最边上的池塘，到了晚上，有萤火虫，可多啦。"

"那你等我，过几天再来找你!"沈文渊说，跳上船，冲她摆手。

沈文渊刚走，来福就鬼鬼祟祟地来问："喂，小白脸干什么来了啦?"沈文渊不似他们，他们都被烈日灼晒得暗黑，在来福眼里，沈文渊白得如异类。

平素来福对他也无恶意，可沈文渊竟然闯入他的地盘来了，这就可恶了。在他虚拟的"地盘"上，他暗自对梁美娟身边出现的异性时刻保持警戒。如是别人，来福还可对阵，换成沈文渊，来福就束手无策了，沈文渊自带光晕，来自和他完全不同的阶层。你大可在你们那个阶层逗女孩玩嘛，还要越界和我们去争，来福恨他吃着碗里占着锅里。来福将事情想得复杂了，也不怪他。面对沈文渊这样的假想敌，来福斗不过他。

来福矮矮壮壮的，头大，脸阔，小眼睛，一对招风耳，干起活来力大如牛，翻鱼塘、插秧、施肥、种菜，都是把好手。

梁美娟的母亲就很喜欢他，来福一到，腰身一弓，三下五除二，就将家里的活计扫平了。这对于孤女寡母的家庭，是多大的襄助。母亲默许了来福对女儿的殷勤。来福也是自恃有阿姨鼓励，视梁美娟早晚为"自家的"，对她监察得密不透风。

可凭空斜插过来一个沈文渊，来福凭直觉不对，如临大敌。

梁美娟出发点和母亲可不一样，母亲是实用主义，梁美娟正值青春美丽的年纪，长得俊俏，心绪恰如春草，洋溢着本能的活力，她是审美优先的。矛盾就在这里。只有等时间铺展，梁美娟审完美，发现美残酷的一面，意兴阑珊，才会回过头发现还有个实用的靠山。

只是现在，来福过度的殷勤，将她困在中心。她干个什么，动不动背后就有一双骨碌碌转动的小眼睛，打着爱的名义行使监督，梁美娟烦不胜烦。特别是当着女伴，来福跟在后面，女伴捅下她，往后虚指一下，说："你家的那谁来啦。"女孩们嘻嘻哈哈，梁美娟脸上就挂不住了，抓挠她们："你们谁要谁领走，别恶心我。"

果然，没等来福走到跟前，梁美娟没好气地说道："关你什么事！"她怪来福突兀地出现，打断她的思绪。

来福挠挠头，并不介意，嘿嘿笑笑："我从平乐坊买了'糖不甩'，可甜了，糯糯的。阿娟你要不要吃？"

梁美娟心说，你赶快塞嘴里吧，粘住你口舌，不要再来啰咚。随着一声"不要"，梁美娟"啪"地关上门，留来福在外面愣神。

隔了快一个月，这天傍晚，梁美娟正要去门口掐点青菜煮饭，就看见沈文渊在对面路口使劲挥手。梁美娟跑过去，到他跟前，才觉得太匆促了，她还穿着下田的粗衣，辫子也几天没拆洗，可他不由分说，牵起她的手，眼睛里急匆匆的，带着得自由的喜气。沈文渊没带伙计，样子像是偷跑出来的，给她带了一个流苏吊坠的发钗。梁美娟有一头乌黑长发。还没等她反应过来，就拉住她奔跑起来："走吧，带我去看萤火虫呀。"

梁美娟就随着他跑啊跑，到莲湖最西北角。正是夏夜晴朗的季节，穿过竹林，像是打开一扇门，蛙鸣蝉唱一下子漫过来。池塘边的芭蕉林和长草间，萤火虫繁茂，此起彼伏地闪着小灯笼，飞飞停停，凉爽的河风带着荷花的香气，扑在脸上。

"我的天，真美！"

沈文渊从未如此置身于原野和自然，星光、虫声、夜风、萤火虫、泥土蓬勃的腥味、少女青春的气息，都参与他的感受，真真切切的，看得见、摸得着、嗅得到。他是出笼的鸟。他夸张的语调，兴奋的样子，都让梁美娟觉得真诚又好笑。这个人，可真有意思。

"我逮给你！"梁美娟眼疾手快，腾挪在草棵间，不一会儿，两手就捧回几粒光点。小小的虫子，在她手心徐徐地闪动，鼓动着柔嫩的翅膀，却飞不出去。"你要吗？我用荷叶给你包起来，回家你养到瓶子里。"

沈文渊凑到她手边观看，一闪一闪中，他的脸也一明一暗。"在瓶子里它们能活多久？"

"七天。"

沈文渊捧着她的手，翻开，萤火虫飞出来，有一只懵懵懂懂地停在她指尖，迟疑地探探脑袋，才震动着翅膀飞远。它们都飞走了，沈文渊才眯着眼笑了："还是飞在夜里好看。"

"等下，我摘莲子给你吃。"说着，梁美娟卷起裤脚，就蹚水去翻找。她越走越深，湖心的莲蓬更大、更嫩，水到了她腰部，沈文渊惊呼："快上来，别淹住啦。"梁美娟回头一笑，索性缩进湖水，扎了个猛子，憋了一口气，游出去十几米，才露出头。再看岸上的沈文渊，着急慌乱，想下水而不敢，看她浮出水面，他才顺着胸口，长出一口气。梁美娟在湖心咯咯大笑，摘了好大一蓬莲子，掰开，往岸上抛。

梁美娟站在水里，剥开莲子，吃了起来，岸上的沈文渊有样学样，莲子香甜。"你快上来吧，水里凉。""你下来嘛，可凉快啦。"梁美娟有意逗他。沈文渊摆摆手，就剩下笑，欣赏的、优雅的、温柔的笑。梁美娟泥鳅一样潜泳到岸边，带着一身水上了岸。

"你真厉害！"

梁美娟不好意思地笑了。湿漉漉的衣服，收束出她的腰身，难为情里，又有一种悸动。梁美娟望着漫天星河，感到从没有过的快乐。却不知躲在草丛里的来福，肺都要气炸了。

莲湖边传来焦急的喊声，是伙计们追过来了。沈文渊的眼睛黯淡下去，他脱下外罩，轻轻拍拍梁美娟的肩头："快穿上，别着了凉。"挥挥手，又说："等我哦，我还会来的。"他奔跑起来，在夜色里，逐渐消失不见。

梁美娟站在竹林边上，拎着他的衣裳，愣愣地看着沈文渊消失在前方。她感觉心里有个地方，一下子空了，呼呼往里灌风。夜风吹来，有点冷了。

梁美娟从此守着池塘和萤火虫，盼来年荔枝再红。特别是沈文渊攀爬过的那几棵，她施的肥料最多。她也没想过什么，就觉得，一个人，怎么可以笑得这么好看呢，像是雨洗过的云朵。甚至母亲来年不租那片鱼塘了，她还气得不行，沈文渊说不定明年再来，就要捉鱼呢。她又不能说，只干瞪眼，生闷气。

他们再遇到，时代已巨变，沈文渊被就近编到莲湖生产队里了。

像是刻意的，挖塘泥分给他的工具是钝的，每个人负责一段，留给沈文渊的好像总是长了几米。沈文渊那个身板那点力气，别人都完工了，他总吭哧着满头大汗，怎么也干不完。

梁美娟又拉不下脸真去帮他干，只对凑过来要帮她干活的来福，甩下辫子，冷着脸。

没几天，沈文渊病了。染了疟疾，打摆子，浑身冒虚汗，衣裳都湿湿，上牙齿碰下牙齿，哆嗦得像狂风里的草梗，他抱着胳膊，捂着肚子，样子很冷。上工时，终于支持不住，一头栽倒在水田里。

梁美娟这会儿顾不得避嫌，红着脸，去搀扶沈文渊。

来福都看在眼里。

大队办了识字班，让沈文渊去扫盲，教妇女老幼识字。沈文渊这才能喘口气。识字班他教得用心，每个字标注了粤语发音，掰开揉碎重复讲给大字不识的乡民。梁美娟能识字写信，就是这时候学的。

就在村中祠堂，下了工，吃过晚饭，榕树下，点一盏油灯，挂一块黑板，支起几张原来的供桌，不拘是谁，都可参加，就是扫盲班了。梁美娟坐在最后，学得最认真，沈文渊常踱到后面，教她写字，纠正她的握笔姿势。说了几次，梁美娟都不得要领，沈文渊握住她的手，让她感受握笔时力道的轻重。他还在说着运笔的问题，梁美娟什么也听不见了，整个身子软绵绵的，要往下瘫下去，再瘫下去……心里却又有一缕香甜的东西升起，要从她的躯壳里飘逸出去……随着这飘逸，梁美娟从高处打量着原地的自己，黑黑的皮肤，粗糙的手臂，伧俗的衣服，她难过得想哭，飘不动了。

回到现实，沈文渊已经松开她的手，微笑地望着她。梁美娟这才发觉，愣神中，自己信马由缰，握着笔，在纸上画了长长的一道不规则的圆。梁美娟脸上通红，合上本子，抱在怀里，一溜烟跑了出去，一边跑一边笑，泪珠子却欢快地往下掉……

沈文渊身体刚恢复了一点，生产组里又开始搞"抓革命，促生产"。抢收前，要批斗一下，挖塘泥养鱼，也要斗一下，为了提振士气。这就不单是批斗了，成了一个节目。张存粮八辈贫农，根正苗红，新中国成立前没存住过粮米，所以对政府深怀感激，历次运动的政策执行起来，不遗余力，是个古板却不失正派的人。

这天，在老祠堂的院子里，人们将采割来的莞草，男的铡了做牲畜的青贮饲料，女人用来编织草绳、席子、草毡、篮子等生活用具。也是干活无聊，有几个浑小子，趁队长不在，逗弄起笨手笨脚的沈文渊：你不就顶个小白脸受女孩青睐吗？他们弄来油彩和乌黑的塘泥，给沈文渊画了个大花脸，一直到脖子都开红绽绿。令他撅着屁股，弓着腰，脖子上套着纸牌，牌子上黑色名字上画着红×，沈文渊一脸泥水，铁丝的绳箍勒得他脑门上青筋凸起，却不能直身……浑小子却越发起劲，在场的女人们劝不住，转过头，不忍细看。

他们盘问得花样翻新，问老头还有金条埋在哪里，和你哥哥有联系没，你爹几房姨太太都是怎么娶的。问完了老头，又问他在广州上学，和女同学拍拖了没，到了哪一步，一枝一叶，问得细致。不说，就喊口号："打倒地主羔子沈白脸！"

所有的罪责都可以推给时代埋单，时代里的人，就可以放心参演。单审问他还不过瘾，人们拉来沈文渊的母亲，一起审讯。

沈文渊绝望了。

到了压轴环节，围绕沈文渊母亲，这曾经娇滴滴的粤剧名角儿，怎么被沈老头"祸害"的，人们义正词严，精神饱满，眼珠子探照灯似的，聚焦于台上的名伶，要她仔细揭露、认真回顾，怎么认识的、勾搭的、聘娶的，对涉及男女的具体细节尤为专注。

无论怎样威逼利诱，沈文渊的母亲就是不作声。她知道一旦开口，戏就得唱下去，剧本由他们设计。

直到队长赶来，叱责浑小子们："不好好干活，胡闹一气！"他们才嬉皮笑脸收手。

归来，沈文渊母亲换上没被搜走的戏衣，吐字运腔，唱了一折《帝女花》：

落花满天蔽月光

借一杯附荐凤台上

帝女花带泪上香

愿丧身回谢爹娘

我偷偷看 偷偷望

佢带泪带泪暗悲伤

我半带惊惶

怕驸马惜鸾凤配

不甘殉爱伴我临泉

……

老爷子去湖边那晚，曾随口提了句："巧儿，听说新近出了个好戏《帝女花》，等将来有心情了，想听你全套唱唱呢……"

唱完了，她推开窗。没有凤冠霞帔，只月色如水。她饮下杯中的卤水，笑笑，就此落幕吧。

翌日中午，等邻居发现，要给她灌屎尿水，催她吐，以求活命。围观的人群里，有来福，也有梁美娟。透过屋门，来福望着斜躺在小木床上被人七手八脚灌屎尿的名伶，像一捆蔫掉的稻草，任人翻动。来福感到一种震惊，斗一下以为是玩闹呢，人真的会死的，原来真有人有这么大的气性。来福还没能力去思考别的，只出于本性，觉得她罪不至死。以后祠堂就不祭祖了吗，谁唱戏呢？谁有她的音调好听呢？来福想的都实际。还有一层，来福的母亲早早病逝，他知道没了母亲的孩子，心里有多苦。再批斗沈文渊，来福不再卖力挖乌黑的塘泥涂抹他了，看向沈文渊的眼神里多了一层柔软，挂牌子的铁丝他悄悄换成了粗点的麻绳。

众人一番忙乱，沈文渊的母亲还是咽了气。梁美娟扶住门框，眼睛里起火，一个个看住这些乡亲，忽然哭喊一声："你们都满意了?!"

没人能接住这厉声质问,都讪讪的。来福的头比其他人夹得更低,他感觉梁美娟所有的指责,都是针对他的。果然,很长时间里,梁美娟再没搭理过来福,迎面遇见,也是狠狠剜他一眼,转头看天。

沈文渊一早就被叫到田里劳作,等他赶回来,扒开围观的乡邻,疯了一样,哭号着,赶走他们。母亲一辈子洁净美丽,他不容许他们这样糟蹋她。沈文渊清理掉秽物,关上门,给母亲整理好衣物,合上母亲的眼。依稀中,母亲还是父亲眼里那个欢脱的小女孩,似不谙世事的仙子,台上有板有眼唱戏,下了台,向宠溺她的人讨个零食,笑起来,眉眼弯弯的。

沈文渊采一枝开得浓烈的三角梅,插在母亲床头,跪下来,送母亲自此云游。他明白母亲的意思,她死了,他没有负担,才好逃走。

这一年,荔枝花期时连日大雨,挂果时又罕见的天旱,荔枝结果稀疏,果实酸涩。梁美娟挑了半天,才选出几串,夜色里,来到沈家老屋,拿给他。沈文渊剥开,只咬了一小口,眼里升起雾气,转过头去。

"苦?"

沈文渊摇摇头,将荔枝收起来。他笑笑,眉毛凝起,再舒展开,悄悄地叹口气,歉意似的,看着梁美娟。那样子,像自己是断壁残垣,都不知怎么面对,你为何还来呢?"阿娟,谢谢你。"他说,"你以后别来找我了……"

梁美娟"哇"地哭了。

沈文渊手足无措:"不是这个意思……和我走近了,对你不好……"

"我才不怕。"梁美娟不哭了,擦干泪,她说,"要不,你也跑吧。"

沈文渊眼里亮了一下,又暗淡下去。"我很没用的,游泳都不好。"他说,"我哥逃那次,就劝我也走。我总想着,我又没做过什么坏事……谁知道会是这个样子……"沈文渊很委屈,终于绷不住,掉了泪。

"从明天起,晚上去莲湖,我教你游泳。"

彼时,逃港风潮汹涌,有渠道的都往深圳河对面跑,民间风行不少歌谣:"这边茅草屋子没有墙,对岸灯火辉煌。""十屋九空都往香港逃,家里只剩老和小。"仅临海的一个镇,1956年到1958年,偷渡的就有两万人,外省及外县的,就无法细算了。逃出去的大部分是青壮年,以致不少边防村庄成了"女儿国""老幼院"。从平乐坊出发,沿着水道,到红树林一带,游过深圳湾,顺利的话,大约一个多小时就能游到对岸。

母亲已经自戕,妹妹也嫁了人,大哥托人捎来信息,他在香港站稳了脚,怂恿沈文渊过去。

在梁美娟的鼓动下,每到深夜,沈文渊潜到莲湖最边上水草丰茂的区域练习泳技。梁美娟挎着一篮子衣服,在湖边装作洗衣，帮他看岸边的风吹草动。等斜月西沉，梁美娟就下到水里，一会儿在前方引领，一会儿在他侧后方指导，手把手教他在深水里如何踩水、潜泳、憋气、换气、节省体力。梁美娟自小在江边长大，进入水里，那真是如鱼得水，她甚至想，她直接带他逃走算了，至少过界河时可以助他一臂之力。沈文渊惭愧地笑笑，他再连累不起她，她还有母亲，还有家。若有一线希望，谁愿意逃离生身故土呢？

在梁美娟的指导下，沈文渊发愤练习，从浅水区到深水区慢慢过渡，刻苦练了两个来月，沈文渊就能将莲湖游个来回了。梁美娟帮他联系好了，临镇也有两个年轻人打算出逃，沈文渊和他们一起，有个照应，胜算更大一些。

到了约定好的日子前一天晚上，沈文渊在莲湖里游着，梁美娟戴着他送的发钗在岸上，风吹得钗子上流苏轻晃，她也心旌摇晃，真切地意识到，他真要走了。月光下，他在湖水里一起一伏，当时梁美娟就应该想到，他奋力扒开的每一下水，都是通往未来的路，可是她，注定是站在岸上遥望……月下的湖水黑沉沉的，机油一样黏稠，叵测地翻滚。黑夜将月亮啃得只剩一钩，梁美娟的心，也被啃得千疮百孔。她终于下定决心，脱去衣裳，悄悄入水，游到他身后，抱住沈文渊……岸上似有人咳嗽低吼，她不管了，水波荡漾，月色温柔，她抱住的他，仍然这么瘦。梁美娟说："到了那边，别忘了我呀。"

沈文渊没说话，只使劲点头。他怀着巨大的感激，感激这几个月里对他的照顾，沈文渊转过身，与其说是抱不如说是攀缘住她……他最后说："阿娟，你等我，到了那边，我就给你写信。"沈文渊顿了顿，接着说了他的真心，也就是这句话，梁美娟付出了青春。他说："等世道稍微好了，我就来接你。"

梁美娟没哭，只傻笑，眼里满满的，心里满满的，要往外溢，似乎整个莲湖都是她此刻的水系，都是从她身体里发源来的。

第二天晚上，梁美娟给他准备了干粮、水、一件防蚊的长袖。沈文渊还送了她一个木盒子，妆奁首饰香粉用的，是他母亲生前贴身的老物件，就这一个没被充公。

在老屋狭窄的屋子里，因为前路未料，似是生离死别，他们抱了又抱，像雨后榕树的气生根，他们互相缠绕，眼泪融在一起……梁美娟送他到江边上，看他们走向茫茫黑夜。

回到家里，才发现精工细镂的木盒里，留着他的一张短信，他写道：阿娟，只有这个空盒子留给你做个念想了，但不要紧，等将来有一天我会给你买满首饰的。

有他这句话就够了。梁美娟想，我下田劳作上树摘果子，要那么多首饰做什么呢。她将发钗取下放进盒子里，抱着木盒，默默跪在母亲常拜的神像前，为他的偷渡祈祷。

# 4

有次看电视，在讲家庭和婚姻，有个芬姐年轻时挺喜欢的女星说，婚姻不过一纸空文，她看重的是男女间相互激发的创造性，精神上的火花枯萎了，甩甩手走开就是。芬姐很感慨，可并不羡慕，对普通人来说，好的婚姻是什么呢？不过如两根柴棒，平常时在一起，做什么也多了一份力量，遇到凄风苦雨时绑着燃烧，以御寒凉。

李毓芬想，是这样的，老陈，为了这个家，你把自己烧成灰。现在，独留下我这根柴火，来支撑着烧热整个家了。你的小妹长大了，都老了呀。芬姐笑说，终于轮到我了。

陈庭舫大她四岁，却自觉长她一辈，"小妹""小妹"叫个不停，"小妹上学去啊。""小妹这身裙子不错。""小妹这么高啦……"小时候被这么喊还好开心，见到了，整理下她的红领巾，拽拽她的马尾辫，大哥哥似的宠溺。李毓芬长大后，他还这么叫，她就反感得很，根本没把她当成平等对话的大人。什么嘛，小妹小妹的，真难听，我有名！

直到相遇在楼道口她脸红心跳的那个黄昏，这个傻大个儿似乎才影影绰绰意识到有点不对劲。不过，这点不对劲显然还没有引起他足够的重视，再见面，他仍然卖弄大哥哥的人设，刚要喊一句"小妹"，李毓芬一跺脚，瞪他一眼，气冲冲地，扭头跑了。

她能怎么办呢？一千个一万个呼喊在心里回响，李毓芬总不能揪着他的耳朵，向他说破："陈庭舫，你个大傻瓜，看不出我喜欢你吗，你那猪脑子什么时候才能领会呢？"

可接下来更让她糟心，陈家帮他定了亲。女方在工会广播站做播音员，几乎是全厂最漂亮的女人。李毓芬听说时，一家人正在电风扇下吃晚饭，她突然眼前一黑，人直接向后仰躺过去，带翻椅子，碰洒汤盅，掉在地上，汤汤水水，遍地破碎……大家手忙脚乱，母亲刚要责备，却被吓住了，平素寂静的女儿，为何突然满脸的泪，肩膀也抑制不住地颤抖？母亲揽住她，扯她手，拍她头："傻妹子，你莫唬我，怎么好好的忽然发癫哦？"李毓芬本来已经醒转过来，意识到自己的失态，可弟弟接着一句高喊，提前揭穿她所有小心的遮掩。弟弟喊道："我姐想嫁给陈家哥哥，知道他定了亲，天都塌下来啦！"李毓芬刚要睁开眼，听到这句，完了，手脚一摊，眼一闭，继续装晕，脸上火烧火燎的，手扣在脸上，没法见人了。那一刻，她有一千个念头要把弟弟一顿好揍，但是到后来，李毓芬最感激的是偷看她日记的弟弟这莽撞的一嗓子。以她的性格，这段情大约会如所有无疾而终的暗恋一样，在暗处发芽、开花，再默默凋零，直到若干年后，记忆里徒留一痕怅惘的旧影，永远不会跳出唇齿。而弟弟这一喊，就像黑屋子忽然扯开窗帘，压着的心事呈现在太阳底下，遮掩没用了，沉默和羞涩，改变不了这个事实。

李毓芬把心一横，从地上爬起，跑进卧室，拴上门，大不了不活了，她想。家里其他人对着肇事现场，面面相觑。

事情随之陷入僵局。

接下来几天，李毓芬足不出屋。

父母脸上挂不住，给她请了病假，可长久下去也不是办法。母亲将劝慰的话掰开揉碎，反复灌输给女儿："陈家那娃不行，瘦瘦弱弱的，还戴个眼镜，一张嘴不好好说白话，大着舌头转北佬的什么普通话，酸文假醋的，不是正经样子。"父亲也在旁边及时附和妻子，点头补充道："就是，普通话是他们普通人说的，我们不要那愣子。"李毓芬捂紧耳朵，不吃不喝。

到第三天下午，父母不在家，弟弟从门缝里塞进来一张字条，她打开，眼泪就跑了出来：人家嫌我没钱，看不上的，快去吃饭上班啦。还简单勾画了个笑脸。李毓芬推开窗户，陈庭舫背着那个熟悉的褪色帆布包，正赶往学校，明天是周一，要上课。心有灵犀似的，她探出身子，陈庭舫回过头，冲她招招手，咧嘴一笑。

终于连上了信号。

李毓芬之前没什么波折，深刻的回忆也不多。这个笑，是序曲，是前半个括号，从这一刻，她才敢确定自己被括进他的人生里，相伴度过二十多年的婚姻生活，直到未来那一天，死亡潜伏在遥远的前方，要打上后半个括号。

他们恋爱了。

李毓芬藏着掖着，然而掩不住顾盼间的熠熠生辉。最初的甜蜜没多久，就要面临现实的问题：双方父母对他们都不满意。李毓芬这边母亲发动亲朋，紧锣密鼓地在为她另觅佳婿；陈庭舫这边，有个叔叔已得风气之先，在平乐坊办了来料加工厂，赚了钱，虽然和他们家没多大关系，但父母跟着好吃好赌的叔叔不时地香港澳门游玩，带动得他们眼界跟着突飞猛进。除却李毓芬的身份是工人，门当户对里落了下风，之外，她矮，直接被陈母否掉。

其实李毓芬不过是娇小，自有她的协调。

从陈家出来的那个傍晚，李毓芬低着头，路旁棕榈树巨大的阴影压下来。她走着走着，停住了，忽然转头对他说："对不起……"陈庭舫心绪复杂，傻不傻，为什么要说这个呢，我就喜欢你娇娇小小的啊，永远像个小妹妹似的。可是，他该怎么跟她解释呢？李毓芬扭过头，伏在棕榈树上，难过得走不动。

过了许久，一只大手扳过她的肩头，拂开鬓发，他轻轻靠近她的脸颊。急遽的晕眩之后，李毓芬嗅到雨后的气味，混合着眼泪、伤心、甜蜜、幸福的味道，他们交换的除了彼此的初吻，还有往后漫长的约定。

他们同居了。

第一次住在一起，早上李毓芬去卫生间。似醒非醒间，陈庭舫睁开眼，最先看到她的背影，藕粉色的睡裙，缀着浮动的碎花，是他买的。陈庭舫心里填满幸福，那种美好和喜悦，这么可爱的小女孩，是我的妻，陈庭舫想，多么好。

母亲得知情报后气极，周末，率领亲戚到他宿舍兴师问罪。好在有为他们通风报信的弟弟。得知消息，陈庭舫骑摩托车载着李毓芬去东江入海口玩了，春暖花开，江水温润，他们划船、野餐、采花、踏浪，玩了个痛快。及至归来，宿舍大门洞开，空荡荡的，如遭洗劫，木床、被子都被搬走。陈庭舫倒哈哈笑了，他甚至能想象到母亲缉拿落空后的恼羞成怒：忤逆子，翅膀硬了，被个女人弄得五迷三道，连家里的安排都不听了，有能耐不回家，睡地板去！

他们借了同事的被褥，在他狭小的宿舍，真打起了地铺。拉上窗帘，插上新采的野花，有情饮水暖，局促的夜晚竟也迷离摇曳。

李毓芬常在半夜醒来，疑是梦里，望望枕边，才安心，就撩起一点月光，看他的眉眼，眼带笑意，总看不够。陈庭舫有时醒了，也装睡着，心里静水潺湲，让她看，做游戏一般，在她痴迷恍惚时，他突然坐起，大笑着，扑她入怀。李毓芬每次必然吓得尖叫连连，然后顾忌动静，两个人互相打着嘘声，在寂静中演绎爱情和生动，快乐得孩子似的。李毓芬发傻时，总爱纠缠着问他："为什么会选择我呀？"陈庭舫不答，问急了，刮一下她鼻尖儿，回一句："你就是你呀。"

李毓芬琢磨不透，但欢喜是真的。阻力也是真的。

抽离了短暂的欢愉，从他的小屋里出来，就像潮水退去，仍然要面对广袤的沙砾。

先是双方父母互相攻击，一个说你家闺女不检点，是找不到男人了，这么着急勾搭我家儿子！一个说你放屁，你家儿子就是个弱鸡，痨病鬼似的，怕是扛袋米都费劲，谁会看上他，除了眼瞎！争吵中，正撞见李毓芬下班，陈家阿母居高临下啐了一口，骂了很长一串。她哪里经受过这样的场面，招架不住，要躲开。陈家阿母骁勇善战，几乎驰骋着，戳着她，嘴里不断放出暗箭。李毓芬避之不及。

"不要脸，贱！"

"真贱！"

被身后的脏话追着，李毓芬想跑，却怎么也躲不开骂声的围剿，像是拔足狂奔到了山巅，往下看，是悬崖，无路可逃。陈家阿母的詈骂还在穷追不舍："还没结婚呢，就又开腿让男人睡，真贱！"带着无数的回声，贱，真贱……李毓芬跺着脚，抱着头，捂着耳朵，原地打转，像只陀螺，被脏话抽打着，被手指戳着，兀自旋转……转着转着，她忽然发狂，一声厉喊，然后一下子瘫坐地上，呜呜嘀嘀的，不是哭，是笑。李毓芬的头发披散开来，眼睛直勾勾的，神情飘忽苍白，手脚舞动，抓挠着，踢腾着，邪魅而笑……笑得持续、突兀、空洞、阴森，骇人之极。

陈家阿母不骂了，想溜，被放学回来的弟弟薅住脖颈，摁在石礅上，她也嗷嗷哭。

李毓芬一家手忙脚乱，拉起她，捋背，掐人中，灌凉水……都不管用，她依旧笑个不停，抱着塑料凳子不松手，喃喃自语，仔细辨听，才知道她说的："我和他结婚了，我好开心呀……"

那只凳子是陈庭舫来她家时坐过的。

楼道前围观的人们心说，这下坏了，闺女癔症了。

李毓芬缩在角落里，笑累了，嘻嘻地拨弄着地上的蟑螂，和它们窃窃私语："我要嫁给他啦，你们知道吗？到时给你们吃糖哦……"

李家七手八脚将陈家阿母拖起，要她给个说法。陈家阿母哭号着。两家闹得不可开交。

陈庭舫被喊来。他没理会争执的双方家人，径直走到李毓芬跟前，蹲下来，揽住她，说："小妹，乖，我们走呀。"李毓芬便乖乖地点头，任他牵起手，穿过喧嚷人群，静默地走向猩红的黄昏。

三天后，李毓芬大梦初醒一样，望着陈庭舫，说的第一句话："你是他吗？"她捧着他的脸，盲人似的，一点一点抚摩，看是否真的是他，世界是否骗她。

他把结婚证拿给她，李毓芬呆呆地看了半天，眼睛又浮现那种飘忽："我们结婚了？"陈庭舫使劲点头，看着她，泪眼迷蒙。她比对着结婚证，反复摩挲着照片上两颗挨在一起的脑袋，犹然呆呆地问："我们真结婚了？"她指着自己，再指指他："我，你？"陈庭舫再次点头，确认，还笑给她看，说："小木偶，你醒啦，昨天我们手牵手去的，这就不记得啦？小妹，这回你真是我的人了，跑不掉啦。"李毓芬哆嗦着嘴唇，将鲜红的证书捂在脸上，忽然号啕："我们结婚了……我们结婚了……我们结婚了……"

是啊，结婚了，再也不用提心吊胆了。

陈庭舫抱起她，抱起他的妻，为了逗她开心，他挑了挑眉毛，说道："下午我偷偷回去，把结婚证复印一份放饭桌上了，你说我老妈看到，会是什么反应？"陈庭舫哈哈地笑。他牵住她的手，"小妹，跟着我，只有一条路走到黑了，你可别后悔哦。"

李毓芬眼泪哗哗地落。她醒了，都以为她的癔症好了，后边的生活里，没再复发。其实呢，癔症一直潜伏在她体内，直到老陈病情恶化之际。

# 5

沈文渊第一次出逃，差一点就成功了。

他们费尽千辛万苦，已到了界河，能看到对岸的灯火了。他们聚在一起，掏出所有干粮，打算饱餐一顿，然后伏下歇息，恢复精力，等下半夜哨所的武警放松警惕，他们就一鼓作气，从早已勘察好的界河突破口下水奋力往前游。

河边的长草里，闷热难耐，蚊虫轰炸机似的，轮番叮咬。可沈文渊他们顾不上，整个人都是绷紧的，对岸的灯火蛊惑着他们，心跳声落在地上，能砸个坑，身子是逐渐蓄力的弓，就等下水，射出去。终于，等到下半夜，满天星斗，他们匍匐着，向界河靠近。忽然，身后，几声犬吠，武警拉上枪栓，摁亮手电，吆喝着，奔过来巡视。沈文渊他们赶快潜藏到草丛里，他们感到奇怪，怎么狗叫是从背后传来的？被人盯梢了、举报了？

沈文渊预感到要坏了。

橐橐的脚步声，如擂战鼓，近了，越来越近了。能听到柴刀砍断拦路长草的断茬声，民兵拉动枪栓的脆音……他们鸵鸟一样，埋在深草里，一动不动。后面的人找了几圈，没发现他们。沈文渊悄悄抬起头，见他们往反方向走，刚要松口气，同逃的人骂了句："我丢!"他们是去哨所，和巡视人员会合了!

果然，稍作交谈，巡视人员牵着警犬出来了。

同行的人不躲了，站起来，怒吼一声："看命吧，跑!"拔起腿，深一脚浅一脚往界河扑，打算在警犬咬住之前，拼命闯关。沈文渊他们三个扑扑腾腾地不管不顾地跑，一下子暴露了目标，巡视人员和追踪的民兵喊着，飞奔过来，举着枪，要他们"停住!"。他们谁也不舍得停住，河水就在咫尺，下了水，就有一丝希望，不管了，拼吧! ……

枪响了!

沈文渊一下子如大梦初醒，站在那里，傻了，愣了，死亡兜头浇灌下来，他只觉裤裆里一热。跑在最前面的那位同行者，都扑到水里了，枪声过后，他在水里扑腾了几下，搅不动水花了，嘴里呻吟着，身子浮了出来。枪打在他肩膀上。

沈文渊因为停住得过于急遽，头晕目眩，手电的强光一晃，他亲眼见到同伴的血在河水里扩散，刚才吃得干粮发撑，胃里一阵翻涌，他趴在地上呕吐，吐得苦水都出来了……然后，警犬朝他身上扑来，沈文渊来不及发出一声哭喊，胳膊已经被赶来的人们扭住。

最卖力的就是黑黑的、矮矮的、壮壮的来福。他扭住了沈文渊，还照倒在地上的他踩了几脚。但好像他眼里划过一丝失望，再仔细搜寻了一圈，确定就沈文渊和隔壁村的两个小伙子。

来福对趴在地上干呕颤抖的沈文渊踢了一下，他到底口无遮拦："梁美娟呢，嗯?"他朝同伴和武警解释道，"我明明看到他们一起去的江边!"

沈文渊和村里的后生，都明白了来福为何这么卖力：从梁美娟在莲湖教沈文渊游泳时，来福就盯住了，今晚梁美娟送他到江边，来福赶紧去生产组喊人，他以为梁美娟要和沈文渊一起潜逃。来福怒火攻心，要抓个现行。

同村被张存粮带来追踪的村民们，望着憨愣的来福，笑笑，押解沈文渊班师回朝。来福挠挠头，这才咂摸出味道，冒失了，过了一会儿，反应过来，后悔了。早知道就沈文渊自己，就让他跑嘛，他跑了，梁美娟落了单，他才好靠近。回去的路上，被抓的三人都没敢懊丧，来福一路唉声叹气，到了村里，来福悔得肠子都青了。

张存粮连忙召集村人，开批判会。

沈文渊低着头，不敢看梁美娟；来福低着头，也不敢看梁美娟。

来福恨不得揪着沈文渊的耳朵："地主崽子，小白脸儿，你要说就你要跑，早说嘛，我送瘟神一样，背你过河都行，你早滚早超生，别耽误我和阿娟的好事。你妈妈的，你说这干的什么事，我又把你请回来了。"

梁美娟知道了前因后果，一场批斗会下来，拿眼睛在来福身上不知剜了多少个窟窿。刚一散场，人还没走完，梁美娟就扑上来挠来福。来福手脚扑腾，招架不住，脖子脸上被挠得姹紫嫣红。挠急了，来福戆直，一跺脚，叫道："我还把他送走，行了吧！"当着未散尽的围观者，来福自知失言。他窝火，想踹几下沈文渊而不敢，梁美娟在旁边要吃了他的样子。来福恨恨的，对沈文渊说："你昨晚上怎么就不能再跑快一点！"

张存粮派了人专门看管沈文渊。再想跑，就难了。并且，为了从思想上彻底改造他，隔不几天，就要拉出来开会批判一番，写检讨，做保证，做重活，以儆效尤的意思。可出逃或抱着出逃想法的人太多，刚开始还严肃，后边批判起来也就松弛了，至少观众配合起来没那么热情了。

来福愁眉苦脸的，成天往沈文渊身边蹭，修水库挑淤泥，趁人不注意，甚至主动帮沈文渊分担。见了他，也不讥讽他"小白脸儿"了，只挤眉弄眼，恭敬得可疑："嘿，少爷，您啥时候打算再……"

沈文渊不理，转身就走。

这是还恼他呢，来福想。来福锲而不舍："少爷，我错了，我糊涂，您别介意哈……"来福死缠烂打，跟上去："少爷，您可别泄气，得再想办法啊……"很语重心长了。

沈文渊哭笑不得。

来福眨眨小眼睛，悄咪咪地说："只要您想走……我给您做内应，我出身好，他们不会怎么着我……"

沈文渊满脸沉痛："不行啊，我要检讨自己，再不做危害人民违背政策的蠢事。何来福，你不要再试探我了，我不会走的，哪怕累死在这里，我决定为生产队出尽最后一点力。"

来福急眼了："别呀，您可不能这么想……"

在沈文渊这里没有进展，来福又到梁美娟那里煽动："这一段，博厦村跑了一个，下沙村跑了俩，不能因为一次没成功，沈文渊就放弃吧？"来福说，"他何不再试试？"

"怎么，再让你抓着，去队里邀功？"梁美娟白他一眼，"你贱不贱！"

来福灰头土脸，落荒而逃。

要修水库了，东江水源一直供应到香港。梁美娟愁眉苦脸，她是心疼沈文渊，修水库是重力气活，分配给他的活又脏又累。沈文渊干了几天，挑淤泥时，一阵天旋地转，栽倒在地上。就这，生产队长张存粮说他："偷奸耍滑，到界河几十里路你不带歇的，这点儿活，撑不住了？"沈文渊要强，担泥装得更多，走起路来飘飘荡荡的，像是两个筐子拖着他在走。回到家，沈文渊就咯血了。

再这么下去不是办法。

还是走吧。

沈文渊苦笑："难啊。除非能变成鸟，飞过去。"他陷入迷思，"人要是鸟，该多好，实在待不下去了，一拍翅膀，就能离开。"

梁美娟给他分析，上次几乎挨着界河了，失利是因为追踪和警犬：追踪不可控，但梁美娟会看住来福；警犬没法解决，可怎么对付它呢，让它即便发现了目标，也能不叫呢？

——虎尿。

梁美娟听逃港成功的人传回消息说过，把虎尿狼尿涂在身上，狗远远闻到就觳觫低鸣，不敢趋近，不敢狂吠。

"再试一次吧，大不了再抓回来，就算送到韶关劳改，我给你送饭。"梁美娟黑黑的眸子里，亮晶晶的。

沈文渊眼里慢慢水雾弥漫。他没说话，像某种柔性的藤，垂着泛红的眼睛，走近梁美娟，抵在她颈窝，与其说是抱着她，不如说更像是从她这儿汲取暖意和力气。她安抚着他："这几天有大雨，你准备好，趁他们不注意时，就逃。"

梁美娟要先去动物园收集虎尿。

动物园她去过，挨着人民公园，小小的一片，有几只鳄鱼、乌龟、梅花鹿、孔雀，还有两只老虎，据说是以前马戏团里的，新中国成立后，收归国有。梁美娟买票进去，湿热的午后，没几个人，西北角的铁栅栏里，关着两只老虎，一只瘦，另一只，更瘦，满脸萎靡，病恹恹的。它们的尿管用吗？关键是，怎么才能偷到老虎的尿呢？

梁美娟围着门前冷落的动物园徘徊了半天，也没见老虎有起身撒尿的苗头。梁美娟出去找水，想从栅栏边给它投喂点水，兴许它就尿了呢。转了一圈，找到了水管，却没有容器，梁美娟将外衣脱下来，挽住袖口，盛了水，飞奔而来，在淋淋漓漓漏完之前，她试图将残余的水运到栅栏边。刚到围栏边，梁美娟攀着栏杆，呼唤老虎，由于缺乏经验，她用的是在家唤猪崽的话术："唠，唠，起来喝水啦！"老虎懒懒地看她一眼，又耷拉着眼皮假寐。梁美娟撅了一根芭蕉叶，去捅老虎。被一个小老头喝住了："干什么呢，也不怕它咬死你！"梁美娟才不怕，它们蔫蔫的，应该没什么攻击力。可她真懊悔，因为就在她转身挨训的这片刻里，有只老虎尿了，在地面凹处汇聚着，黄黄的，亮亮的，泛着浓烈的腥臊。

　　凹处垫着塑料，老头撇下她，回门房拿来玻璃瓶和一根细管，将虎尿小心收集到瓶子里。一泡尿，收了三小瓶。

　　"是不是为了这个？"老头摇摇瓶子，不言自明地笑笑，"不用那么费劲，拿钱来就行。"老头说，"这都被预订了，后天有。"

　　梁美娟没想到，这也可以买到，形成一个小产业链了。她等不到后天，将身上所有的钱都掏出来："您先匀给我一瓶，可以吗？"

　　"你这也不够啊。"老头乜斜着，盯着她刚才被水打湿的腰部和下身，"你凉鞋挺好看，给我吧，我给你一瓶。"他说，"我留给女儿穿。"

　　梁美娟点点头。

　　"不会让你光脚板，来我屋里，给你找双旧鞋换一下。"

梁美娟不知凶险，只笑。老头手上的几瓶黄色液体，就如驴子眼前的萝卜，梁美娟就随着，走到拐角的小屋。她脱了凉鞋，还是有点心疼的，这是母亲从黑市上买给她的，鞋绊镶着银白色的纽扣，太阳下，一闪一闪的。她穿着这双凉鞋时，沈文渊常多看她几眼。

老头却不急着拿给她旧鞋，眯着眼，望着梁美娟，开始问闲话：哪里的，做什么，要这虎尿为谁呀……梁美娟应答着，只在最后一个问题上迟疑。就在这个间隙，老头趋近她身子，笑眯眯的，忽然，在她腰上摸了一把，接着，双手抱住她，拥着她往床的方向，同时，想用脚踢上门！

梁美娟蒙了，甚至没反应过来他在做什么，当时只觉得，这小老头，怎么这么大的劲呢。梁美娟到底是下田插秧上树摘果的身手，双脚踩住地面，有了固定，一拧身子，提膝朝老头下身顶了一下。趁他"哎哟"护着自己时，一把挡住即将合上的木门，猛推老头一把，顾不得穿鞋，抢了老头放在小桌上的瓶子，抱在怀里，就往外跑。

一直跑到大路上，心还在怦怦跳。有了人来人往，她想着应该安全了，才扶住路旁的榕树喘息。也许是刚才激烈的反抗和剧烈的奔跑，忽地，梁美娟觉得肚子里一动，有股子恶心往上冲，很快，胃里翻涌，她张开嘴，蹲下来，干燥地呕了几声……

梁美娟蒙蒙的，不知怎么回事，惊疑不定之间，回想起自己身上到现在还没来。她依稀反应过来，脑袋里"轰"的一声，阴沉的天空里，一阵电闪雷鸣。

# 6

有月亮的晚上，韩玉婵愿意在阳台上坐一坐，有心情了，燃一支莞香，泡一壶茶；没心情时，就那么枯坐，也是好的。盈缺轮回的月亮，挂在天上，望着这片土地上发生的一切，看着孩子和老人的哭笑。似乎每个人都暗疾丛生，压在心底，佯装光鲜亮丽，活在这个世界上，极力仰视太阳，只有在有月亮的晚上，才敢松一口气，卸去伪装。

月亮下，韩玉婵并不想什么，对未来没有特别的期待，对过往也早都释怀。这两年，她心里总出现一个词：风烟俱净。人生到了一定阶段，千帆过尽，她仍然是海面上漂荡的小船，风浪或许就在前头，可经历得多了，慢慢也就笃定了下来。不似年轻时，遇到事，披头散发，心急火燎，拿自己当沙包，挡那些突如其来的浪头。

韩玉婵有时想，是谁率先将她丢到苦海里去挣扎的呢？

是婚姻。

韩玉婵处过男友，亲戚介绍的，处了一年，相处得很好，到了谈婚论嫁的关口，男生委婉建议她做下体检，她才明白男生比她周全，或者说早就心存防范。因她不稳定的月经周期，且来例假时疼得刀割针扎似的，诸多迹象，都让男生起疑。男生陪她去广州医院检查的。

检查后，确定了，多囊卵巢综合征，女性体内雄激素过量，抑制卵泡成熟，影响排卵进行，如果持续无排卵，自然极可能不孕。韩玉婵没哭，自青春期例假就和别的女孩不同，她早有预期，她只是迷怔，想不通为何上天要将这层不幸加诸己身。虽然没多久她就会庆幸，有了不孕不育的理由，得以成为免入劣质婚姻的漏网之鱼。

男生沉默了一会儿，还安慰她："没事，反正我也不怎么喜欢小孩。"他解释道："我小叔老来得子，全家逗他，宠得不像话，小霸王似的，天天来我家搞破坏，踢门砸墙，蛮横可恶。见得多了，让我对小孩子有点恐惧。"他拍拍韩玉婵的手，"所以，没事的。"韩玉婵年轻时最受不了这种真假莫测的温情，当下感动得眼泪翻涌，甚而都忽略了他从医院门口过天桥到马路上，身形僵硬，过红绿灯时，再没牵她手。韩玉婵静下心来，左思右想，还是下决心写了一封信，主要阐明利害关系：你是你家独苗，你父母重男轻女，我就不耽误你了，就这样吧。

信还没发出去，巷子里已传出她不能生育的流言蜚语，尽管后来他归结为母亲的心直口快："老人家喜欢小孩，我也没办法。"他成了无奈的受害者，耸耸肩，就可以置身事外。谁叫你身体设备出问题了呢？韩玉婵初步领教这世界的恶意，将信撕了，再不联系。其实这正中对方下怀。

韩玉婵再不想恋爱结婚之事。

直到过了好多年，都到了 20 世纪 90 年代初，世界也开明多了，韩玉婵认识了前夫。前夫开门见山，认识没几天，就表示对她有好感，韩玉婵的冷淡并没有让对方萌生退意，她只好水来土掩，坦陈自己的生理缺陷。男人连续五天做了充分的沉默，韩玉婵以为循例吓退了来者，松了口气的同时，又浮起几缕失落。可到了第六天，男人卷土重来，郑重申明自己"不介意"，并说："这些天我想了很多，想了很久，想清楚了，我真不介意，就算父母观念传统，但日子是我们自己过的，不怕的。"

韩玉婵捂住胸口，心说哎呀不好，该死的感动又来了。可前夫艺高人胆大，嘴唇开合，再放一波言语烟花："如果你喜欢孩子，我们就领养一个，如果你不喜欢，只要你不离开我，我就把你当成孩子，宠一辈子。"这些加了糖的话，仔细推敲都很刻意，韩玉婵感动之余，还是将信将疑，可架不住前夫的凶猛攻势。韩玉婵想，自己年纪不小了，父母关系不和，各忙各的，他们借口做生意忙，小时候大多数时间将她放在外婆家，她自然和父母不冷不热的。数起来，这世界就外婆巴心巴肺心疼她，可外婆也老了，近年身体每况愈下，她嘴上不说，心下无非希望她找个好婆家，有个男人对她好，外婆也就放心了。目睹前夫的用心追求，外婆劝她："处处试试，不行就散嘛。"韩玉婵没点头，也没摇头，算默认了。

又拖了几个月，彻底让她卸下心防的是一张字条。韩玉婵爱猫，养的三花猫不知去哪里串门了，韩玉婵着急，前夫自告奋勇，出门寻找。他的外衣和钱包放在茶几上，韩玉婵将它们收好，碰到钱包，显眼处嵌着她的一张小照，照片跟前还夹着一张字条，应该是他写给父母的：

> 不能生孩子怎么了，多大个事。别再啰唆啦。你们不是想让我正常结个婚吗？遇上的这些女孩里，就她合适，我放不下她，我喜欢她，我要娶她。你们别管了，妈，我要娶她……

我要娶她……我要娶她……回声轰隆隆的，韩玉婵当场呆住，感动得心都碎了，甘愿碎掉，又被爱给粘好，柔软的一团，在胸腔里，不是跳荡，是温暖的那种流淌。韩玉婵心说，好吧，我嫁你，以后好好跟你过日子，甚至，努力给你生孩子，哪怕再辛苦。

她要以微躯，报答他的厚意。

很快，他们定了亲，举行了婚礼。韩玉婵性格快意，决定了，就去做。婚后没几天她就打听好了，下个月就往返深圳，穿刺取卵，打算做试管婴儿。

韩玉婵平素不爱荤腥，可为了营养跟得上，为了卵子质量，天天吃鱼吃肉，蒸煮炖炸，像是吃药，忍住恶心，生硬地咀嚼。然后观察检测身体后，再打激素，催卵子成熟，要承受取卵后可能的腹水，之后长期的月经紊乱，大量出血等副作用。疼痛是如影随形的，顺利的还好，成功催熟一批卵子，到手术室，穿刺取卵，长长的空心针，穿破阴道壁、卵巢、卵泡，取出卵子……取卵后，疼痛让韩玉婵整个人蜷曲起来，似抽了筋的虾米。取一次卵，要穿刺数回，卵子是一个个取的，谁都逃不过副作用。如果运气好，受精卵培育成功，植入子宫，观察待定；运气继续好，胚胎成活，着床稳定，妊娠成功；孕期仍然运气好，肚子隆起，提着心，吊着胆，数着日子，等生命诞生。

她历经了漫长的储备期移植了两个胚胎，卧床一个月，保住了一个成活。韩玉婵甘心情愿。一个男人不计较她的隐疾，和她喜结连理，给她一个家，一个温暖的巢穴，彼时的韩玉婵，觉得真的感激。

虽然，婚后，前夫便与她再无肌肤之亲，借口自己在外面跑业务，累得孙子似的，提不起兴趣。再者，一身烟酒气，怕熏着妻子。而且他往往半夜回来，不愿吵醒韩玉婵，又说自己睡得死，呼噜打得茂盛。总之，都是为妻子好。为了妻子接下来安心备孕，他提议分房而睡。

前夫家境殷实，公婆都供职于机关，虚荣体面，家里早早置办了手机、电脑、液晶电视。前夫白头净脸的，交际广，韩玉婵以为他外面有人。据她的观察，前夫接个电话都跑到洗手间里，偷偷摸摸，神神秘秘的，确实好像另有枝蔓。

她借口去医院复查，然后"去姑妈家住几天，想吃她做的肠粉和煲仔饭了"。前夫还笑眯眯的，拿钱给她，让她给姑妈买东西："最近这段比较忙，替我问姑妈好。"韩玉婵最反感这点。结婚后，他便再也没去过水榕堂街巷，骨子里，他们一家还是觉得那是贫民区，上不了台面，自觉划清界限。

韩玉婵住了两天，打电话说定了让他后天下午来接她，却刚放下电话，就抚着肚子打车回家。拧开房门，他的卧室虚掩，丈夫和另一个男的，鬼鬼祟祟，衣衫凌乱。

韩玉婵全明白了。

这是一场精心设计的骗局。在父母的催逼下，在亲友的注目下，"正确"、体面家庭里出来的他，不得不"正常"地结婚。想必他早就物色好的，利用她的缺陷来垂钓感动，以期让她陷入付出的深情。而她这么单纯，便于操控。他撰写了剧本，承担了导演的角色，她是素人，是傻子。

韩玉婵气愤的不是他的骗术，而是气自己这么轻易被罗织进去，并且曾这样贴心贴肺，想和他白头到老，一心一意地哭笑，却原来都是推算好的。她为之付出的真心真意，不仅仅是不值得那么的简单，是由衷的恶心，生理上那种不可饶恕自己愚蠢的本能恶心，一见到前夫，就干哕，要吐。

　　韩玉婵旋即到医院做了流产，哪怕付出的代价是这一生或许都再不能生育。甚至上了手术台，医生还劝，费那么大劲才成功的，都三个月了，胎儿发育正常，真要打掉吗？韩玉婵咬咬牙，眼泪掉下来，擦掉，坚硬地点头："嗯，打了。"

　　这个男人，他不配我给他生孩子，不配我为他遭难。

　　见她去意坚决，前夫撕破嘴脸，他要维护的是这个名义的婚姻，不管具体的女人是谁。他先是要给钱，一计不成，再表演割腕、服药、哀求、下跪、自残自暴的要挟砝码。

　　韩玉婵全都无动于衷。

　　前夫恼羞成怒，将三花猫勒住脖颈，吊起来，猫在奄奄一息中发出凄厉绝望的叫声，声音越来越弱，卡在喉咙里……韩玉婵眼里噙着泪，看透他的本性。逼她就范不成，前夫将垂死的猫石头一样扔向她。韩玉婵铁了心，什么都不要，必须离掉。

　　这时代吊诡的地方在于，女人一旦不钻进男权世界惯性设定的婚姻啊家庭啊贤妻良母啊的千年大彀里，一方面会有来自各方面加诸的压力和抨击，另一方面，生活自此变得真是惬意。面对七大姑八大姨街坊邻居齐上阵，带着怂恿的虚情，热烈地要帮她介绍，总之要拉她下水，韩玉婵心说全滚你妈的蛋，有一个算一个，婚后那种鸡零狗碎和男人互相否定有时候还要"打成一团"的狗屁生活，可不要向我推销了，姑奶奶我祝你们打架动刀，白头到老，犹过招。

漏网之鱼啊，如鱼得水，韩玉婵皱着眉头窃喜。

离婚后，过了一年，韩玉婵脸上重新有了健康饱满的光泽感，不像以前，肤色晦暗，低声下气，感恩戴德，是仰视的，带着知恩图报的。其实，并没有感到什么快乐，但她被献身的情绪给主宰了，被魅惑了。

韩玉婵后面做过很多工作，纺织厂、玩具厂、鞋厂，再到自己在虎门经营服装批发店，最多的时候她手下有三家分店，在时代的潮流中从兴盛到关闭，韩玉婵挣到了钱。直到后来，她在平乐坊开着肠粉店。

因她漂亮冷艳，眼睛清澈，瘦瘦的，拎着小巧的坤包，戴着花帽子，颇有些惹眼。有的误以为她好追求，陆续有不少男人向她示好，却不知韩玉婵是把斩乱麻的快刀，她全都拒绝，滚，好狗不挡道。她走在人群中，脊背挺得笔直，心说，在遇到合适的人之前，我宁愿做自梳女，再不踏入婚姻的泥潭。一朝被蛇咬，韩玉婵对什么爱呀男人呀彻底反了胃。她再没上过男人以爱的名义设下的廉价圈套。

# 7

沈文渊出逃后杳无音信。

送他那天，黑云压阵，看样子要下暴雨。这样的天气，或许界河上巡视得松弛。出发前，梁美娟收拾好干粮，给他外罩上涂了虎尿，放在包里，等到界河再穿上，以防万一。做完这些，就没事可做了，梁美娟不停地整理一下他那个小包袱，左手下意识地覆在腹部，嗫嚅了几次，还是什么都没说。他们在老宅子黑暗的夜里，沈文渊攥着她的手，相对坐着。到了夜深，沈文渊起身，最后将她抱紧，说："阿娟，我走了。"迈出的脚步迟疑了片刻，不敢再回头，清瘦的身影就这么消融在浓稠的夜色里。

沈文渊走后没多久，暴雨就如约而至。谁也没想到会下这么大，似乎天塌了，所有的水没头没脸地倾倒，风刮得呜呜作响，雷电在天空"咔嚓"不停。这是那年的第一场台风暴雨。

梁美娟一夜没睡。天明大晴，到了晌午，就传来消息，界河两边浮尸狼藉，都是趁雨夜出逃的，谁也没料到暴雨会如此迅疾，上游的水短时间大量汇集，界河发了洪水，将正在渡河的、藏在河边浅滩芦苇荡里即将渡河的、渡河后还没走出河沿的，全部裹挟而下，卷积着浪花，将两岸乱草、树木拍进突然蹿升的急流里。

梁美娟一听到消息，就瘫倒在门前。

边防要求生产队去认领尸体。领来的尸体，后面跟着浮起家人撕心裂肺的哭号。到了傍晚，大都认领完毕。

没有沈文渊。

来福跑到边防站来确认，他哭丧着脸，好话说尽："远房的，我表弟，不听劝，非要逃到对岸，他家嫌丢人，生不见人死不见尸，让我再来看下。"守岗的老民警摆摆手，让他赶快查验。

来福扒开一袭白布，心跳加速，希望布下盖着的是沈文渊，又觉得自己这样想，卑鄙极了。再揭开一个，来福不敢看，又不能不看。这些死者逝去得突然，身体大都还保持着奋力划水的姿势，有的还大睁着两眼，望着反复莫测的苍天，全身透出强烈的不甘状态，嘴巴里耳蜗里都是血迹污泥，恐怖狰狞……来福两手哆嗦着，眼泪都要下来了，查完未认领的尸体，来福心底松一口气，抽上一支烟，望着地上惨淡余晖下白花花的一片，又有一丝失落掠过。

目前所有的死者里，没有沈文渊。

来福递上烟，打问还有没有其他的死者。

民警没接烟："冲到岸边的，就这些。肯定还有被水草缠住的，被漩涡绞住的，沉到河底的，那就没法打捞了。"

"昨天晚上，就没有能活下来的？"

老民警望望泛滥的河面，叹口气，说："有几个还没下河的，在岸边，一看雨势不好，赶快往旁边山上跑，侥幸逃过一劫。下了水的，雨这么大，河都翻了，一直淹到边防站，除非能飞，否则，基本没可能生还。"

来福归来，将得到的消息，小心汇报给梁美娟。

梁美娟呆呆的，脸上似大风吹过。雨后新晴的月亮，红彤彤的，带着弥补的光亮和热情，无声无息地照耀着泥泞的小院。过了许久，梁美娟才从喑哑的喉咙里发出破碎的嘶声："不可能，不可能的……"她疯狂地挥舞手臂，驱赶来福，"你滚，你早巴不得他死，你不是个东西，你滚啊……"

来福讪讪的，眼睛憋得通红，不敢分辩，默默走出小院，坐在门口荔枝树下，仰着黑脸，望着泛红的月亮。他忍着肚饿，抽烟，不敢离远，怕梁美娟想不开。

梁美娟的阿妈走出来，给他拿一件外罩，还有一大碗咸鱼干米饭，也坐在来福旁边，很久无言。在来福狼吞虎咽时，阿姨忽而说："阿福，以后你有空，就多来啊。"

来福再傻，也听懂了。来福从碗里抬起脸，拼命点头，因为激动，噎住了，直咳嗽。来福吃完，阿姨收了碗，临回院子，才叹息一句："作孽啊。"

自此，来福常来梁美娟家。帮着挑个水修个屋打扫院子，做完了就离开。有时阿姨过意不去，留他吃饭，来福也很少留下。实在怕拂了阿姨好意，来福就匆匆吃完，起身走开。他怕梁美娟烦。

梁美娟确实没理过来福。他一来，她就躲进自己的屋子，有时迎面照见，来福打招呼，她眼皮也不抬。来福僵笑着，手不是手脚不是脚，那张脸，像是招徕而顾客不理的店面。来福能怎么办呢，只好慢慢习惯。好在阿姨语气态度温暖，消解了一些他在梁美娟那里积攒的坚冰。

这天，来福扫完院子，将她家房顶修葺一番，以防即将来临的雨季。来福坦然地留下吃了饭，吃完了，推下碗筷，说一句："阿姨，屋子修好了，这一段我就不来了哈，有什么要我做的，你就让人捎话。"

梁美娟的筷子停顿了一下。

阿妈怔了怔："怎么啦，阿福?"

来福挠挠头："我姨妈介绍了她娘家村的女孩……"来福母亲去世得早，家里就父亲和弟弟，三个男人，饶是勤快，家里也难免粗疏，经常裤裆炸线袖口破烂，姨妈看他们可怜，隔三岔五来帮衬一下。眼瞅着来福二十五六了，姨妈叹口气，帮他张罗介绍了村里的女孩。

阿妈懂得来福的委屈，这不过是个借口罢了，冰到底是冰，积攒多了，还是心寒，来福气馁了。以前有沈文渊，他争不过，也就算了，现在沈文渊走了，他还是没有机会。来福觉得自己太没用了，他死心了。

那天，来福离开后，在路口站了一会儿，回望通往梁美娟家的路，路上洒满银子般的月光，远远地看，小路似浮动的河。这小河，对他来说，是银河。

阿妈辗转找来那天和沈文渊同一批潜逃的人，他在岸边没来得及下水，反而逃出生天。阿妈将他带到梁美娟跟前，让他亲自对女儿说：

"我当时逃到山上，猫在凸出的石头下躲避暴风雨，还不停地望着河面，想着雨稍小了，就赶快下河。都挨着界河了，挺到这一步，太不容易了，游过去就是对岸地界，不管再大的雨，谁也不想放弃。那些正在渡河的人，肯定也是这么想的，想着再坚持一下，就成功了，谁也想不到那夜的雨，真能丧命。那晚上，雷声轰隆轰隆不断，闪电'唰'一下像是把夜撕了个口子，瞬间的强光，刺人眼！就在这雷电交加一灭一明中，我看到河心那些人一浮一沉，他们想退不能，只有奋力支撑……你打听他叫什么，我到现在也不清楚，可你们说又瘦又高，戴个眼镜，眼镜腿还是断的，拿白胶布绑起来的，我就想起来了。为什么对他印象深刻呢？他过于文弱，有大病似的，戴个眼镜，斯斯文文，高高的，瘦瘦的，像根竹竿。渡河前，都藏在草棵子里，大家商量要不要渡河呢，毕竟风已经起来了，雨看样子不会小。就他最坚决，从包里掏出外罩，不等别人，就往河边爬行，镜片后面，他眼睛里透着一种报复性的凶狠，像是不怕死的士兵上阵。果然，那么大的雨，都吓不住他，他拼命游啊划啊，越过界河了，到了河对面了。真的，我都替他激动，那一会儿又激动又眼馋，我还不知什么时候能下河呢，他们已经到对岸啦！可是，河滩很宽，那些游过界河的，都耗尽了最后一丝力气，他们一时半会儿爬不上岸。雨还在哗哗下，河滩上也是齐腰深的水，无边无际的水，他们爬树的爬树，体力好的就继续往岸上游，游着游着就有划不动水的，随之被激流卷走……我就看到'眼镜'爬上了一棵树，河边的那种红树林，很小，可树上已有两人了，他再上去，那树就摇摇欲坠。台风刮得人也歪树也摆，河水彻底涨了起来，透过连续的闪电，这时，我看见一个女的拖着个小男孩，越过了界河，上不了岸，和强劲的水流对抗着，也想抓住那小小的树……再打闪电时，我就眼见得'眼镜'从树上掉下来了。也许是树枝断了，他落到水里，可能实在是没力气了，挣扎了几下，胳膊腿就不动了。身后的洪流很快将他淹没了，冲走了。再打闪时，我睁得眼疼，也看不见他一点痕迹……"

来人说："我看到的就这么多，至于他后边是死是活，我就不知道了。"

来人说完，拎着阿妈给的家里最后几截腊肠，走了。

月亮探出头，照着一院子深井似的沉默。

"你打算怎么办呢？"

梁美娟不吭。

"继续等？"

仍不吭。

"你能等，你肚子能等吗？"阿妈悲哀地说，"你以为我不知道吗？"

梁美娟仰着脸，迎着月色，闭上眼，似在接受照耀，不作声。

"你一个女孩，马上显肚了，怎么见人？"阿妈哽咽了，"听阿妈的，找个婆子打了，和来福好好过，好吗？"

梁美娟慌忙交叉手护住腹部。这小小的凌乱的动作，本能而执拗。她轻轻地，却也坚定地，摇摇头。

"你这样，会被人说死的！"阿妈摇着她的胳膊，绑着的头发松散开。不知什么时候阿妈的头发已愁白了这么多，随着摇晃，花白的头发颤颤巍巍的，像一座小型的雪山，随时将崩塌。

梁美娟流着泪，笑了。她早就想好了，她静静地说："阿妈，他已经不知死活了，这孩子，是他唯一的血脉，你忍心弄死吗……"

阿妈松开攥着的胳膊，一下子瘫坐在地上，拍着地，捂住脸，大放悲声："真作孽啊！"

夏粮熟了。收获后由生产组分到各家，她们孤儿寡母搬不动，来福轻车熟路，给她们扛回家里，拍拍浮尘，就要走。

阿妈叫住他："来福，姨给你说个事呢。"

来福停住，坐下。

"你姨妈介绍的那个女孩，怎么样?"

"见了。她嫌我老相，她家里嫌我矮，说还没有祠堂的供桌高。"来福挠挠头，"姨，你说，阿福哪有这么矮嘛。太能贬损人啦。"

"高了有什么好嘛，穿衣裳都费布。阿福不矮，正好。"

来福最爱听了，咧着嘴笑。可阿妈没笑，脸色凝重："阿福，阿姨真说不出口，但还得求你个事，你就在这儿住下来，哪怕住一段，行吗?"

阿妈索性坦白说了。

来福听完，蒙了。

## 8

到了下半夜三点多，月牙西斜，韩春丽从夜市忙完，有时会来到店里，帮姑姑打米浆，熬粥，为早餐做准备。姑姑毕竟奔五十的人了，她得帮她分担点儿。其实，韩春丽早就劝姑姑歇业不干，姑姑不同意，干了这么多年，闲下来不习惯，再说，她不干了，老街坊们上哪儿吃这一口呢?

"你不做，难不成他们就吃不到肠粉了?"韩春丽笑道。

"味道能一样?"姑姑说。

　　韩春丽就不言语了。确实不一样，谁会有姑姑这么用心呢，所有的食材，都得亲力亲为。都说姑姑高冷，那是手艺人一技傍身的自尊。她有骄矜的资本。

　　到了这个点儿，芬姐的糖水小摊也已打烊，刚刷洗收拾好，要过来帮忙。姑姑必然不让，推她到楼上："睡会儿去，七点起。"

　　在韩玉婵这里，女人的温柔那一套，她嗤之以鼻，没有出息指着男人生活的女人才需要嗲兮兮，她不必。芬姐自然不敢违逆，乖乖去睡，也乖乖地早上七点准时下来到摊档，给姑姑打下手。

　　因为七点开始，租住在附近的上班族陆续出动，早餐店迎来最忙的时段。两姐妹合作多年，忙得手脚飞起，却不见丝毫错乱，一拨顾客吃完走掉一拨再来，迎来送往中，一直到八点多点儿，才有个暂缓的工夫。这个点，买菜的选好了最新鲜的菜蔬，遛弯的也微微出一层汗。这些本地的老头阿姨，不需上班，不赶时间，先要一碗白粥，一勺一勺吃得仔细。遇见街坊邻里，还要眉开眼笑聊上一阵，对彼此的菜蔬也能品鉴半天，说说儿子女儿孙男娣女，家长里短，飞短流长，笑骂议论，再吃了端上来的热肠粉，才依依不舍地各回家门。

　　不说别的，米米就很羡慕这些老阿姨阿公，特别是几个大爷，须发半白，托着茶盏，到了小店，先坐壶烧水。韩玉婵专门预备了一张带简易茶台的小桌，放在门口。水烧好了，自带茶叶泡好，小茶盅倒出，吸溜吸溜地啜着。米米也讨过喝过，不就是茶水嘛，怎么他们喝得琼浆玉液似的，一脸悠然。

喝饱了茶，就着几只鸡脚一叠肠粉，他们还要喝一杯早酒。酒是顺德产的低度米酒，便宜，爽口，一瓶酒，几个人分分，剩下的，还可以存在韩玉婵店里。不是酒有多么珍贵，是喝酒时那份兴致，才叫享受，"吱儿"一声，再"吱儿"一声，让人觉得，他们这才是活着。喝了早酒，吃了早餐，几个老伙计还要再品会儿茶，抽支烟，才走。

米米知道，从容是需要有东西垫着的，这东西最好是钱，或是地位，最不济，也要有把岁数垫着，看透了，认命了，也就可以放慢脚步。至于什么都没有的，比如她，比如租住在附近的大量年轻人，只好每天一早急吼吼地满世界去揾食。

但有个人，米米琢磨不透，样子既不是悠闲也不是匆忙，常常九点多了，才踱步而来。他目光不会打弯似的，从不和人打招呼，觑着角落里的桌子，直瞪瞪地走过去，坐下来，盯着桌面，眼神硬撅撅的，和谁置气一般。整个人是紧绷绷的，静默的，不发一言。给人的感觉就像他内里被一个正方形给撑着，方方正正，带着棱角，扎进人们的视线。再加上他身上那份落魄的气息，像是怀揣着冰或铁，对某些往事仍难以释怀。

米米轻声嘀咕一句："黐线。"粤语里，神经兮兮，脑子不好使的意思。这个点，没几个顾客了，韩玉婵在收拾洗刷。可不管她在做什么，"黐线"一来，韩玉婵必定放下手里的活计，亲自洗手调汤，重新开张。

　　来人点餐，永远的那两样：一碗茅根粥、一碟鸡蛋肠粉。"黐线"吃得快，三两口扒拉完，一推碗，放下钱，起身，又直戳戳地走了。

　　他走了很久，韩玉婵的目光还没收回。缓过神，她过来收拾。几个饮茶吹水的老头还没走，都看在眼里，在讶异和无声中，有人轻微摇头，也有打趣的，酸酸来一句："阿婵真是服务周到，什么时候也亲自给我们端个餐食？"一唱一和，有人接道："就是哦，不知谁有福享受到阿婵体贴味道。"

　　韩玉婵也不介意，罕见的好脾气，笑笑，说道："阿公，少喝点，一早就说胡话啦。"

　　有知道来人底细的，叹口气，说一句："何汉章这崽儿，出生就悲惨，厂子做得太好，被人妒忌，大半辈子时运不济。唉，可惜，可怜。"

　　人们在口头上，复原出何汉章的故事：

　　来福还是住进了梁美娟家里，赶在她肚子显山露水之前。

　　村邻常打趣来福："来福你深藏不露啊，这就住到丈母娘家啦，什么时候摆席啊？"还有说得直接："我们'黑珍珠'是桂味的还是糯米糍？"梁美娟黑而美，她家以前擅长种这两味荔枝。

　　说得再露骨，无非都是个嫉妒，来福不恼，只呵呵笑。人们都感慨，这小子，不吭不哈搞定了，艳福不浅。

实际上，来福一直睡在坍圮而粗做修整的储物间。

等梁美娟的腹部遮掩不住，人们打趣来福的闲话就更多了，异样的目光在梁美娟身上打量，有的说得很刻薄。来福主动提出来："阿妈，做场酒席吧，请下生产组的领导和邻居，我和阿娟领个结婚证。"他接下来一句话，让阿妈潸然泪下，"我还住这屋。阿妈，你就把我当儿子养好了。"他还笑着，"正好阿福从小也没妈妈。"阿妈哭着拧梁美娟，"你作孽啊，这么好个阿福……"

梁美娟转过头，说："来福，你的恩情，我这辈子是报不了了。我替肚里的孩子，给你拜一拜吧。"

来福出溜下去，挡住她的动作："不要啊，不要……"来福哭了。

转天，领了结婚证，阿妈做了菜，请了该请的人来，做个见证，就算举行婚礼了。宴席上，来福并没有酒量，可所有恭贺的酒，他都来者不拒。来福喝多了。来福醉了也不嚷不闹，只望着结婚照，一边掉眼泪，一边呵呵笑。样子很傻。人们都说，阿福这是烧高香了，娶到这么漂亮能干的老婆，瞧，狗日的开心坏啦。

自此，来福染上了喝酒的毛病。先是婚礼上的酒备多了，来福不舍得浪费，干活累了，心里闷了，回到家，咂上一杯浊米酒，人好像活泛了，心也暖回来了。渐渐地，一杯不够了，能喝两杯了。婚礼上剩下的酒喝完了，来福又买了。两杯也差点意思了，他还要加，梁美娟要制止，阿妈却给他倒上："让他喝吧。"

何汉章出生了。

梁美娟抱着儿子，悄悄默念：沈汉章，沈汉章。名字是她找曾在著名大学里做过教授的乡贤取的，沈文渊，沈汉章，文渊阁里存华章，血脉里有遗响。出生时，何汉章个头大，在那样的年代，梁美娟对沈文渊最大的爱意，就是拼命多吃点，将肚里的孩子滋养得壮实一点。生的时候很不容易，梁美娟失血过多，后来身子变弱，根子就在这里。

随着何汉章长大，他和来福的品种差异越发明显，一个矮矮的、壮壮的、黑黑的，一个瘦瘦的、高高的、白皙的。何来福生不出这样标致的儿子。人们开玩笑，问到脸上，来福置之不理，问急了，最多说一句："像他妈嘛。"

"屁咧，'黑珍珠'会有这么白的皮肤？"

来福就不吭了，只喝酒。

姨妈介绍的那个姑娘，没看上他，却看上了他弟弟来运。来福入赘似的到了梁美娟家，等于大儿子替人家养了，小儿子的婚事老父亲非常上心，拿出家底给来运成了亲。弟弟婚后在接连生了两个女儿后，才望眼欲穿地生了个儿子。满月礼上，来福来给弟弟贺喜，给小侄儿封了红包，亲邻聚在一起，围绕孩子闲话。老父亲望着宝贝孙子，眉开眼笑。来福也高兴，酒喝得顺口，脸色酡红，问了一句："起大名了吗？""起了，叫何家续。"父亲悠着孙子，得意地感慨，以致失言，"何家续，小家续啊，何家终于续上香火了哇……"

来福勾着脖子，闷头喝酒，酡红的脸涨成猪肝色。

人们慢慢回过味来，依稀想起梁美娟和沈文渊的旧事，这下坐实了流言蜚语，于是满足地感叹，哦，何来福这个龟公，真是帮别人养儿子呀。

席散后，来福踉踉跄跄往家走，推开院门，他迟疑了一下，又觉得这次必须要有所表现。来福拽开梁美娟的屋门，回身将橘红色的月光拦在门外。从门口到床头，几步路，来福走得山高水长，额头冒汗，心跳如蛙，他双手攥拳，一手抓住委屈，一手抓住愤怒，两样情绪都是突然而至，却又由来已久。来福吞咽着喉结，努力不临阵脱逃。终于，挨近床边了，黑魆魆的夜里，来福伸出手，去摸梁美娟的脸……他颤抖的指头刚接触到她的眉眼，发现梁美娟睁着眼呢。来福烫住了似的，手忙脚乱，惊吓中要喊出声……

梁美娟静静坐起，许久，叹了口气，说："你终于来了……"她做了个嘘声，抱起阿章，送到阿妈屋里。在这间隙里，每一秒都如此漫长，来福体内的酒意，潮水似的，慢慢退去，人被慌乱攫住，来福脑子里闪过无数念头：她是去阿妈屋里放下阿章吗，还是就在阿妈屋里睡了，阿妈知道了会怎么看他……要说，也没什么可怕的，他却开始哆嗦，傻站在那儿，不知所措。

不知过了多久，"吱呀"一声，木门开合，梁美娟总算进来了。她似乎带着月色的凉意，在门将要关上的刹那，冲他笑了一下。笑得幅度很小，来福却觉得一扇门，终于开了，月光进来了，花在开，草在长，春天盛大。关上门后，来福看不清她的面容，可他能感觉出，她重新梳洗了头脸，换上了结婚那天草绿色的裙子。她走近他，摸到他僵直的身子，生疏却也义无反顾地抱住来福，在他耳边，低声说："来福，这些年，委屈你了……"

只这一句，来福就崩溃了，张着大嘴，掐着虎口，泪止不住。来福觉得好丑，他蹲下身，一只手抱住头，一只手按住喉咙，试图压下决堤的洪流……梁美娟半蹲下来，揽住他的头，像哄孩子似的，拍着他宽阔的脊背，并拉起他的手，鼓励他抱住自己……来福半蹲半跪，脸埋在她的绿裙子里，嗅到莲湖初生的春水……他幸福地想再哭一哭，梁美娟将他的手拉到自己乳房上。来福缺乏经验，放在左边，他就一直对左边乳房开荒，不会兼顾右边。梁美娟无声地笑，揉搓着他的头发，抚着他的脊背，将他引导至夜色温柔覆盖的床上。来福如船入港，有梁美娟导航，来福该摇橹摇橹，该划桨划桨……颠簸中，在紧要关头，来福喊了一声："娘哎，我的娘……"那一瞬间，来福想，有女人真好，有家真好。来福觉得不管别人怎么看，自己这辈子，值了。

来福四仰八叉地躺在床上，湍流冲破山峦，浪涛过后的水花徐徐拍打着沙滩，那幸福的疲倦和宁静中，他有极大的落实感。他摩挲着梁美娟，是忙后的悠闲，奔跑后的闲庭信步，风景看后的分花拂柳。来福带着储蓄的笨拙和温柔，可他的手劲渐渐重了，越来越重，鼻息咻咻喘着，哼哼唧唧的。梁美娟明白了，他是吃饱了，吃不下了，开始打量碗了，觉得碗被别人用过，他又不能说，只在手上较劲。他毕竟是个有限的男人。来福其实弄疼了她，她忍住了。梁美娟叹口气，只是说："你要还觉得委屈，就没法过了。"她攥住他的手，"我以后会跟你好好过的。好好的，生个一儿半女。"

来福手里的动作停住了，他忽而以她的头发掩住脸，抓住她的手摸往自己胯下。来福就一个睾丸。小时候他没娘，他矮小，弟弟更小，别人欺负他弟弟来运，来福像被怒气灌满的青蛙，跳上去，要掌掴那个小坏蛋，可来福个子小，被对方狠狠一脚，踢到裆下。长大后，来福跑到很远的地方问过医生，夫妻生活没问题，但有可能不育。来福抱住梁美娟，哭得很委屈，他说："我有女人了，有女人了……"梁美娟抱紧他，只一遍一遍捋他的脊梁。来福想，这或许就是天意吧。来福最后说："我们好好过，我有儿子了，不生了。"梁美娟抱住他，眼泪打湿他的脊背。

从此，来福从储物间搬到了梁美娟的卧房，成了名实相符的夫妻。

在来福落实了幸福的时候，闲话传得也迅速。

自何汉章年幼懵懂时，就常被村里同龄孩子称为"地主羔子"，极尽嘲笑、羞辱之能事。尽管母亲外婆父亲都爱护他，可他从小就在村里有一种孤独感，不自觉地游离于人群以外，内向、孤僻、沉默寡言。"地主羔子"这个名词产生的无形威压，让在学校里的何汉章轻易不和同学说话，坐在自己的座位上看书，下课后除去上厕所也不出来玩。何汉章一门心思用在学习上，成绩一直是班上最优秀的。

放学到家，何汉章常常呆呆地对着一个地方，一看就是老半天。看的时间长了，物体变得虚幻起来，亦真亦幻，他眯着眼，捡个树枝，在地上涂画。一开始画得抽象，慢慢添加，就画得具体了、像了。何汉章每天默默上学，放学默默地回家。回到家里，不跟别的小孩耍闹，一个人默默地玩，默默地画，不惹是非。

等到他执掌了陶瓷家装帝国，他的报道、传记遍布报纸杂志，那些深度报道的记者采访村里的老人，他们纷纷邀功，从小就看出这孩子天赋异禀："阿章从小特别聪明，喜欢画画，画得可像啦。当时我老人家就断定，这孩子长大绝对有出息！"记者对淘出的这些细节也很满意，扎实地佐证了何汉章在陶瓷设计、公司 logo（标志、徽标）、宣传册页等方面透出的独特美学风格，渊源有自。

可这些"当时、断定"的村人，大约忘了何汉章年幼的孤独时光，以及因他会画画，带给他的羞辱。

　　那是中学寻常的一天下课，学生们随着铃声冲出教室，去厕所、去玩……学校角落有一片树林，是坏孩子们撒欢密会的好地方。此刻，学生们围绕一起，对着一幅涂鸦，笑闹议论。围墙正中，炭笔画着一个女性形象，画得逼真，线条流畅，最吸引目光的，是画得夸张的女性特征，最上方还画了个莲蓬头，旁边标注了一行字：刘校长冲凉图。一旁又一行小字：刘校长冲凉，男学生发热。又有人在"发热"下增补一行："发狂。"

　　刘校长四方脸，短发，黑衣，学生眼里那种典型的政教主任形象，要求严格，满嘴教条，面若冰霜。这幅画仔细看，是涂改过的，原作和刘校长并不像，后面的文字显然是学生们喜闻乐见、集体创作的。盛怒下的刘校长要揪出始作俑者，再顺藤摸瓜找出参与的坏蛋们。

　　在刘校长发动的全校师生积极检举下，事件很快就聚焦到何汉章身上。有如此绘画能力和动机的，只能是出身可疑且热爱涂画的何汉章了。刘校长亲自审问，果然，不消几个回合，何汉章就招了："是我画的，可是……"不容他再分说，刘校长一气骂了他半个多小时。问他："还有谁？知道的，都交代出来！"

　　何汉章不吭。他不敢说。那几个添笔加线的参与者，都是学校里跋扈的坏蛋，平常他们见了何汉章就逗他，捏一下他的脸，往他裤裆里掏一把，屁股上摸一下，说着："这小妞真白，让哥看看长毛了没?"他们嘻嘻笑着。何汉章见到他们就不由得手心出汗、喉咙发干、下半身一紧。

威逼利诱没用,刘校长转变策略:"不用你招供了,我提起一个,不是的就摇下头。你们一个也逃不了。"刘校长眉毛立起,"不许再包庇!"那几个兴风作浪的主儿,刘校长心里有数,"张红卫?"

何汉章没摇头。

"那就是有他了。"

如此推演一番,刘校长摸清参与者名单。勒令何汉章先回家叫家长,并写检讨,下周一在全校师生跟前反思。

何汉章刚走,刘校长就把其他二度创作的坏蛋们叫过来批判。骂完了,也要他们写检讨。都是惯犯了,被骂的时候愁眉苦脸,服从管教,一出了办公室,就又嬉皮笑脸。为首的张红卫说:"肯定是'小白脸'告的密,不能轻饶了他。"张红卫自恃是生产队队长的儿子,颇能呼风唤雨,他们呼呼啦啦,放学后,将何汉章拉到厕所里,围殴。他们踹倒他,轮流拿尿滋他。何汉章一身屎尿淋漓。他们威胁他:"下周一检讨时主动承认是自己干的哦,不然,有你好看!"还有人扒着他的裤子,"你屁股尖儿上的这颗痦子,我能让全校都知道。"

乖学生做惯了,何汉章觉得天要塌了。

高他一年级的陈庭舫本来在教室做作业,听到动静不对,装作来上厕所,刚一探头,就恶心得要吐。何汉章在屎尿中,因被黄黑之物包裹，陈庭舫乍见之下，何汉章就如支离破碎似的。可在这污臭中，何汉章双眼愤怒，靠在墙上，盯住施暴的诸位豪杰。他不服。

陈庭舫一露头，他们的眼神齐刷刷将他围住。"想多管闲事？"

"你们这么多人，欺负一个，算什么本事？"

"那要不把你也算上？"张红卫乜他一眼。

陈庭舫爱干净，顶不住这臭气，退后几步，喊一声："校长来啦！"张红卫他们闻声，翻墙朝大路跑掉。何汉章还倚着墙，呈现出对抗后紧张泄掉的迷茫，闭着眼，样子很可怜。

"你还好吗？"

何汉章不吭，抱着书包，孤魂野鬼一样，在路上游荡。陈庭舫跟踪了他一会儿，何汉章迷迷瞪瞪的，问他什么，他也不回答。陈庭舫只好跑到他家，告诉梁美娟去了。

陈庭舫走后，暮霭下，村庄笼罩在灰褐色里，一切都是暗淡的、没有色彩的灰白。何汉章一个人抖抖瑟瑟地站立在风中，感到特别孤独、无助。他缩着脑袋，双手抱着肩膀，两只无辜的眼睛露出凄凉的目光。他抬头看了看苍茫的天空，不知何时，夜幕已覆盖大地，他突然生出一种末日来临的感觉。那无边的黑夜像是叵测的墨色海水，向他排山倒海袭来，他这尾小鱼，被抛掷在荒凉的沙滩上，喘不过气。

何汉章晃荡到莲湖边，跳下去，洗澡。可怎么搓洗，也洗不去身上顽固的臭气。他洗累了，也绝望了，将洗湿的书包和衣服挂在湖边树杈上。

　　饥饿是一张大网，越收越紧，何汉章是挂在网眼上的鸟，饿得心跳都费劲。他硬着头皮，走进湖边深沉的树林，找了一圈，野香蕉半熟的都被人砍了去，刚长出的硬得像石头，剥了一个香蕉花，啃了几口芯子，何汉章实在累了，在一片草地上蜷缩着睡下。

　　何汉章一遍一遍默念小时候阿妈教他的童谣：

> 月光光，照地堂，
> 虾仔你乖乖训落床，
> 听朝阿妈要赶插秧咯，
> 阿爷睇牛佢上山冈。
> 虾仔你快点长大，
> 帮手阿爷去睇牛羊。

> 月光光，照地堂，
> 虾仔你乖乖训落床，
> 听朝阿爸要捕鱼虾，
> 阿妈织网要织到天光。
> 虾仔你快点长大，
> 划艇撒网就更在行。

月光光，照地堂，

年卅晚，摘槟榔，

五谷丰登堆满仓，

老老嫩嫩喜洋洋啊，

虾仔你快啲眯埋眼，

一觉训到大天光啊。

夜已经深了，何汉章在心里命令自己：阿章，睡吧，你要快快长大，长大了才能离开这个地方。

梁美娟和来福找到莲湖边，已是半夜了。她从田里回来，从陈庭舫那里知晓了事情的来龙去脉。梁美娟一听就炸了，抄起割稻的镰刀，要到张存粮家，揪出张红卫。来福劝梁美娟："都是半大孩子，打闹也是常有的，我们先找阿章好了。"来福是怕得罪了老张，生产队秋后算账。

梁美娟双眼通红，镰刀锋刃上的光点跳跃，她胸腔起伏："之前说得好听，真有事到跟前，不是亲生的，大可说得轻松。你要害怕，就起开，我们娘儿俩，不用你管。"

一句话将来福噎得原地打转。来福憋着泪，跺着脚，抢过她手里的镰刀，低吼一声："走！"

到了张存粮家里，梁美娟还没吵闹，来福一把揪住正在吃晚饭的张红卫："阿章要是出了事，我跟你们拼了！"张红卫望望父亲。张存粮让他放开，有话慢慢说，来福一仰头："队长，你儿子打我儿子，我是不是也可以打你？"来福钳子般的大手，将张红卫攥得脸上疼出汗来。来福还在叫，"我阿福是懦弱、没出息，但烂命还是有一条的，你们欺负我就算了，欺负我老婆孩子，我不依！"

拉着张红卫，又去找刘校长，来福踹响她的门，不由分说，就吼道："你赔我儿子，到现在还没回家，找不到人啦！"

刘校长刚要发火，看着来福拼命的架势，嘀咕了几句，拿着手电，随着他们去找何汉章。

夜色浓稠，蛙声浩大。梁美娟高一声低一声，喊着儿子，每喊一下，手电就往她喊的方向凿开一柱光。几个手电筒，将夜划得支离破碎，却始终不见何汉章的影子。

一路上，每找一片水塘，梁美娟和来福的失望就多一层，愤怒也多一分，张红卫再没了嚣张的气焰，刘校长再也不提道歉的事。

终于找到莲湖边，光柱下，清幽的河面，恬静，安宁。灯柱一转，何汉章的书包从枝头掉下，落在塘边。梁美娟再看一眼，"啊"了一声，扑过去，抱起书包，鼻孔流血，眼里流泪，梁美娟直直地瘫倒在地上。第一声号哭之后，梁美娟只剩张着嘴，空洞无声。来福急了，使劲顺她的背，掐她人中，过了很久，梁美娟才哭出声。

她以为儿子想不开，投水了。

树林里的何汉章被惊醒，挠着被蚊子叮咬的包，揉着眼睛，从人群身后，怯怯地喊一声："阿妈……"梁美娟转过身，连滚带爬，匍匐着，挣扎着，抱住儿子，喊一句："我的儿啊……"

何汉章还在哭诉他惹下的坏事，梁美娟抱紧他，失而复得一样，连连说："没事的，没事的，我阿章没事就好哇。"

三十年后，每当何汉章想跳入莲湖，母亲的这句话就会萦绕在耳旁。那时他多希望阿妈还能揽住他，说："宝，没事的，没事的……"

何汉章找到了，来福这才放他们走了。梁美娟抱着儿子，来福挑着书包打着手电，仍然做跟班。可梁美娟忽然推一下何汉章："乖，给你爸磕个头，今儿个不是他给你出头，你还在这儿喂蚊子呢。"

何汉章唯唯诺诺，眼珠眨着，反射着天上的星河，他听母亲的，就要趋近弯身跪地。来福似被烫了脚，蹦跳起来，拽住何汉章，眼望着梁美娟："不要啊，不要。"他呵呵地笑，试探地摸摸何汉章的小脸儿。何汉章没躲，清脆脆地叫了一声："爸，回家吧。"

来福一下子就不行了，大颗大颗的眼泪扑簌簌往下掉。他一把将何汉章扛在肩上："哎哎，乖儿，我们回家，回家哦……"

来福背着何汉章，牵着梁美娟的手，萤火虫在四周闪烁，快到家门口时，他仰头，但见残月一钩，满天星斗。

母子俩酝酿了一个周末的检讨词。周一早上，何汉章和母亲一起，升国旗时，执意在全校师生面前做了检讨，梁美娟还点头哈腰，一个劲儿地向刘校长道歉。刘校长已经领教了她的泼辣，这道歉，整场下来，大嗓门，高声调，像一场声讨。果然，刚道歉完了，梁美娟双眼瞪圆，从裤腰里抽出菜刀，敲击着生锈的铁旗杆，咚咚咚咚，火星四溅："谁再敢欺负何汉章，先看看我这刀！"

一众师生，心惊肉跳。面面相觑中，人们随着梁美娟的目光，将视线聚在张红卫身上。张红卫还想故作轻松，终究撑不住这几百双眼睛的讨伐，竟然蹲下来"哇"一下哭了。

回去的路上，梁美娟才说："阿章，妈妈今天是不是给你丢人了？"不过她又呵呵笑了："真解气啊，他娘的。"梁美娟看看卷刃的刀口，摇摇头，样子既像是为自己的粗鄙不好意思，又像是可惜搞坏了这把家用的好刀。

何汉章也笑："妈妈，你好凶哦，吓死我了。"

"阿章，你快长大了，以后遇事不要怕，你要保护好自己了，妈妈总会老，不能一直护着你。"梁美娟正色道。又问，"真是你画的吗，阿章？"

"嗯，阿妈。但是他们涂改的，字也是他们写的……"何汉章又说，"阿妈，我以后长大保护你。"

梁美娟欣慰地笑，摩挲着儿子坚硬的发质。"阿章画得挺好的。阿妈比对着你校长的长相，专门去树林里看了很久，其实不像校长。"

"阿妈，我本来画的，就不是她嘛。"何汉章眼睛迷离，吞吐地说，"这一段，我常做梦，梦见一个阿姨，全身包裹在雾气里，穿着唱戏的彩衣，站在水边，朝我甩着水袖，不停摆手，笑笑的，喊我，说：'来呀，阿章，我带你找你爹爹……'"

梁美娟心里"咯噔"一下，脸色惨绿，搂住阿章，磕磕巴巴地说："阿章，我的乖儿，你还记得那个阿姨的模样吗，再画出来给妈妈看看，好吗？"

何汉章就折了一根草梗，在地上勾画。眉眼出来，梁美娟就呆住了，叫了声："天啊！"

——那纸上的女人，一派天真烂漫，笑笑的，分明是沈文渊死去的母亲，那个叫巧儿的名伶。

# 9

梁美娟一直琢磨儿子的那个梦。

沈文渊没死？

这个念头也只是在夜深人静时，一闪而过，再想又有什么用呢？稻子熟了一茬又一茬，岁月轮转，光阴匆匆，流水似的日子载着鸡零狗碎，一天天过去了。生活在土地上的人们，最能体会时间的鲜明变化。梁美娟和来福操持着田里和家事，贫苦里相互扶持，一年年熬了过去。唯一的遗憾，就是果然再没怀孕，没能给来福生个孩子。其间，梁美娟的母亲也去世了，走得很安详，来福甚至比梁美娟还要哀伤。来福念老人家的恩情，守灵发丧出殡都庄重，来福真当自己亲娘入葬的。那晚，梁美娟说："来福，你抱抱我吧……以后，再没娘疼了……"来福就抱着她。来福疼她。来福抱了这么多年了，也没见技术上长进多少，还是大揽大包地拥着她，挤压得梁美娟都要喘不过气。真好，梁美娟流着泪，想，知足了。

时间来到了1978年春末，何汉章从省城师范美术专业毕业，入职"红星陶瓷厂"已经两年。梁美娟的日子平平淡淡，最难熬的都已熬过去了。儿子长大了，丈夫老实巴交，她又重新打理了门前的果树，培育了新苗。市场松动了不少，平乐坊的门店有些悄悄地开了张，生意最好的，是做服装的，从香港那边拿来的式样，据说供不应求。梁美娟也打算开一爿小店，她先在家让儿子画了样式，自己买了布料，试着裁剪，做出来的衣服竟然也有板有样。不管时代的风云怎么变幻，落实到平民头上，还是一日三餐，还是得有钱。儿子大了，要操办他娶亲了。

这天，来福在老祠堂改做的村委门口，给闲置已久的龙舟上油。龙舟舢板干裂，有的地方被虫蛀了，来福一阵心疼，这可是当时周边最气派的一艘龙船。得了村委指令，来福决计修补得它光鲜如初。

他想起以前端午划龙舟的场景，小孩们蹦蹦跳跳唱着流传的节令童谣：氹氹转，菊花圆，炒米饼，糯米糯米团，五月初五系龙舟节啊，阿妈叫我去睇龙船……人们聚集到江边，来福他们吃了龙舟饭，脱掉上衣，换上绣着旗号的短打扮，数十排龙船横在江面，每只龙船都装扮得花枝招展，一声令下，桥上岸边观看的村民加油鼓劲，诸舸竞发，两排健儿整齐划一，古铜色的臂膀闪耀着金子似的光点。来福有力气，划得好，他所在的龙舟总是一马当先，敲锣打鼓中顺利夺冠。健儿们披红挂绿，观赛的财主们在家眷的簇拥下，坐在搭好的凉棚下，目睹江面上的喧腾，嘴上叫好，心里高兴，吩咐赏钱给足。健儿们在锣鼓喧天中，领了赏钱，直接从桥上跳入江里，打闹嬉戏，一江翻滚的都是喜庆。

只要允许民间有自发空间，老百姓其实一直是很有活力的，有一种兴高采烈过日子的劲头，敲锣打鼓，大红大绿，世俗，蓬勃，有一份感人的生机。

最近，大家都在传，有香港的老板打算来投资办厂，村委决定恢复龙舟赛，热闹一番。来福想，以前沈家老爷子给赏钱最大方，赢得头名的龙舟，还赏一挂红绸。不知道这些新兴的老板懂不懂这些规矩，会不会给赏钱。多少年没划了，来福头发都有白茬了，可回想起摇橹划桨的场景，历历在目。他往手心吐口唾沫，握紧工具，继续干活，不管怎样，今年要划个过瘾。

到了端午前两天，张存粮找到梁美娟，大约是他不好开口，让儿子张红卫跟着。他蹲在榕树下，罕见地冲梁美娟露了个笑脸，没话找话，说："今年的荔枝结得真好。"梁美娟不理会，他当年卖力批判追踪沈文渊，他儿子又欺负何汉章，梁美娟不能释怀。

有人路过，打招呼，并试探口风："老队长，听说允许港商来办厂了，真的假的？"张存粮仍是一身旧咔叽布中山装，裤腿和袖管挽了起来。他脸上带着一丝对即将巨变的时代转不过弯的困惑，可当着来人，张存粮挺起那个时代罕见的小肚腩，背着手，派头就很领导了："听上面政策安排呗。"接过村民递上的"万宝路"，骂一句："你狗日的也抽上香港烟了？"来人笑笑："别人带的，充个门面。"张存粮也笑笑，很勉强。

张红卫倒是热络，笑盈盈的，梁美娟当年当众制伏他的场景他记忆犹新，他摸摸头发，说："姨啊，仔细收拾收拾，有个人要见你。"张红卫名字改为张宏伟，戴个蛤蟆镜，头发油光水滑，梳成偏分，遇到女孩，常迎风一甩，顾盼自雄。

张存粮推他一下："你也向人家阿章学学，又乖又有事做，哪像你，天天瞎溜达，让你当兵你也不去。"张宏伟一甩头发，不理会他爹，向梁美娟补充道："娟姨，香港老板哦，好靓仔的，扭扭捏捏的，一定要见你。"他说："将来真要开了厂，姨你替我美言几句，我也跟着香港佬挣点美元嘛。"张存粮看不惯长子这做派，撇着嘴咝咝吸气，将一支烟抽得愁肠百结。

梁美娟没去，来福替她去的。

来福回来喝醉了。梁美娟在门前，倚在荔枝树下，披一身月色，既像在等他，又像在等残月落下。

望见她，来福撑不住，瘫在地上，落着泪，呵呵傻笑，笑完了，又吐。

等他消停了，梁美娟才抱着臂膀，问："是他吗？"

"嗯。"

"还活着？"

"嗯。"

"阿福，你早知道吧？"

"……"

来福愣了一下，"哇"地一下哭了。

"我只知道他活着，不知道他会回来啊……今天是他女儿带着助理，先替他来看看，过两天，他就过来，看你……"来福从泪眼里望着她，"阿娟，你恨我吗……"

梁美娟苦笑。"阿福，我小瞧你了。你才不傻。"

"你会走吗？"

"早点歇着吧。"

平乐坊老饭店恢复营业了，各式点心在自选区摆放着，人们用钱也可以来消费了，屋子里人声喧嚷。

梁美娟随他们到了包间。

在座的是县轻工业局的领导和干事，张存粮将梁美娟引到席上，介绍一句："这是沈老板的……表妹，自从他……去对岸发展，也很多年没见了。""逃"字石子似的，被他生生咽下。咽下了，却硌在心口。张存粮抽着烟感叹，看来世道真是变了，出逃的叛民现今成了香饽饽，还要讨好着，等他来盘活集体所属的厂子。

见到梁美娟，轻工业局的领导笑了，有了踏实感，握着她的手，让她上座，给她倒茶烫洗餐具，热情洋溢。他们当然探得梁美娟和沈文渊的关系，有了这个引子，合作就有把握了。

这些领导刚经历了起伏叵测的运动，如同漫长泅渡后终于上岸的泳者，虽然政策还未明确出台，他们已迫不及待要大显身手了。已有不少镇街的领导带着干粮和族谱，自发去香港拜访大大小小的港商，顶着烈日，冒着白眼，放下身段，迎着偏见，但凡能攀上一点乡谊关系，就千方百计地拜谒、劝说、讲解、招商，无非是希望给家乡拉来一些产业。他们掰着指头细数着，哪个村里的谁和香港的谁能扯上亲戚，还有哪些有可能拉拢的港商尚未拜访，哪些有意向回老家投资……听他们分析着平乐坊现有的几家厂子状况，竹器厂、陶瓷厂都难以为继，急需港资和技术注入，才能将濒临倒闭的厂子救活。他们抽着纸烟，喝着粗茶，说到希望处，笑声朗朗；谈到困难时，眉头紧锁。他们亲和谦逊的态度，谨慎实干的作风，让在座的人无不受到感染。

闲聊间，领导们将目光聚焦在梁美娟身上，她实在地感受到殷切目光的重量，原本绷着的脸也只好有了活泛，在大家的注视下，梁美娟表了态："为了大家的事，我试着劝他来投资吧。"

有了这句话，领导们松了口气，抬腕看表掐算沈老板到来的时间，开列菜单时，还向梁美娟咨询他是否喜欢。

梁美娟此刻真想哭一场，不是为他，也不是为自己，是觉得他终于熬出来了，她心里止不住欣慰地一恸。隔了二十三年，本以为自己可以平静面对，梁美娟觉得还是不行，心像是一面旧锣，墙壁上的石英钟每走一秒，都是一个敲打。到后来，敲得她心都乱了，都碎了。

沈文渊来了。

被轻工业局和镇街村委的领导簇拥着，到了包间，掀起新一轮寒暄，纷纷乱乱，分宾主坐下。梁美娟始终盯着面前的瓷碗，这才发觉他被安排坐在她身边。她没看他。他也没看她，只顾和领导说话。

怎么看呢，这一眼，隔了二十多年，这么长的时间水面，他们谁敢保证能渡过去呢？这餐饭是怎么吃的，吃的什么，梁美娟一点都没概念，她只掐着虎口，咬紧牙关，让自己这个躯壳保持端然。有时领导挑起一个话头，问到她跟前，她才匆促笑一下，点个头，应付过去。他还好，有正经的事做个幌子，可以深一句浅一句和他们交谈。梁美娟只是恨，到底是男人，心狠，你还能坐得住！

　　终于啊，终于吃完了。张存粮扯了下她胳膊，提醒她奉上准备好的礼物。梁美娟反应过来，从椅子下面捞了半天，还是张存粮帮她掏出一个竹篮，几串新摘的龙眼、荔枝。梁美娟低着头，递到他跟前，背书似的，却背不熟练："今年第一茬果子，你尝尝吧，看还是不是那个味道……"抬起脸，才发现他们识趣地走出了包间。

　　梁美娟再也绷不住了，长夜的孤狼似的，"嗷"的一声，抛掉篮子，蹦跳着，扑上去，猛虎扑食似的，溺水抓住救生木一样，匍匐着，撞墙一样，拼尽全身力气，拼尽二十三年的思念，踉踉跄跄的，你死我活的，抱住他的胳膊，一口咬在他肩膀上。两只手撕扯着，挠着，打着，从胸腔里发出绝命似的嘶吼，眼泪、鼻涕、爱恨、悲喜，混合着他的血，汩汩地流下来，打湿了他俩……鲜红的荔枝骨碌碌滚了一地，像是散落的殷红心跳。

　　沈文渊没有躲闪，就这样被她咬住。他闭上眼，另只手迟疑地、生疏地、苍凉地，落在她头上，摩挲着她斑白的头发，从身体内喊出一声："阿娟，我的亲人……对不起……"

　　梁美娟直到声嘶力竭，就像那年他疟疾打摆子，她整个人都抖着，满脸血泪，才抬起头，眼里如滴血，看着他，一字一句地控诉道："沈文渊，二十三年六个月零九天……你死了二十三年六个月零九天……我也死了二十三年六个月零九天……

你现在还回来干什么啊……"

　　门外的来福，隔着窗户，都看到眼里。他肚子痛似的，蹲下来，五脏六腑都绞在一起，眼窝一酸，落下泪来。


# 10


　　"那个暴风雨的夜晚，雷鸣夹杂着闪电，大雨伴着台风，可我等不得了。在暴雨之前，下到界河，刚游到河心，雨就来了，你就感觉是天上往下倒水。水涨得很快，暴雨狂风劈头盖脸打来，我拼尽力气，越过了界河，爬到了对岸河滩。河滩很宽，都是积水，我实在没力气了，上不了岸。这时，河沿上有棵树，树上已经有两个人了，我奔过去，恨不得给他俩磕头作揖，求他们让我上去，哪怕歇一会儿呢。也许是我愿意拿出包里剩下的最后一点干粮，也许是他们觉得我瘦小，不压重，他们同意了，让我上去。我开心极了，那不是一棵树，是救命的稻草，是小岛，是唯一的希望，我觉得我有救了，赶快讨好地奉上干粮……

　　"可我刚上去，没多久，游过来一对母子，那个母亲将孩子顶在头上，在哭号，雨太大，听不清她说的什么，意思应该是能不能让他们也上去。真是可怜啊，他们娘儿俩得受了怎样的煎熬，才决定潜逃，都到最后一步了，你能眼看着大水把他们冲走吗……想想自己遭的罪，看着他们，我忍不住掉泪，想拉那个小男孩，树上原来的那俩不让，他们也是对的，树本来就摇摇晃晃的，这娘儿俩再上来，树可能就断了，树断了，全都活不成……可那位母亲还在比画着，像我刚才对他俩一样，磕头作揖的，这回我明白了，母亲的意思是，把小男孩拉上去就行，拜托了……她是做好了被水冲走的准备。小男孩哭着，挥舞着胳膊，喊着妈妈……那个场景，能让人心碎掉。我实在受不了，勾着树枝，抓住小男孩的手，刚要把他提溜到树上，就感觉背上被踹了一脚，我立刻跌倒，掉入水里，被激流冲走……

"我命大，在水里卷得昏了过去，天明，发现在岸边，卡在石头缝里。到现在，我也忘不了那个母亲祈求的眼神，我也不知道那个小男孩活下来没，唯一欣慰的是，我没丧尽良心，将他托到了树上……

"爬到岸上，我冲着平乐坊的方向磕了三个头，这里是我的父母之邦，有我的爱人，她为了我付出这么多，没有她，也许我早就死了。这些年，平乐坊是我魂牵梦绕的地方。

"可是，到了香港，那里也不是想象中的天堂，同父异母的兄长帮我介绍了一处工厂安身，我拼命地做，一心想着攒下钱，将你接过来。我不是负心汉，一直记得我们的誓约，可第二年，逃过来的乡邻捎话给我，说你和来福结婚了，还生了个儿子。我万念俱灰，干活也觉得没意义了，什么都没意思了，每日工余和他们饮酒娱乐，发了工资，更是痛饮狂歌，酒醉阑珊，有美人在侧，想我不过孑然一身，无人管也不再有人念，就这样快快乐乐不也挺好吗……我就此消磨了好几年。

"那几年抽烟厉害，再加上熬夜，纵酒瞎闹，常早上醒来满口血腥气，吐出来都是血……知道这样下去不是长久之计，可人陷在惯性里，没有大的外力基本不会改变。我哥劝我几次，说得都很语重心长。可那些朋友下了工一叫，回到熟悉的娱乐环境，那种营造的纸醉金迷气息，灌输的及时行乐主义，都让人沉溺，很容易就回到旧轨道上去了。直到经历了一次大病，面对生死的考验，才让浑浑噩噩的我清醒，我若还能以微躯做点有意义的事，再死也不迟。"

沈文渊说，再自暴自弃下去，对不起自己泅渡的苦难，更对不起梁美娟为他的付出。自此，沈文渊开始振作，先在工厂做事，后来盘下手袋厂做品牌代工，主要以外地来港者为工人，再到自己研发品牌，慢慢弄出一番局面，娶了妻子，生了女儿。

女儿叫沈念梁。下一代人接着他的念想。

在莲湖边，回首往事，沈文渊说得风轻云淡，梁美娟知道，他的每一天，也无不在念想着对岸。可他还在执着于一个问题：

"阿娟，你能不能告诉我一句话，阿章这孩子是……？"

"你别问，到死我也不会说。他已经长大了，有他的生活，跟你没关系了。"梁美娟说，"他就来福这个爹。"

莲湖的水仍然波光荡漾，祠堂边的榕树依旧冠盖如荫。沈文渊点一支烟，徐徐吐出一片苍蓝："阿娟，我们老了，这是我们的命。孩子们赶上了好时代，底下让他们来实现我们未竟的梦想吧。"

沈文渊决定在平乐坊开设一家来料加工厂，这也是岭南首例领风气之先的合资厂。几个月后，1978年7月，国务院方才颁发《开展对外加工装配业务试行办法》，规定广东、福建可以施行来料加工试点。沈文渊让女儿沈念梁在两地之间全权操办。

年轻的沈念梁牛仔裤，短发，利落阳光，稍稍寒暄几句之后，从背包里拿出一个女士皮革手袋，还有几块坯料。她摊开皮料，像是打开一张考卷，沈念梁要求他们，按照皮革手袋的样式，生产出跟样品一样的商品。

制衣厂的大小领导和技术骨干们傻了眼。当时厂里生产的是些传统的背心、衬衣、裤子，款式单一，审美陈旧。女士手袋这东西，他们前所未见。想来想去，叫来何汉章。他有美术功底，期待他能画出图样，工人才好按图索骥。何汉章研究了半夜，将手袋小心拆开，再拼兑上，反复几次，终于明白，虽然款式和人们常用的军绿色提包、书包有区别，可车缝原理是一样的。他详细地画出图样，严格标出尺寸，和技术骨干一起试着缝制，有差异的地方再拆解、磨合。

翌日上午，当沈念梁再次来到平乐坊制衣厂，一个跟原版一模一样的精美女士手袋放到了她面前。沈念梁喜出望外："好嘛，太好啦，手工好，效率这么高，太出乎我的意料了。好，跟你们合作。"

这回厂里犯了难。犯难的原因也简单，只因沈文渊是港商，跟他合作就是跟资本主义合作。虽说国务院刚刚出台了"三来一补"政策，但之前从来没人这么干过，毫无经验可循，万一政策有变，犯下的可就是走资本主义道路这样的政治错误。那些年，政治错误，这四个字提起就让人蹙额。

可沈文渊给出的合作条件确实诱人，由他来垫付升级设备的几百万元资金，提供原材料，产品也由他来负责外销，还付给制衣厂相当可观的加工费。厂子需要这些费用来发展，工人指望这些费用改善生活，平乐坊的年轻人，有了厂子的订单才有事做。

做还是不做？这是个问题。

接下来的几天，人们就见厂领导愁眉苦脸，绕着破旧的厂区转圈。

两天后，轻工业局的领导来了，厂里想听听县里部门的意见。几个人坐了下来，一起反复权衡利弊，最终还是咬了咬牙：干，犯了错误大家一起担！

就这样，第一家由港资参与的企业，在志忑和探索中出现了。一个半月后，这家企业获得国家工商总局颁发的全国第一个"三来一补"企业牌照，企业名称则变更为平乐坊手袋厂。沈文渊兑现承诺，重新装修厂房，小灯泡变成了一排排日光灯管，家庭式缝纫机变成了一台台进口的电动缝纫机。职工月工资从原来的十几二十元增加到了一百多元，比当时工程师的还要高。一时间，平乐坊的青年争先恐后地要求进入手袋厂工作。手袋厂的成功示范，也引起了港澳商家的注意，本来还在犹豫的港澳资本，在看到手袋厂的平稳运营之后，渐渐消除了疑虑，纷纷前来投资，给低迷的海城经济打了一剂强心针。

同年，举世瞩目的十一届三中全会召开，中央确立了改革开放的政策。沉寂多年的东方古国再一次向世界敞开了大门，从此春潮涌动，万紫千红，中华大地处处迸发出蓬勃生机。厂里一行人心里的石头终于落了地。人们心里欢呼，大展身手的时代到了。一时间工厂遍地开花，海城的经济逐渐有了起色。

"嘉丽"牌手袋行销海内外，到了年底，就收回了厂子改造和设备成本。沈文渊显露家传的商业天分，紧接着开发了男士商务手包"先锋"品牌，请香港著名影星代言，在香江两岸电视广播上投放广告，两则广告耳熟能详："嘉丽"傍身，彰显您尊贵身份；弄潮"先锋"，助力您事业成功。

还推出了少儿书包品牌，"萤火"。这个本不在计划之内，可沈文渊执意要做，广告文案是他亲自撰写的：少年的天空，有只美丽的萤火虫。书包做好，主要用于慈善公益捐赠，周边很多市区的中小学生，都背上了有萤火虫图案的书包，一闪一闪，像他们的欢笑。

沈文渊让人约何汉章在海城老饭店喝早茶。约了两次，到第二次何汉章迟迟才到。来了也不说话，闷头喝粥。

沈文渊拭拭嘴角，还试图开个玩笑缓和尴尬："你好难约哦，比追靓女难多啦。"

一点都不好笑。场面更冷了。唯余匙盏碰撞叮当声。

沈文渊还在找补，笑说："这么怕见我吗，我又不是老虎狮子，会把你吃了？"

何汉章没抬头，丢过去一句："你愿意见一个垃圾？"

沈文渊被噎得要死，缓了一会儿，只好说正事："厂子马上成立两年了，我打算出一款纪念版。"他说："你妈妈那儿，有个鱼化龙金丝楠木妆奁盒，我想仿照上面的图案和整体款式，做一款坤包，应该很不错。你能帮我设计下吗？"

"这个可以啊。"何汉章抬起脸，清冷的眼睛直白地望着他，脸上是熟悉的嘲讽，"你不是有钱嘛，只要价钱合适，为什么不呢？"

"我当年答应过她……"

"你当年的事，应该找她说，跟我说不着。"何汉章打断。

沈文渊坐下，颓然一笑，捏出支烟，放在鼻端嗅了嗅。医生不让他再抽烟，可心绪波动时，他总要借助一支烟舒缓，这么多年，已成积习。实在忍不住烟瘾，只好捏支烟，闻一闻，望梅止渴。

"孩子，抛开其他的，就单为你的发展，我建议你继续做设计，我可以送你去香港去巴黎去伦敦进修，只要你愿意……"

"我不愿意！"何汉章顿了下勺子，"我不能像某些人似的，为了所谓的狗屁前程和狗命，抛弃亲人，让她一个人在苦水里熬……老子没出息，没你那个狠心。"他扭过头去，咬着后槽牙，不让对面西装革履道貌岸然的老男人看到他翻卷的泪意。

沈文渊久久不语。

"孩子，处在那个时代里，有时呢，也是身不由己……"

"别什么都往时代上推卸，时代是垃圾桶吗？"

"所以，我回来建厂，为家乡出一份心力，是赎罪，也是……"

"得了吧，还不是想在家乡人跟前显示你的优越感。让人们知道，你当初的叛逃选择是对的，留在平乐坊，才是困守涸辙，还得你回来赏饭吃。"

沈文渊每一个回应都徒劳、都无力，在何汉章这里，都是狡辩。他苦笑，泡茶，喝水。茶水也一嘴苦味。

"听说陶瓷厂现在很不景气。"沈文渊放下茶杯，几乎不敢抬头看他的儿子，"你在里头干得还好吗？"

"毕业分配，我有机会选择去其他单位，去政府机关做文宣，去学校做老师，可我只选了陶瓷厂，你知道为什么吗？"

何汉章第一次主动和他交谈，而不是他问一句，他不得已吐出一句。他眯着眼，盯着眼前这个瘦削的青年，何汉章有着和他一样浓重的粗眉和修长的睫毛，甚至眉宇间笼着的一缕若有若无的忧郁，都像是从他当年复刻来的。可是他们之间，隔着大江大河，他可以渡过界河，却渡不过两人之间的心河。何汉章一直对他冷淡中夹杂仇怨。沈文渊收起烟，饶有兴致地问："为什么呢?"

何汉章往后撤身，倚在靠背上："因为，离家最近。"他扬起嘴角，笑得隔岸观火似的，像是猎人又下了个套;可猎物再次往里跳，他又可以围剿了。"我妈眼神不好，看错了人，等了半辈子，我不能让她后半辈子，还在黄昏中倚着门等。"

沈文渊接过他放来的箭镞，确实，扎心疼。他活该疼。他能想象出来，却又不忍去想:一个女人，倚着破旧的木门，望着南方，从黄昏等到夜深，从青丝等到两鬓生雪，是怎样的心碎。沈文渊扭过头，去摸手绢。他听到何汉章笑了，在笑他即兴表演深情。

何汉章一招毙命:

"所以，下次再打算利用一个女人时，别他妈瞎动情，至少，别作孽到让她怀孕。"

沈文渊一惊。

转过头，望着他的骨肉，他们有一样的好牙口，冷笑时，露出的前侧牙齿白生生的、锐利的，闪着冷光，像某种啮齿兽。沈文渊的手在抖，嘴唇在抖，眼皮睫毛都在抖，何汉章这一刀，插得他到死都没拔出来。他扬起手掌，站起来，却被一阵急遽的咳嗽撂倒，他伏在桌角，咳嗽喘息。何汉章不为所动，可是他偏过头，眼睛里含着丰沛的泪影。沈文渊终于喘匀了，还是点上了烟，狠狠抽了一口，又一通咳嗽。他近乎控诉地低吼："不是这样的，不是你想的那样的啊……我爱过你妈妈，我爱过她……"

"你要有点良心，就不会说爱过她。你要不爱她，她也不会一辈子过这么苦了。"

"我……"沈文渊无处可躲，梁美娟没有审判他，他也逃不过。他悲哀已极地说："孩子，你不知道那个年代，我没想过逃开，这里才是我的家，是我的血脉之地，是我的生死之所……可是，我不逃，就可能没命了啊！"

"那么多人没逃，不都活得好好的，就你的命金贵？"

沈文渊再也无法回嘴。

他撑住椅子，呵呵笑着，大颗大颗掉泪："你说的都对，我当年就该死在界河里的。是该死的……孩子，我有罪……"沈文渊趴在桌上，呜呜咽咽，哭得一餐厅的人都侧目而视。那种男人苍老的，从肺腑间发出的悲伤，轰隆隆的滚烫。何汉章也落了泪，又觉得恶心，怎么能为他哭呢？他踢踢桌子腿，示意他收住："还有事没？没有我走了。"

沈文渊拉住他，擦了泪，抽了支烟，才说："孩子，来我的厂子吧，设计主管或者品牌总监，你来选，好吗?"

"为什么要这么优待我呢?"何汉章头也没抬，"我跟你又没任何关系。"

沈文渊停住汤匙，叹口气:"别说气话了，行吗?"他在乞求了，"撇开其他的，仅说设计，你有灵气，来吧，在这里你能得到更好的发展。"

何汉章望着他，眼神是浪头退下的沙滩，平和柔软了不少。"我也撇开其他，陶瓷厂可能更需要我。"他说，"不能它在低谷，我就抛弃它，另寻高枝。我做不到。"

沈文渊摇摇头，又点点头:"好，我尊重你吧。"停了好久，喝了一碗粥，他忽而诡谲一笑，"你小子，有志气，有情义，确实比我有出息。"又拿父亲看儿子那种绵密的眼神。何汉章本能抗拒，却没有那么恶心了，说一句:"还有其他事吗?"

沈文渊把烟栽在嘴唇上，像个小型烟囱。

他沉沉叹口气:

"孩子，不是博你可怜，我患了肺癌。"

何汉章看着他，有过一丝的忙乱，不知该以何种表情承接。

沈文渊笑了:"一时半会儿倒死不了，说不定还要约你喝早茶呢。"他耍赖的口气，"就要烦你。"何汉章没办法，小幅度咧咧嘴角，不能说是笑，是笑的芽苞。至少没驳斥，沈文渊就满意了。

"这些年，你爸来福是好喝酒，我是好抽烟。要不然，挺不过这些年……这就算我临死前见你的一面。其他都不说了，是时代的阴差阳错，是我的不对，我有罪。

"听说陶瓷厂打算让你担任副厂长，你这么年轻，要为一个厂子保驾护航，不容易。既然你不来我这里屈就，我就只说一点，我爹死时，不忘告诫我们：世道好了，我之子孙要致力于实业。你看我们这个手袋厂，大家齐心协力做出精美的产品，销往几十个国家，不说大的层面，就说公司赚到了钱，按时给工人发工资，实实在在解决了千家万户的就业。我们有两千多位员工，每个人背后都是一个家庭，工人拿到钱养活一大家子，家人过上了更好的生活，孩子能接受更好的教育，这是多大的成就感和幸福感？

"将来你到了要承担起责任的那天，记住我跟你啰唆过这一段，再做选择。"

停了停，沈文渊又说："你有自己的想法，挺好的。孩子，我们就此别过，请将这个盒子转交给你妈。最后，我提个要求：我能抱抱你吗？"

何汉章拒绝了，抱起盒子，转身走了。不过临走，他指着满桌子没吃完的小吃，豆沙包、虾饺、蒸鸡脚、白灼菜心、肠粉、南瓜饼、陈皮牛肉丸、榴梿酥，恨不得都点了一遍，留下一句话："下次不要点这么多啦，浪费。"

沈文渊回过味，喜极而泣，摁着椅子扶手站起来，不停点头："嗯，嗯，嗯……"

何汉章啼笑皆非，轻轻叹口气。

回到家，将盒子交给梁美娟。母亲打开盒子，就像复习那些誓言，一盒子，都是金饰，还有两份香港的保险，为梁美娟和来福买的晚年保障。

来福半年前有过一次中风，本来已戒了酒，可那晚，来福又喝了很多。

## 11

有人听芬姐讲白话，且是纯粹的本地白话，再看她的营生，就觉得好奇："是不是家里几套房，闲着，出来做个事消磨啊？"这城市有这样的老人，据说公园做卫生的那个阿姨，家里七八套房子，闲极生闷，出来做个事；还有人不知真假地传过，有个大爷，上身几十块钱的背心，下身大裤衩，趿拉个防滑拖鞋，腕上却是几百万的名表，更有意思的是，还常去市场摆个摊，码放几捆青菜，他坐在一边，笑呵呵的，那些菜是他别墅前的花园种出来的，吃不完，随便卖卖。人们喜欢这样的市井传奇，也见惯了因为拆迁获利而坐拥巨额财富的本地朴素土豪。

"姐，你家到年底村里分红不少吧？"遇到类似的问题，芬姐也笑笑："是哦，我家门口拿钞票垫脚，马桶都是镶金边的。"芬姐能说什么，说自己地无一垄家无片瓦？还是说自己独自撑着一个家？那些怨念，没人愿意听的，何况芬姐并不觉得悲惨。她清楚，说到底，还是占了这地缘的便宜，让她能在深夜守住一个小摊，靠着来此打拼的海量人群，还有机会来挣点辛苦钱。

婚后的李毓芬是个温柔恬静的小妇人。不多久，糖厂改制，减员缩产，分流下岗，他们夫妻倒没觉得可惜，社会上正兴起各种私营工厂、企业，总能找得到工作。李毓芬癌症刚好，陈庭舫让她继续静养身子，还安慰她："好好歇个一年半载，长胖些，别让人说跟着我受苦了。不上班也没关系，我的工资虽不多，可养你还没问题。"

李毓芬就笃定地笑啊笑。

到了周末，她计算着菜金做几个小菜，香煎海鱼、蒸双腊、白灼生菜，再加一例莲子棒骨汤，关上门，只要有情，平凡夫妻的烟火日子也可以神仙似的。吃饭前，李毓芬让他闭上眼，他知道惊喜来了，却没想到来这么快，医院的孕检显示，四周了。他要做父亲了。陈庭舫反复看那张纸，愣了一会儿，才想起抚摩她的肚子。他的手指轻如羽毛，摸得她起痒，李毓芬咯咯笑。还早呢，肚子仍然平平常常，可一切真就不一样了，陈庭舫的心如续满水的缸，总感觉要从眼角暖暖地溢出来。男人这种感觉真的挺奇妙，突然间，不再是一个人了，他的生命，有了延续，有了血脉涌流的回音。他还来不及深想，孩子必将深切改变他的世界观、生命观，当时只是觉得兜里这月刚发的工资，有点薄了，他再拿出来给妻子，心里没了往日那份松弛。

很快，这一担忧变为现实，妻子孕吐厉害，酮体偏低，吃不下东西，什么都没胃口，好容易吃下去几勺，又吐得浑身痉挛，脸上黄巴巴的，瘦得令人措手不及，只腹部迅速隆起。她就像一抔土，以托举的姿势，全身的营养供应腹部，而土塌陷下去。

陈庭舫着急。试偏方，煲老汤，找医生，于事无补。李毓芬还是瘦，像是她娇小的身子，承不住这爱情的果实。不用医生说，他也知道，再这么下去，孩子很难保住。

婆婆又得了口实："不让你娶她吧，不听，她那小腰就一掐，连个桃儿都挂不住，还生孩子呢？我们寻常人家，就要娶个好生养的，这种病秧子，宝贝似的捧回家，中看不中用，花这么多钱看医生，白搭工夫……"话没说完，被陈庭舫瞪了一眼。他是打算来找老娘借钱的，却愤然离去。

李毓芬摩挲着肚子，眼泪长流，她发狠，炖了一锅猪肉，捏着鼻子，直接用手指送进喉咙，然后牙关紧闭，两只手捂住嘴，强迫自己咽下。她在心里默念，再吃不下东西，孩子可就要流产了……李毓芬气得照自己胃上捣了一拳，像是对自己的胃部哀求，求求你了，吃下去，好吗？我想要这个孩子啊……陈庭舫劝不住，她还在努力往嘴里塞，终于，吃下去两块。李毓芬很欣慰，还想接着机械地下咽，腹腔却猛地一股翻腾，她拼命捂住嘴，死守不放，苦水遂顺着指缝淋漓而下，胃内仍在翻涌。李毓芬绝望了，守不住了，松开手，"哇"地一下，喷出一口血水……泪眼迷蒙中，她朝陈庭舫说："哥，对不起……我真没用……"

陈庭舫抱紧他的妻子，不停地安慰："没事的，小妹，我们去流产吧。不要这个小祸害了，以后也不生了，太受罪了，不然生出来我得狠狠揍他……"

李毓芬一边哭一边还要笑："可是，我想给你生，怎么办……"

陈庭舫取出所有的钱，托同学从香港带营养液、维生素、鱼肝油，多管齐下，将李毓芬的体重勉强维持在三位数。他从五金店里推来老式的带卡标的磅秤，天天盯着刻度，每次睡觉前，让妻子上去称一称。一日三餐，他寻医问药，搭配出最合理的营养套餐，眼巴巴地喂着妻子吃下。这个以前切个菜都能切着手指头的男人，现在精通几十道家常小炒，小摊上哪家的蔬菜最新鲜实惠，他了然于心。李毓芬体重慢慢上去了，他却瘦得挂不住以前的衣服。在他的悉心照料下，妻子的体重最高纪录攀升到109斤，陈庭舫喜极而泣。好了，儒雅的他骂了句粗话，丢他老母哦，终于打赢了这场战役。妻子不吐了，身上有肉了，有精气神了，脸上也圆润了。

可是，彻底没钱了。

他以前不知道人能穷到这个程度，预支工资，拉下脸，亲朋故旧借遍，都能看出朋友客气笑脸后的厌倦了，家里值钱的东西也拿去卖了，再没一点钱。陈庭舫想到一个词，寸草不生，真的，就是一棵草，怕是也嫌憎他这片盐碱地。

他决心去做生意。推销打印机。

是同事介绍给他的，他也觉得干这个符合自己身份，不至于彻底沦为嘴脸厌恶的小商贩，还有点可怜的文化属性，没那么丢脸。他想多了，钱拿出来，你能说哪张高尚哪张下贱？这一行还不接受他呢。最有油水的是银行取款机终端上的打印配件，之外是政府机关、事业单位的采购单，他都没有关系，只有跑企业。大的企业都有固定对接的采购公司，小公司就费劲了，跑了一个月，也没卖出几台。

陈庭舫最后借了一笔高利贷，打算赌一把，请几家模棱两可的小公司采购吃个饭。再卖不出去，妻子下个月的营养费可就没了。

那天，外面下着大雨，到很晚，他仍没回。李毓芬在家等得焦灼，坐公交车去给他送伞。聚餐是在一家潮汕菜馆，通体玻璃，明灯璀璨，她在外面就看到了丈夫所在的包间，正在喝酒，陈庭舫举着酒杯挨个儿敬过去，点头哈腰，做出种种恭敬状、亲切状、低矮状。她知道丈夫没有酒量，过了二两就脸红脖子粗，这一圈下来，喝得那么实在，至少得有半斤吧。陈庭舫敬完酒，脚步踉跄，需要扶着椅背才能走回自己座位。李毓芬涌起一阵辛酸，做点生意，为了开拓局面，没有人脉，没有资源，能怎么办呢？陈庭舫在里边喝，她躲在外边绿化树下哭，悄悄地哭。

不知过了多久，才将那一帮人伺候完，后边的寒暄好像有点不欢而散的样子。他们要走，陈庭舫赶忙跑到前面，因为太急，跌了一跤，擎着饭店的伞，一一送他们上车。冒着雨，陈庭舫不停点头、挥手、致意，直到那些车消失在雨里。

都送完了，他才又折回包间，坐在椅子上，满脸醉态，搓着脑门，想吐大约又吐不出来，从桌上捡了一支带着菜汁的烟卷，点上，喷出浓烈的蓝。她都不知道丈夫何时抽烟都已这么熟练。他背对着她，从外面，看不到他的脸。李毓芬移开雨伞，让夜雨无遮拦地落在脸上，这样她至少可以哭得酣畅些。只是她进餐馆时，服务生有点讶异，她拿着两把大伞，何以淋成这个样子？

进到包房里，她静静地，倒杯水放在他手边。陈庭舫抬起头，看到是她，惊喜地笑了一下，眼里泛着泪花。她拍拍他的头发："走，我们回家。大傻瓜，这些人哪值得你这样喝呢。"

就这一句，陈庭舫忽然受不住了，嘴一咧，滚落两行泪，双眼通红，都是委屈，攥住她的手，说："小妹，对不起……

我没本事，没做成这单生意……"陈庭舫不停地在说对不起，摇着脑袋，愤怒地、无力地，哭泣。"我喝了一晚上的酒，到最后，还是没伺候好他们，吃了饭，他们要去'帝豪酒店'，我不想去啊……"

"帝豪酒店"是此地风月场所的集大成者，闻名遐迩。不是他请不起他们，而是，他有她，他不会去。李毓芬都懂，她的男人，她有什么不懂呢。她笑了，抱住他疲惫的头，搂在怀里，贴在隆起的腹部，揉搓他的短发。陈庭舫还在孩子似的伤心已极地说着对不起。没什么好对不起的，傻哥哥哎，她说："乖哦，没事，这单生意我们不做，走，回家啦，听话啊……"

她扶着他，回家。有家，还怕什么呢，她什么都有了。陈庭舫就乖乖地被妻子扶着，临走站起，摇摇晃晃地，还不忘拎住桌上打包好的吃剩下的白灼虾，他的妻子爱吃，可很久没能吃得起了。

## 12

平乐坊有家红星陶瓷厂，规模很小，所属当地街道，主要生产一些壶啊缸啊坛啊罐啊之类，在计划经济的荫庇下，这些低端却必需的生活用品，竟也让厂子在挺长一段时间里活得滋润。时间到了 20 世纪 80 年代初，市场的大潮如鼓满风的帆，海水翻腾如鼓点，风还在继续灌。即便站在岸边持观望态度的人们，看着那猎猎鼓动的风帆，也知道，这回时代的风向真的要变了。

此时，厂里稍有技术的员工，大都辞职去了佛山。一旦松了绑，那里聚集有规模不等的几十家私营陶瓷厂，组团竞争，蓬勃发展，占领了岭南市场并积极进军全国市场，工资自然随之高涨。工人纷纷离去，厂子濒临倒闭，街道方面却没觉得是多大个事，关了也就关了，一个集体所有制的小厂，事不关己，不值一提。

这个时间点，何汉章被提为副厂长，甚至称不上临危受命，事实上，是没人愿意接盘。老厂长即将退休，两个副厂长解除枷锁各自去做生意了，整个陶瓷厂仅余百十人，大多为老弱病残。老厂长打眼一看，这么个要散伙的烂摊子，唉，死马当成活马医，临时现抓一个吧，何汉章做设计，脑子灵，想法多，二十七八岁，年轻，试试吧。这才仓促间被拽上破车。

何汉章推辞不掉，没有办法，只好咬着牙，拧着头，挥着鞭，一腔血勇，继续往前赶车。

说起来，在海城，并没有陶瓷生产的历史渊源，也无前车可鉴，红星厂设备不足，机器老旧，产品线单一，要想活下来，着实不易。何汉章知道，哪怕仿造、贴牌，得先有能力提供量产，抢占低端市场。此时，国内陶瓷业的竞争已趋激烈，许多地方陶瓷厂或倒闭或转型，这恰是以低成本扩张的绝好机遇。何汉章想融合周边几家濒临破产的小陶瓷厂，这样的话，人员设备可以重组一起，迅速扩大生产能力，说不定可以放手一搏。

可归结到底，都需要钱。而红星厂已经小半年只发一半工资了。

由于原来工厂经营得日薄西山，银行已不愿再发放贷款。何汉章上任第一件事，就得找钱。在这种境况下，还没离开厂子的，一种是真没什么本事，混日子，宁愿守着烂摊子拿点小钱也不愿去外面冒险；一种是本地街巷的居民，以妇女为多，既对厂子有感情，也是图生活方便，出不去。何汉章刚一接手，大家还盼望着能把未发的工资补足差额呢，他倒好，人刚到，工资直接全部停掉。

"当下必须勒紧腰带，赶快把隔壁县东风陶瓷厂的设备买来，开工生产。三个月后产品出厂，连之前拖欠的工资一并发给大家，一分不少。"他说得豪壮，却并没几个人买账。厂子明天的生死先不管，就算死了有大家平摊，认倒霉就是，可工资停了，谁身后不是一家子嗷嗷待哺，今天、眼下买米买菜的钱从哪里出？

没撑到五天，保卫科的张宏伟率先发难。张宏伟没去当兵，在街面上带着几个小弟瞎混，混了几年，海城流行从香港带来磁带、碟片，围上一个天棚彻夜放映，棚子门口有小弟收费，来钱汹涌，平乐坊和博厦巷两帮常为争夺放映厅冲突。这次张宏伟纠集所有小弟，打算予敌以痛击，彻底统治放映棚。混战中，张宏伟果敢骁勇，却出师未捷先断腿，对方熟谙擒贼先擒王，隔着距离照他大腿上放了一枪。枪是自制的小土枪，打个禾花雀都不一定能死透，可打在张宏伟腿上，却显了威力。张宏伟丢了地盘，休养了俩月，瘸着腿，还要再战，老队长张存粮"啪啪"扇着自己的脸，他硬铮了一辈子，脸都让这孽子丢尽了，他不想活了。张宏伟在母亲的哀求下，才委身到陶瓷厂保卫科，拿一份工资，想着韬光养晦，等老头看管得松了，他再重返江湖，振臂一呼。他在陶瓷厂本就心不在焉，平常晃一晃，用他的话说："几个鸡巴破瓶烂罐，有什么值得保卫的，我丢！"只在发工资时，才屈尊到财务室签个大名。他和"小白脸儿"没交集，却没想到狗日的刚当个破厂长，还他妈是副的，就胆敢把老子工资停了，新仇旧恨，是可忍孰不可忍。张宏伟跛着腿，不耽误一脚将何汉章办公室的旧木门踹烂，指着何汉章的鼻子，问："想死还是不想活？"

何汉章还笑。笑个屁咧。

"你几个人？"

"一个。"

张宏伟闪开身，后边跟着的工人带着家属、孩子，前来助阵，黑泱泱的人群，形成一个压迫性的、静默的、讨伐的军团。张宏伟的胳膊粗壮地一挥，将军团尽数裹挟在手势里：

"我们怎么办？"数十双眼睛转向何汉章，似在无声地附和着质问："怎么办？怎么办？你说，你说！"

何汉章不笑了，人群的威压下，他开始腿肚子打战，头痛舌焦，堆出笑，弓着腰："这不是厂子遇到困难了嘛，佛山那边的订单我都联系好了，就等设备……"

张宏伟打落何汉章敬过来的烟："别尽画饼，今儿个的晚饭都还没着落呢！"张宏伟敞开胸脯，揎拳捋袖，眼珠子暴凸，很有必要让这个好高骛远的大学生见识见识工人阶级的力量。

浪头即将拍打到脑袋上，何汉章又微微笑了，没敬出去的烟收回，架在自己唇间，抽得悠然，捋捋头发，将抽屉打开，一沓一沓搬出这些天化缘得来的钱，放在桌面。

"都在这儿呢，三万六，还差两万四，够买东风厂的机子。你们尽可拿走算作工资，分了，今晚就去'海香楼'好酒好菜庆祝，然后呢，看着'红星'死。它死了，也不耽误你们四处找工作，是吧，现在这世道，只要有个事做，哪还能饿死人呢？你们饿不死，我好歹有份学历，更饿不死。老实说，这样把钱分了，大家都省事。来，分吧，分吧。"

众人盯着桌上那一摞面额不等面目也不齐整的散钱，可那毕竟是钱，人们的眼睛红通通的，张宏伟似乎很渴，抑制不住地滑动着喉结。

一时却没人动。

"愣着干什么，张宏伟，来拿呀。不过可说清楚，我自行车是你扎的吧？小时候按厕所打我，现在扎车胎，真有出息。待会儿钱分了，从你工资里赔我，然后赶快滚。厂子小，容不下你这尊大神。"

张宏伟趋前一步，手都要接触到钱堆了，何汉章还笑眯眯的。张宏伟回过头，想从助威者那里寻求支持的眼神，可大家都只顾专注地看着何汉章。张宏伟挨着钞票的手烫住了似的，悬在暂时的犹疑里，进退失据。

"你们一大帮子，牵亲戚带关系的，男男女女的，都不关心'红星'死活，我孤家寡人，费什么劲呢，是吧？赶快拿去分了，你们没吃饭，我也没吃呢，拿了钱，咱们一起海吃一顿。一个街道小破厂，早该关门，倒闭，去他娘的！"人们没见过何汉章说脏口，他也自觉骂得粗鄙解气。烟抽完了，他一阵咳嗽，还要掏出一支去抽，打了几次火，都没对准烟头，朝脸上胡噜了一把，才发现手上是湿的，不知道什么时候眼泪满脸。

这些钱，是他磕头作揖求来的。可何汉章一点也不可惜，感伤什么呢，厂子又不是他的，不过是赶鸭子上架，鸭子到底飞不起来而已。

正呈胶着，梁美娟来到厂子，拉住何汉章，就要他回家："阿章，快回吧，你爸滑到塘里了，刚救上来，可能……不行了……"

何汉章一听就慌了，扶着梁美娟就跑，跑了几步，想找自

行车，再看自行车干瘪的轮胎，睖了张宏伟一眼。张宏伟
"嗨"了一声，说声："等着!"骑来自己改装的旧摩托车，载
着梁美娟母子，风驰电掣，直奔老屋。

　　来福正在院里侧趴着，顺嘴流着污水，他差一点就成功地
死了，却没死成。谁也不信划龙舟夺魁的汉子，水性极好的来
福，会失足跌落水塘溺水。中风一年多，来福半身不遂，行动
不便，歪着嘴，控制不住地流涎水，被梁美娟伺候着，来福活
够了。他死了，梁美娟就解脱了。还有一层，何汉章懂得，前
一段来福曾问沈文渊帮他们买保险的事情，他意外死亡，会有
一大笔赔偿。

　　何汉章打湿毛巾，给来福擦洗。来福苦笑："孩子，我老
了，没用了，死了好。"梁美娟挑破："他是想着死了，拿赔偿
的钱，给你做厂子，渡过这个难关……"来福脸上是事情没做
好被人戳破的那种羞惭。

　　何汉章跪下来："爸，你这是何苦呢?"他说："不行我就
不干了，你……"来福急了，打断他："可不行，孩子，做事
情哪能做一半撒手呢。你年轻，有能力，还得干啊。可惜，我
不能帮你出一点力啦……"

　　身后的张宏伟忽而嘀咕了句："我操，我觉得我真不是个
东西。"他笑笑的，拨弄一下分头，躬下身，冲来福说："叔
啊，你就万年长久地好好活着吧。再他妈难为，不是还有兄弟
伙儿呢，你死算个什么事? 咱平乐坊的孩子，小时候不懂事，

长大了还不得相互帮衬？放心吧，我和他一起努劲。"说着，他看一眼何汉章，啐了一口，骂了句脏话，"这辈子我还没干过拿钱给别人的事，在你这里，破功了。"他跨上摩托车，轰着引擎，做个手势，"处理完事就来厂里，等着瞧！"

等梁美娟睡下了，他们父子坐在院子里。来福喝了几杯酒，他早已看透似的，谁劝也不听，每晚不喝几口，就睡不好。一辈子就这点心头好，亲人只好叹息着，随他了。

满月，南风，墙根堆积了一整排空酒瓶，月下，酒瓶招惹了路过的风，呜咽出一墙哭声。何汉章拿件外衣，让他披上，烧水泡了壶绿茶，倒了一杯，给他。何汉章也学会不再劝他戒酒了，每个成年人心底大都淤着一抹苦涩，日积月累，为了不一下子崩溃，总得留个出口，有的人靠钓鱼，有的人靠打牌，有的人靠抽烟，来福靠喝酒。

他还记得，来福知道他嫌恶他喝酒，都是趁他吃完饭下了桌，才从桌底摸出酒瓶迅速喝上几口，像个小偷。那次他考上师范，来福开心，赶巧去乡邻家里吃席，就贪多了几杯。何汉章刚一进门，就闻到刺鼻的酒味，攮着鼻子，厌恶之情溢于言表。见他进来，来福忽而冻住了似的，干坐着，一动不敢动，脸上摊出僵硬的笑容，像做错事被抓住的孩子，讨好着说一句："今天没喝多，就两小杯，本来没想喝，你隔壁叔非劝……"何汉章那一刻，忽觉得一阵心酸，这个他从没看上过的男人，爱得这么小心，活得这么小心，为了谁呢，还不是因为在意母亲，在意何汉章。他理解了他的苦，他的脆弱，他爱着的这个女人，中间还隔着一个人，他不喝酒，怎么排解呢？自此之后，来福再喝酒，他若在家，都会悄悄给他泡一壶茶。

月光下，他们安静地小口喝着茶，沉默着。然而，这沉默也是好的。有一种东西在流淌。

月亮西下，何汉章说："爸，睡吧，有些凉了。"

来福一拍膝盖，下定决心似的忽而站起来，踉跄了一下，借着酒力，拉住何汉章的手，嘴巴开合了几次，才磕磕巴巴地说："孩子，有件事，叔一直想给你说，可又不敢。"他按了按自己胸口，"可再不说，叔就要憋死了。"

"其实，不怪沈文渊，是我的错，我远没那么磊落，我怕再失去你妈，当年我找了几个准备逃港的乡邻，让他们捎话，如果沈文渊真在香港活着，请转告他：阿娟以为你死了，已经和阿福结婚了，还有了孩子。沈文渊，你别纠缠以前的事了，忘了阿娟吧，也让他们好好过日子……"说着，来福哭了，"压在心里这么多年，我以为能藏一辈子……我好卑鄙，是吧……孩子，你也看不起我吧……沈文渊可怜，你妈妈可怜，我也可怜，但我阿福真的好中意她，想一辈子好好照顾她……"

何汉章一点都不怪他，觉得他依旧伟大。没有他，挺着大肚子的阿妈，怎么在村人眼里活呢？没有他，谁来爱护他呢，指望远在香港灯红酒绿里虚无缥缈的沈文渊吗？

他蹲下来，攥住来福枯萎的大手，喃喃道："过去的事不说了，你才是我爸……阿章只认你。"

"我死了好，你妈本就不属于我的。有个词叫什么，鸠占鹊巢，就是这样的，我趁机得到你妈妈几十年，知足了。以后，对你爸爸好点，别恨他，他心里够苦的了，打拼出一番事业，也不容易。你多陪他喝喝早茶。"

"嗯，我会的。"

第二天傍晚，再回到厂子办公室，桌上的钱没人动。何汉章召集工友们，将桌面上钱的小山抱起，抛撒到人群，何汉章吼出乡音："拿走，分了，我也不想干了。"

一地红的绿的凌乱，没人动弹。

"怎么不吭了，不是来要钱吗，都给你们了，还打算干什么?"

人们纷纷弯下腰，拾取地上的纸币。

何汉章叹口气，转过身，看后面墙上挂着的中国地图，双眼模糊。他望着比例尺，却一时算不出平乐坊与舞台中心的距离。倒闭了好，他也不用对老厂长知恩图报了，新时代才刚开始，他总能找得到工作。他想，本来毕业了就该去政府机关谋个差事，多好，工作轻松，还体面，怎么鬼迷心窍，就被老厂长说动了呢? 他说我性格耿介，不适合混官场，应该在市场上一显身手，老头子坏得很，显个屁咧，就选我来为他善后吧。一个街道厂子，强加到肩头，愁都愁死了……好了，这下好了，最后破釜沉舟的钱也分了，原地解散，去他大爷的，不管了，不想了。

何汉章一肚皮的纷乱头绪化为澄江如练，这才觉得好饿，先去东门吃个肠粉……可他一转身，发现人们没走，钞票集中在张宏伟辽阔的怀抱里。张宏伟嘿嘿笑笑，将钱轻手轻脚，还放回桌上。

"怎么不拿走分了？"

"不拿，不拿，也不差这几个月。那什么，阿章，听你的，先买设备吧。"

"买什么设备，晚饭都没着落呢。"

张宏伟笑着踢他一下："你老母，还拿腔拿调啊，快收起来，小心揍你！"他转身对着工友，摸摸头发，说，"确实都生活不易，不过想想办法，再对付对付。"又转身对何汉章，"阿章，你就领着我们干吧，你家老爷子都能……大伙儿都听说了，改天一起去看来福叔。经这一场，大家觉得你挺靠谱，有主心骨，你心里有厂子。我们跟着你，好好干，搏个正经前途。"

"怎么忽然觉得我靠谱了，不恨我拖欠你们工资？"

张宏伟："你不是说三个月？到时没希望，再来找你算账也不迟。车子都被我扎了，谅你也跑不走。"张宏伟开个玩笑还带上威胁，不过众人都笑了，一伙儿拥着，去消夜。

何汉章请他们吃糖水，男工喝扎啤，女工额外一支冰爽的维他奶。吃喝间，快言快语的女工表态："阿章，刚你说还差两万四，我明天去找亲戚借点儿，支持厂子发展。"张宏伟闻言，也表示要支持，不过他没钱，可以做何汉章的司机兼保镖，陪他去化缘，并护卫好抽屉里的钱。

何汉章心头一暖，眼角酸涩，举一杯酒，特意走到张宏伟跟前碰了下，一口干了，朝大家弯下腰，心说，谢了。

## 13

时代像是一艘巨轮，载着诸如"三来一补"、出口退税、产业扶持等政策、文件、优惠，驶向迷雾深处的金银岛，赶上趟的，坐上这冒险的大船，穿过迷雾，别有洞天，大多数盆满钵溢。但有人怕船会碰到雾气里的暗礁，稍一迟疑，就错过了时代赐予最好的一次红利，等回过头看到别人真攫取了财富，一帮人凑一块儿，撑着飘飘摇摇的小船，也要去试试，可能就没那么幸运了，有捡到漏的，也有被风浪拍落的，但挡不住诱惑，寻宝的路上永远前仆后继地翻腾涌动着。

陈庭舫没想过发财什么的，只希望日子宽裕些，体面地生活，让妻子跟着自己不后悔。他铆足了劲，生意渐渐有了起色，酒量也上来了，唯一没破戒的是，不去此城遍地的风月场所。他想，当初也不过是想挣点奶粉钱，够了。随后几年，换了房子，有了车。房子不大，老式公寓，五楼，没电梯，车是国产的，可陈庭舫挺知足。他觉得上天对他已经够好了，给了他知心的妻子，聪明可爱的儿子，他有事做，很好了。

有了陈立生，阿婆对儿媳的态度有了改观，没想到瘦枝上结了个大果儿。孙子生下来时七斤六两，阿婆想起以前职工宿舍前流动摊子上福建人卖的云吞，真是皮薄馅多，好大的个儿。阿婆破天荒地煲了鸡汤送将过来，也说得直白："是为催你下奶，让我儿省点。好好的教师编制不要了，做点小生意，可怜见的……"

征求了丈夫的意见，李毓芬直接将鸡汤扔出去了。结婚你阻拦，孕期你不出面，现在生了儿子——要是生的是女儿，肯定又一番怨念——你来做便宜奶奶来了。不需要，有多远请滚多远。

李毓芬柔弱的身子里，暗藏骨力。

大约是孕期受完罪了，儿子自落生几乎没什么病，有母乳就吃母乳，没母乳各种牌子的奶粉也不挑，胃口好，虎头虎脑，健健康康，一个月一个样。陈庭舫真感激妻子，生意上遇到困难了，或者债务要不回来了，也不气恼，总觉得上天已待他不薄。不拘什么时候回到家，总有一窗橘黄的灯光等着他，远远看到，他就心头暖烘烘的。确实是，平头百姓，不就图个家和人顺嘛。在他的庇护下，家庭和美，妻儿幸福，作为男人，他由衷地感到欣慰。

如此过得十七年，陈立生高二。那一段陈庭舫总没胃口，厌食，经常性地上腹绞痛，饱胀，脸色黄绿。陈庭舫本来吃得就少，有时没胃口，以为是以前陪客户喝酒喝伤了，自忖是胃炎，吃了药，还不见效。去检查，已经是胃癌。

"早期胃癌没有特别症状，很容易被忽视，尤其是他这样常年瘦弱的体质……"

医生还在那里解释，李毓芬脑子"嗡"地一下，蒙了。在走廊里，她举着化验单子，跟跟跄跄地，倚着墙，脸色惨白，忽然怪叫一声，人直接出溜下去。

陈庭舫一叹，隔了近二十年，妻子癔症又犯了。

李毓芬手舞足蹈，哭哭笑笑，疯言疯语，持续了三天。这几天里，陈庭舫关了店面，在家买菜、煮饭、拖地，守着她。第四天晚上，半夜了，李毓芬爬起，再去仔细核验医院化验单。白纸黑字，一点也没变。她一边撕扯单据，一边呜呜地哭……这一次，李毓芬疯得这么卖力，这么辛苦，以为就像她结婚那次，醒来一切都能如愿，世界如常运行，他没有病，家里还是幸福的笑声。

可这一回，没能应验。

陈庭舫只不停地喊她："傻小妹啊，傻啊……"

月光斜入窗口，李毓芬捧着丈夫的脸，一点点地抚摩，像是在打捞水里的月。她默默落泪，自始至终难以置信，这么好个人，上天何以这么狠心？

"嫁给我，你算是倒了霉啦……"李毓芬摇头，一直摇头，眼泪挂在嘴角，他擦了，还有，擦不干那细小的河流。陈庭舫抱住她的头，嵌在自己胸口。"别哭，没多大事，我想好了，不就是个死，我不打算治了，剩下的钱省着点花，够你和儿子用了。"他说，"要说后悔，就是没听你的话，只给你俩买保险，自己犯傻，没舍得。"他笑了，"不是惜命、怕死，是还没和我的傻小妹过够呢……"

李毓芬不哭了。她仰起脸，似乎是冲着冥冥中的上天或是命运，平静地，也恶狠狠地说道："想把他从我这儿夺走？想都别想！"她起身去煲汤，党参黄芪炖鸡汤、猴头菇乌鸡汤、山药排骨汤、菠菜猪肝汤、四宝蔬果汤，一天一个花样，养护他的胃。

李毓芬决定和命运来一场拉锯战。

治疗了几个月，所有挣下的钱又吐出来，穿孔，手术，化疗，陈庭舫被折磨得不成人形。同病房的患者，比陈庭舫还年轻几岁，胃切除，在肚子上打个孔，放上导流管，一股腐烂气味，天天掀开肚子，用碘伏小心擦洗肚子上那个窟窿，触目惊心。陈庭舫受不了，不是怕疼，是那种撕开的、破败的、腐烂的生命真相，没有丝毫美感。他一生干净体面，穷的时候一件破旧西装都穿得板板正正，这样开膛破肚，后续护理的恶劣气味，他受不住。

他乞求妻子："小妹，咱不治了。"他说，"你让我体面点走吧。"

李毓芬没有泪，任他求，只轻轻摇头。

过了半年，邻床那位胃切除的病友还是恶化了，整个病房散发着恶臭。那种臭，带着沉闷压抑的重量，压在鼻头上，经久不散。陈庭舫吐得嘴里发苦，什么也吐不出了，还干燥地呕着喉咙。

最终，临床病友还是被推进 ICU（重症监护室）了，基本上没救了，他的妻子女儿办完手续，回到病房，退了病床，母女俩哭着，收拾东西。陈庭舫看着形容枯槁的母女，一个重症患者很快就将整个家的钱财和精气神都吸干了。母女俩临走，鼓励他们继续加油，还将剩余的水果送给他。

她们走后，陈庭舫怔怔地，盯着那几个皱巴巴的苹果，母女俩憔悴心碎的样子仍在眼前晃动，特别是那个女孩，才十四岁，刚上初二，没了父亲的护航，她的一生自此都要在艰难中奋力支撑。陈庭舫想想儿子，眼里带着惊恐，低声道："小妹，我求你了，别治了，好吗?"

李毓芬依旧摇头。

老陈恼了，崩溃掉。

"李毓芬，你怎么就不听劝呢，家里有多少钱你没个数吗?你他妈的，我不要治啦……"文雅了半辈子，从来不曾讲粗话的陈庭舫捶着床，骂个不歇。

李毓芬只笑，等他骂累了，给他喂口茶。"只要你活着，就还有个家。"她想。

有了家，什么都有了。

只要你，活着。

可陈庭舫执意要回家，不治了，医生护士一转身，他就把输水针头拔了，再输水，他胳膊扳着铁床，不松开，谁插针骂谁，张牙舞爪的，面目凶狠。如此几回，李毓芬让医生给他开了安定，偷偷喂服给他，趁他睡着，将他胳膊用布条绑牢，再输水。陈庭舫醒来，摇着身子，头磕在床上，咚咚咚，发出沉闷的声响。李毓芬都要给他跪下，他闭着眼，仰着脸，头撞着铁床，悲愤地喊："我不要治了，李毓芬。你他妈听不懂吗？走啊，我想回家，我要回家……"

"听医生话，你好好配合治疗，没事的……"

"别啰唆了，好吗？我要出院，回家，回家啊！……"

她全都明白，他是怕拖累了这个家，化疗是个无底洞，他前半生积攒的家底，填不满这个窟窿。

李毓芬无计可施，求佛问卦，在家对着佛龛默念《药师经》《地藏菩萨本愿经》，磕头作揖，一次次去观音山，上香求签，在观音莲花座前泪流满面。去的次数多了，住持和尚看她虔诚哀苦，问是何事。李毓芬如隧道里盘桓既久，终得出口，便和盘托出，作揖祈求，问住持和尚，该怎么说服丈夫接受治疗。

　　和尚沉吟良久，方予开示：老僧委实也不知如何相劝，只记得《传灯录》里有一桩公案，洞山良价禅师将圆寂时，谓众弟子："离此壳漏子，向什么处相见？"禅师是以此言，试验他的门徒是否开悟。可诸般凡人，来生毕竟虚妄，没有了这副臭皮囊，肉体凡胎消失了，该以什么形式、去哪里再相见呢？

　　李毓芬匍匐下来，向住持跪拜。

　　回家，将老和尚这般说辞转述给陈庭舫，同时，左手端一杯水，水体发黑："从街边卖蟑螂药老鼠药那里买了一包，要是还不打算接受治疗，你喝下去。你省事，我也省事。"李毓芬将之举到他跟前，颤颤巍巍地。陈庭舫知道，他喝了，她会把剩下的也喝了的。她干得出来。

　　老陈苦笑，他何尝不明白妻子的意思，你哪怕在床上躺着，只要有一口气，还有你，这个家就还有主心骨，就不会散。

　　李毓芬跪下来："哥，小妹求你了，好好活着，为了我，为了儿子。"

　　陈庭舫无语凝噎，攥着妻子已然粗糙的手，点点头："嗯，我治。"

　　李毓芬忽然大放悲声。哭得那个伤心，隔壁住院的、医护人员纷纷过来围观，以为老陈突然撒手人寰了呢。没等人们劝呢，她忽而想起什么，不哭了，戛然而止，猝不及防。明天是周末，房产抵押的事最好今天把手续办了，李毓芬抓起包就要走。

临了，将床头杯子里的水，一扬杯子，喝了。陈庭舫哎哎叫着，已来不及。李毓芬擦擦嘴，摇摇杯子，笑了："黑糖水，大傻瓜。"她说："想死在我前头，别做梦啦。"

在门口，迎头撞上何汉章。他喊了声："嫂子，哥的事我听说了。厂子刚上正道，忙得我上火。房子别卖，钱差多少，我来想办法。"他进了病房，没想到老陈已瘦成这个样子了，何汉章眼泪打转，握住陈庭舫的手，喊道："陈哥……"陈庭舫没想到他会来，何汉章现在太忙了，他们本就没怎么联系，只何汉章记住他的情意。何汉章放下信封包着的钱，马上就得走，还有商务谈判要他出面，他说："哥，你在厕所救过我一次，我也想救你一次，你别觉得有什么负担，就像欠了钱，我该还。"

## 14

红星陶瓷厂的设备终于及时买了，订单也接续上了。这一关算是过去了。紧接着，在发展中，最大的问题是没有自主知识产权，跟在佛山一些厂家的后面，生产过小瓷片、彩釉马赛克，不一而足。

然而，紧接着的宏观市场的调控，令整个建陶业遭遇严冬，红星贴牌的厂家大都倒闭。就如突来一场霹雳，雷击后，树林里的大树纷纷倒地，之前红星被这些大树庇护着也挤压着，这一下，红星这棵幼苗忽然裸露在荒凉的天空下，能否快速成长，或被风雨狙击，都在瞬息。何汉章意识到，残酷的事实说明，如果不能引领市场，没有研发能力，没有核心产品，是经不起风吹浪打的。

好在这几年积累了一点财富，留住了人才，更新了生产线。企业有了发展势头，银行也笑脸相迎，再加上政府为树立改革标兵，对这家集体所有的本地企业进行了大力扶持，先是以红头文件将何汉章正式任命为厂长，名正则言顺，负责全面工作，并颁予"十大杰出青年""改革先锋，当代标兵""海城英才"称号，给了待遇，批了资金。

这是他被需要的时刻，是何汉章和当地政府的蜜月期，也是他后来命运转折的伏笔。

何汉章接下来抓了两手，成为之后业界常常提起的经典案例，一是主持研发新品，开发出防滑砖、哑光仿古瓷砖、抛光砖、抗菌瓷砖、负离子瓷砖、环保型透水砖、丽晶石等；二是品牌的包装和宣传。

这之前，瓷砖在国内定位大都是以建筑材料出售，何汉章一开始就认识到其中的局限，一旦一家企业开发出紧俏新品，由于产品缺乏品位感和文化内涵，加之无力进行包装和宣传，众多中小企业花式模仿和价格攻击后，一损俱损，很快败下阵。没有品牌，消费者也难以在众多的品名中进行区分。在初生代富商寻欢作乐的时候，何汉章却结交了一帮文化名流，有人建议他从国外摄影师那里购买沙漠黄昏骆驼负重前行的摄影作品版权，以这张极具象征意义的图片作为形象代言，进行品牌包装。何汉章请了一众学者，著书立说，在各级报刊讲述马可·波罗、骆驼、中西交流、西洋技术之间的故事，让红星瓷砖以固定的形象展现于市场，红星瓷砖厂成为海城首家在央视密集打广告的企业。

改为洋名的红星厂这回风调雨顺，成了岭南陶瓷界的明星。几年下来，在行业里，何汉章折腾得风雨泼天，创造了一个起死回生的奇迹。

何汉章操劳了七年，三十五六岁，两鬓已有杂色。这个时候，其实他的使命已基本完成，如果功成身退，企业可存，声名可传。当然，这都是事后假设。

作为厂子的掌控者，媒体塑造的年轻企业明星，做宣传积累的口才和幽默，儒雅清瘦的何汉章俘获了不少拥趸。他当选为商会常务副会长，赞助运动会、足球、希望工程、赈灾，动辄数百上千万元的营销活动，却不同政府请示商量，所得的荣耀是他的，领导黯淡无光。而厂子尽管煊赫一方，性质还是街道集体所有，一时看似风光无限，不免遭人嫉羡。

最先的冲突是为了企业更好的发展，何汉章决计将总部迁到广州，当地股东自然不会通过，有领导甚至拍了桌子：挣了点钱，就忘了当初是怎么扶持的了，还打着继续做大的名义迁出去，这不明摆着是想资产转移，这样狂妄的人，企业没做大，他自己倒先坐大自居，绝不允许！

何汉章无语苦笑。

底下还有更多盘根错节的利益纠葛，要审核他的决策，要安排就业，要盯住他的差错……何汉章进退不得，做企业风风火火的耿介性格通融不来那些拐弯抹角，隔阂于是越来越多。这就导致了在海城，虽然何汉章能够掌控厂子，可区域内的股东没有待见他的。

后续，为了摆脱掣肘，何汉章谋求改制，为了倒逼目光短浅的股东松手，故意放慢了陶瓷厂的发展节奏。很快，收益下降，股东利益受损，间接导致当地街道财政紧张。

一支独大，且不那么乖顺，这更进一步激化了双方矛盾。

模糊的产权归属，时代局限的僵化管理，掌舵者突出的个性，成为红火一时的陶瓷厂分尸的各方之马。他得了时代的风势，带出了红星，也因时代的局限，命运就此搁浅。何汉章已得到消息，股东在数次私下密谋后，决定卖掉陶瓷厂，但却绝不会卖给他。

公开出售那天，何汉章还在外面跑，申诉、保证、劝说，焦头烂额，他希望有一线转机，能活动到更大的平台出面，更权威的人物下来，和地方上的势力坐下来和谈。可到了傍晚，他还是无力回天，当车经过江边，远远地已能隔江看见厂子新区外面广场上巨大的骆驼雕塑，车里的本地电台在广播，厂子已经卖给佛山一家对手企业，对方出钱多少多少亿……

何汉章一口浊气涌上来，眼前一黑，坐在那里，久久缓不过神。

张宏伟将不合时宜的广播切断，停下车，让他出来透口气。张宏伟先是用他的旧摩托车载着何汉章四处化缘、跑单，厂里情况有了好转，买了辆商务车，张宏伟顺理成章地做了司机。他腿脚不好，开车像是想象中的腿脚在奔跑，灵活得很，稳妥得很。有了车，张宏伟也得意，毕竟他是兄弟伙儿中最先摸上进口车的。趁没公务时，张宏伟拍拖将车潇洒地停在女友上班的楼下，在一众艳羡的目光里，别提多爽了。是以张宏伟将车更新得及时，折旧的车就给了其他管理层人员，这是何汉章在厂里从私人感情上唯一纵容的地方，知道他好车，随他去吧。车是厂里的排面，性能好的车张宏伟开得开心，他也能见缝插针有质量地眯上一会儿。张宏伟学着何汉章推了寸头，架个墨镜，非常有派头。有张宏伟护卫，何汉章出差谈判都心安。多年相处下来，两人早不计前嫌，亲如兄弟。

张宏伟当时还劝他："也好，弟，这些年咱也问心无愧。你这么忙、这么累，我儿子都十岁了，你连个媳妇都还没娶，这下也好，终于可以休息下了……"

何汉章苦笑，摆摆手，迎着夕阳，辉煌与落寞都披拂在身，说一句："阿伟，等我一会儿，我到前面走走，买包烟。"

　　张宏伟知他平常并不怎么抽烟，不过是想单独走走，散散心里淤积，就停了车，去江边看人钓鱼，等着他。

　　前面是水榕堂小巷，何汉章忽然想起，当初困难，集资购买设备时，有个女工将自己的首饰卖了支持厂子，女工后来工伤，被压塑机伤着了胳膊，他按最高额度赔偿，又从自己工资里拿出一笔，一道算到抚恤金里。何汉章记得她就住在水榕堂附近。这一刻，他很想看看她，聊聊天，问问她过得好吗，他以后终于不用那么忙了，可以经常来看看这位为厂子付出心血的女工了……

　　可到最后，何汉章还是没找到她家，买了烟，抽完，夜色笼罩下来，他该返回车子了。

　　走到路边，依稀看见车子还在原地，可形状不对。他心里一个咯噔，一边呼喊一边疾跑。车子被货车撞瘪轧烂，他以为张宏伟还在车里。何汉章哭喊着，看到阿伟从江边跑来，他俩互相喊着，望着地上破碎的车子，两人紧紧揽住对方，红了眼眶，最终，怆然一叹。

## 15

　　一只狸猫，在月亮下伸个懒腰，抖抖身子，沿街遛弯儿，消消食。正闲庭信步顾盼自雄呢，一条哈士奇忽地挡住了道，狸猫皮毛奓起，先骂了句："吓老娘一跳，狗日的！"狸猫知道，狗东西脑子不好使，还小肚鸡肠，这架势看来是要和她算总账。她偷过二哈的狗粮，并且借助外援，将其挠伤。这会儿二哈横刀立马，昂首挺胸，颇似抱着臂膀吊着眼角，叫嚣道："你不是有帮手嘛，怎么落单了？小样儿，看我怎么收拾你！"狸猫四顾一下，确实着了道了，单枪匹马，还真不好对付这傻大个儿，怎么办呢？狸猫伏在地上，毛发竖起，箭在弦上。她想好了，狗日的胆敢动粗，老娘绝不退让，大不了来个两败俱伤。

二哈不敢贸然出击。他领教过这个疯婆娘的厉害，上次就是，他追，她跑，眼看就要撵上了，她猛地停住，二哈惯性太大，也想停下，却刹不住车，结结实实摔了个狗吃屎。这还不算，小娘们儿跃起身子，前爪一划，在他脸上来了一下。二哈现在想想还觉得后怕，要是疯婆娘划向他眼睛，他早瞎了。这么一想，才觉出自己此时的冒失，出击并无胜算，让路闪开一边，又太丢脸，该怎么收场呢？

正剑拔弩张之际，蓦地现出个身影，手提凶器，气势汹汹。二哈一看，他大爷的，又是这傻屌，把自己搞得灰头土脸，白天没脸出门，晚上抄个手东游西荡，还好意思插手我们畜类的恩怨？二哈很看不上。可好狗不跟赖人斗，欲夹着尾巴溜走，走之前嫌弃地看了他一眼，冷笑一声，对空叫了下。

狸猫因他出现得不够及时，害她和臭狗长时间对峙，也对他没好脸色，扭着头，懒得理他。

狗嫌猫厌。男子笑笑，在马路牙子上坐下，解开包袱，打开剩饭，近乎谄媚地推到狸猫跟前，低声轻唤："公主，快吃呀，还热着呢。"狸猫赏脸闻了闻，倒是没嫌弃，毫不客气地吃喝起来。男人这才踏实了，试探性地触碰狸猫的尾巴，公主没反抗，他放心了，抚摩得心花怒放。公主吃完，也没流连，跃身走远，不过回头看了他一眼，大概是交代："明儿个早点来，我都饿坏了。"他赶忙点头答应，一脸甜蜜的奴性。

其实公主是给他表现的机会，公主捕食的路数多了去了，他曾见过公主怎么捕捉公园水池里的鱼。那些池鱼，是被豢养的，肥美丰腴，体态慵懒，白天靠摇头摆尾几下，博取观赏者泛滥的爱心，获取饵料，白白胖胖的，公主半条就吃得饱。公主的捕鱼之法也独特，长久盯视池塘，夜明珠似的眼珠子，在夜里发出鬼魅似的幽幽的光，下蛊似的，鱼群如梦如幻，游到岸边，接受女巫双眼的照耀。傻鱼正好奇盯着，然后猛不防地，公主利爪一划，从水里捞起胖鱼，拖入草丛里，慢慢品尝。

也不怪他，谁不爱这只野猫呢？她四蹄雪白，毛色如豹，绸缎的手感，那么美貌，那么骄傲，眼神里半是疏离半是高贵。在夜里，她慵懒地走过，披一身月色，抬爪朝你伸过来，就像是贵妇伸出骄矜的皓腕，谁能忍住不拜倒于她的石榴裙？

平乐坊好些人想逮着她据为己有，都没得逞。公主可不仅是花瓶，还称得上智勇双全，独来独往，平乐坊的小江湖她哪块地盘都敢闯荡，那些和二哈一样溃逃的败将，有心理阴影，见到她，不由得脸疼。

得着命令，第二天晚上，男子准备的晚饭格外丰盛，来得也早，等着公主驾到。公主姗姗来迟，后脚竟有点跛，男人献上鱼肉。趁公主吃着，他一边轻撸着猫，一边忽地掏出个布袋，兜头将公主套住。眼看就要掳走，忽听得楼上一声喝："那谁，干吗呢？"

看来，平乐坊里关注公主的可不止他一个。

韩玉婵三点多去店里磨米浆，顺带地也给公主供奉点猫粮。

韩玉婵噔噔噔下楼，要拦住他，质问他怀何目的，将可爱高贵的公主掳去？打了照面，发现是何汉章。他低眉垂首地说："前几日公主被人拿开水泼了，积攒到今天，好像更严重了，腰身上、皮毛下，都有点溃烂，我想带她回去几天，涂点药，好得快点儿。"怕她不信，可公主脾气刚烈，又不能翻开袋子给她看，他继续喃喃，"是徐老三。他家生意被你顶了去，早餐门口冷清，心里不忿，借口常有野猫偷吃他挂在店里的腊肉，晌午没人时候，装作喂食，一盆开水朝在路边阴凉处打盹的猫狗泼将去……"

随着诉说，韩玉婵看见他不自觉地拳头紧握，他说："幸亏公主反应快，及时跳起躲开，只烫了后腰，将军就惨了，眉眼都烂了……""将军"是一条派头威仪的德牧。在他这里，平乐坊整个区域里的流浪猫狗如同亲戚，都有相应的名姓。

何汉章说完，从愤怒的情绪里回转，脸上有瞬息的恍然，像是没想到自己会当着一个活生生的人说这么多话。他笑了下，重新锁紧脸上的表情。可能是他平常缄默惯了，这会儿，韩玉婵盯着他言谈间的表情，国字脸沟沟坎坎，带着失眠的疲倦，隐匿着风霜，笑起来，那份无机心的真诚和温暖，像是一间房，打开窗，尽可以探看屋子里有什么。

丢职赋闲的何汉章，如沉默的垃圾，自我放逐在角落里，自生自灭，无人在意。自从弃置便衰朽，世事蹉跎成白首。他想，也好，算是平安从高处落入谷底，白茫茫大地真干净。他搬到嘈杂的平乐坊，万人如海一身藏，红尘名利场你来他往，过去的筵开玳瑁、席设芙蓉，繁华和荣光，都化作云烟。作为被时代和命运拨弄的棋子，何汉章缴械退让后，已然奄奄一息。在这时，路过的流浪猫无意间带来一丝暖风，吹活了灰烬中残存的火种。何汉章发现，这世界还有东西值得他惦记，他不是百无一用，至少，它们等着他每夜来投喂，给他照顾它们的机会。而且，它们多么好啊，不挑食，不嫌弃，有什么吃什么，蹭蹭他的腿，喵喵叫几声，让他摸摸脑袋揉揉肚子，无限依赖，没有警惕。这份信任，何汉章心怀感激。他决定暂时不急着寻死。

韩玉婵帮他在店里给公主剃毛，伤口上药。可店里养猫不方便，人多嘈杂，不利于休养，店小，没有活动空间，还是由何汉章抱走了。

过了几天，夜里在街上遇见，韩玉婵刚磨完米浆，喊住他："来，帮我把米袋扛到楼上。"何汉章只好来帮忙，韩玉婵还打趣他，"今晚是打算抱电线杆还是数垃圾袋啊？"说着，她掩上店门，她说，"走，我陪你数数去。"

何汉章没动。

"走呀，愣着干吗？"

"别。和个疯子一起，晦气不说，让人看到，对你不好。"何汉章摆摆手，快步走开。

韩玉婵很快在后面跟上。"我还能不好到哪里去呢？"她清冷地笑，"谁爱说说去。再者，你疯不疯碍着他们什么了。何况，许是这世界疯掉了呢，你倒是清醒的那个。"

何汉章顿住脚，转过身，看着她。月色下，他的眼睛寂寞而清澈，眼眶里似有水意涌动，亮亮的。他眯着眼，把那水波悄悄压下去。许久，他才抬起眼皮，说一句："谢谢你。"

韩玉婵听懂了他的心意，怕勾起他压在心上的块垒，随即岔开话题："都到你楼下了，不请我上去坐坐？"她说，笑盈盈的。

何汉章不作言语。

"切。又不是看你，是想看看公主好点了没。我不放心。"

韩玉婵全然不似平日高冷的样子，叮咚话语如春天化冰，"你不是说它们被泼开水，部分也是因我而起，是我抢了徐老三的生意。"

何汉章无法，开门迎宾。

那是她第一次来他的屋子。寻常的出租房，破旧，狭小，阴暗，除了必需的生活物品，别无其他，却罕见的整洁，衣服是衣服鞋是鞋，归置得有条不紊，连电饭锅都擦得锃亮，桌子上几本书包着封皮，做抹布的小毛巾有棱有角地叠起。靠墙放着两个相框，梁美娟和来福合影的一张，还有一张沈文渊的。旁边的小香盒里，插着燃尽的细支莞香。最打眼的，还是几排药盒，分门别类码放着，像个小型药房，盐酸文拉法辛缓释片、舍曲林片、帕罗西汀、西酞普兰、氟伏沙明……韩玉婵看了看，药盒大多是空的，是曾为他续命的、令人触目惊心的食粮。

韩玉婵不再去看，逗弄着公主，笑道："你是有多少毛病啊？抑郁，洁癖，强迫症，神经衰弱，失眠，还有吗？"

"胃病，痛风，关节疼，高血压……"何汉章也笑，"气就气在一时半会儿还死不了。"

"听说，以前你那些老部下后来从公司出来了，很多都混得有头有脸，有的要接你住别墅，有的要接你去国外疗养，怎么不去呢，连门都不让人进？"

"听说的嘛，岂能当真。"何汉章烧水泡茶，即便不打算在这话题上延伸，还是用一句话淡淡地解围，"再说离了这里，每天上哪儿找这么好吃的肠粉。"

韩玉婵听了，竟然叹了口气。

他们能相识，公主是最初的桥梁。不同的是，一个是顺手撒点食物，一个当成每晚必做的功课。凌晨三四点，街上阒无人息的时段，韩玉婵观察过，他在街上来回溜达，梦游似的，或者停下来，久久地盯着垃圾堆边吹起的塑料袋子，木桩一样傻站着，没任何表情，只盯住垃圾袋漫无尽期地看；或者溜达累了，抱着电线杆子，很冷的样子。她知道，他不是游手好闲，他是挣扎在死的边缘，正是这些流浪猫狗，救了重度抑郁的他。

有时韩玉婵会装作正好下去倒垃圾和他偶遇，交谈几句。聊天时，言谈间，他面容里有一种退让。正是这份疲倦和怯生生的退让，让韩玉婵莫名心疼。更多的时候，她也只能远远地看着，无能为力。

转天，韩玉婵煲了汤，石菖蒲陈皮炖猪心，叩响他的门。看得出来，何汉章是有些惊喜的，他不停搓着手，想说什么又说不出口。"听人说，这瓯汤清心安神，别愣着啦，趁热喝呀。"韩玉婵不由分说地进了屋，喧宾夺主地找出碗勺，盛汤，推到他跟前。何汉章手都要搓红了，坐下来，埋头喝汤。间隙里，韩玉婵说："我接下来说的，你可别当是侮辱你，没那个意思，你知道的。我想的是，你在家也是闲着，我店里现在正缺个人手，你来帮帮我，行吗?"

何汉章停住汤匙，抬头看看她，没作声，继续喝汤。

"怎么啦，放不下架子?"韩玉婵故意冷笑，接着说出的话如气浪，直接将何汉章的沉默掀倒，"我都怀疑，你现在这个状态，到底是抑郁，还是享受过众星捧月，被打入凡尘后，满怀失落中，心心念念曾手握权力的高光时刻呢?"

何汉章闻言，低着头，弓着身子，僵住了，眼神迟滞，鼻息粗浊，脸上转为铁青色。是挺残忍，可韩玉婵还要说:"离了谁地球不都照转，怎么着都还要一日三餐，你真以为把你整下台后，厂子就不行了?人家不还活着呢嘛，虽然没你在时那么红火。再者说，就算倒闭了，多正常呀，我也经营过店面，也倒闭过。什么不都有个起起落落呢，任何事物不都是生生死死?比方说，你那些老部下，不是因为你下台后厂子走下坡路，会出来单干，会有一番新作为?唯独你，执拗地陷在过去，不是留恋以前的成绩是什么?"

何汉章手交叉握着，额头上的血管集聚着铅青的静默，双眼像灰烬里拨出的炭火，想打谁一拳的样子。韩玉婵还火上浇油:"问你呢，答不答应吧?拿出你当年办厂子的劲儿，行就行，不行就算了。你倒是出个声啊。"

火熄了，拳头散开了，人动弹了，唯余一脑门的汗。何汉章从胸腔里一声长叹，似乎叹出了这赋闲十来年的郁结。叹完气，人舒展多了，他使劲搓着手，到最后，嗫嚅着，还是说了："我是怕干不好。毕竟，废了这么些年了。"

"那就是答应啦？你屋子都收拾这么干净。没事，也就是叫你做个杂工，不搞研发，肯定行。"

"那我就试试，谢谢你。"

"不用，我愿意照顾你，是顺带替我小姨感你的恩，她以前在陶瓷厂拉胚间，曾蒙您关照多年。"韩玉婵说，"她叫周素素，腿关节不好，后来办了病退，你可能不记得了，可她直到去世，还在念何厂长的好。"

"记得，记得，你们原来住在江边水榕堂老巷子，是吧？我不会记错的。"他自语似的，"我在那附近出过车祸，有个兄弟，差点替我死了……"

月亮熬了一夜，红红的。韩玉婵走后，凌晨三点多，喂过流浪猫狗的何汉章沿街溜达，赶在晨光之前，回到出租屋，一边飘飘摇摇地走，一边气运丹田，以乡音唱一番：

> 柳营春试马，虎帐夜谈兵……
> 勒马停蹄站当道，
> 青龙刀斜担在马鞍桥，
> 曹孟德他待兄恩高义好，上马金下马宴又赠红袍。
> 官封寿亭侯爵禄非小，难道说大将军忘却故交。
> 到今番，
> 罢罢罢，忍耐了，一口热血燃战袍。

下得马来把头找，弟兄分手在今朝。

马童，带刀备马！

最后一句，是仿照名角的念白，悲哀慷慨，金石为开。一声之中，半辈子的不得志和陷害，以及沙砾入肉的痛彻，沉默的呼啸和抗议，都在弦音里了。

——"马童，带刀备马！"

韩玉婵倚在窗台，悄然为之泪下。

## 16

先是韩玉婵店门的招牌被捣烂，破坏的痕迹很新鲜，想必是黎明前这一段时间作的案。韩玉婵心知肚明，除了同行的徐老三，谁能有这么大的仇恨呢。

老徐理直气壮地造谣："她就是被包养的鸡，后台倒了，她为了掩人耳目，开个小店过活。要不然凭她开个早餐店，怎么有钱开宝马？"有人说："她生意好嘛。"老徐非常不屑，从狭隘的个人经验出发，他费劲巴拉，连个电动车都只买二手的，他怎么会相信韩玉婵可以凭借正经生意挣那么多钱？他把生意惨淡的原因都归结为客源被韩玉婵这个贱人给勾搭走了。

他也太高看韩玉婵的姿色了。老徐也不细想下，他的早餐是什么玩意儿，韩玉婵的又是个什么水平。且不说米浆的选米、磨浆，也不说蒸的时候手上的功夫，就说肠粉蒸得了，盛在盘里，最关键的是兜头那一勺酱料。酱油要好，料要香，又要淡，取个清鲜，这清鲜又是建立在醇厚的基础上的，细说来这里面有几重矛盾，矛盾中有和谐，对立中有融合，滋味才能丰富。做个早餐，看似是小道，可也没那么容易做好。大道至简，小道费心，就是个琢磨，心思没到，功夫不够，做出来，能好吃吗？看着韩玉婵是卖早餐，他徐老三也是卖早餐，同样的步骤，同样的食材，他以为就得有同样的喝彩，凭什么呢？做什么事，都要有个悟性，讲个心灵手巧。韩玉婵打心眼儿里瞧不上这般笨胚，不开窍，做这个，只想钱。关键你做得好也好呀，钱自然就来了，做不好，还心火虚躁，瞧见别人生意好，挣着钱了，眼红得像磨刀石，嗖嗖地使坏心思。顶让人瞧不起。

如果徐老三虚下心来，到她这里赔个笑脸，韩玉婵说不定会和他聊聊她和肠粉的渊源，外婆当年只靠一口家用铁锅蒸出的肠粉，她百吃不厌；聊聊传承不变的小吃，和物是人非世事变迁；聊聊布拉肠粉和抽屉肠粉的微妙区别，以及所有步骤细节等其中的关窍。别的不说，单从酱油这一点，韩玉婵就已完胜。机缘巧合，韩玉婵认识一个朋友，所用的酱油是朋友从豫东一家手工酱油的作坊订货运来的。酱油真材实料，大豆好，阳光气候都好，经过几年的发酵，酿造出来，滋味出众。再看徐老三的，为了省钱，几块钱一大桶的勾兑货色，能一样吗？徐老三那肠粉做出来，黏糊糊的一坨，浓油赤酱也邋遢，浇上去，落汤鸡似的，没个清爽样子。

韩玉婵将招牌重做，还笑着说："正好，破破烂烂的，也该换了。"

然后，韩玉婵的车身被刮擦了。行车记录仪里一团影子，遮掩着，黑乎乎的，还挺会反侦察。

这欺负人就有点过分了。觉着她一个女人家，没什么靠山，即便被欺负，也没人帮她出拳。这就不单是欺负了，是下作了。

可韩玉婵仍不打算计较。一是不确定作案者，毕竟没逮着；二是韩玉婵没那个工夫和心情与一介无赖纠扯。

这天晚上，好月亮。

中秋节，人们大都放假回家团圆，平乐坊罕见的短暂冷场。过分饱满圆胀的月亮带着点绛红，像一轮小朝阳，到夜深的时候，还那么圆，那么亮，像是夜空不肯合上的眼，守望着这混沌冷暖的人间。

满月下，老徐撅起的屁股上挂着的钥匙串晃动着细小的光点，直到何汉章录了五六分钟，老徐还在那儿吭哧瘪肚地埋头蛮干。车胎终于被他扎烂，老徐擦擦汗，大功告成，屁股撅出饱满的弧线，刚要起身，弧线顶端被人踹了一脚。老徐的脑袋瓜子"哪"地磕在车身上，还没转过身，老徐就先恼了："我干你娘。"转过脸，见是何汉章，"关你屁事，找死！"

老徐平静的面皮下是隐隐的狰狞，眼里是被嫉妒燃烧的猩红。

月色下，忽地溜过去一只野猫，看热闹似的，蹲坐在旁边，开始并未做什么，只是冷眼相看。后边见何汉章落了下风，野猫嗷嗷叫了两声，似在声讨凶手，老徐不耐烦，扔过去半截砖头。

狸猫跳开，落定，轻蔑地瞪他一眼，亦步亦趋地走远。

老徐不知道，他这下彻底惹祸了。

何汉章摇摇录了视频的手机。

老徐拍出一支烟，在指甲上有节奏地顿顿，并未点燃，撇着嘴，嘿然一笑："听说，最近，你傍上这娘们儿了，软饭吃得可香吧，这么快都护上主子了？"正说着，老徐蓦地烟棵一扔，趁其不备，就要武力攻夺。何汉章身形瘦弱，好在有高度优势，再加上手机举着，饶是老徐壮硕，跳着脚，也够不着。可何汉章的危险也因为高，下盘不稳，老徐阴损，密集踢踹对方裤裆，何汉章撂倒，被踩住肩膀，老徐轻舒胳膊，要取手机。何汉章死死抱住，性命相关似的，任老徐掰掐拽捏，就不放手，还要挣扎着摇摇晃晃站起来。

老徐盯着他，笑了，等靶子站好，再一番操作。双方实力悬殊，太没悬念了，老徐一顿拳打脚踢，何汉章就又趴下了。

　　可没过多久，何汉章又从地上强挣着爬起，攥着虚弱的拳头，还要执拗地袭击老徐。

　　老徐小眼，大手，凶悍，再打倒文弱的何汉章，踩住他的脸。

　　刚要功成身退，一转身，狗日的又爬起来了。

　　怎么跟他妈不倒翁似的，倒下还站起来呢?

　　老徐无奈得很，再补一顿。

　　何汉章再一次站起来。

　　老徐骂道："我日你妈哟，还起来，还不倒下……"

　　老徐都有点烦了。

　　何汉章拳头都攥不住，可眼神里都是箭镞，凶狠地射在老徐身上，恨不得扎得老徐都是窟窿。

　　老徐上去，一拳干倒，心说，可别再起来，爷求你了。

　　老徐都有点绝望了。

　　何汉章像是一摊破碎到不能再破碎的水，蜷伏在地上。过了半晌，碎掉的水竟然汇聚成形，又要站起，虽然虚弱已极，可打着战，还是站起来了。冲着老徐，含着血的半个眼睛看过去，破烂的嘴角含着嘲讽的笑意……

　　老徐都打疲惫了，可就是打他不倒。

　　何汉章像是圈养的狮子复活了草原上的神经。他要纵横捭阖，要龙腾虎跃，要扑咬争夺，攥着拳头，整个人挣着，双眼通红，头发凌乱，眼镜破碎，全身呈现出竞争的、抗议的、不服气的架势。身体里那一部分雄性重新激活，他要放手一搏，拼杀过去。

老徐彻底崩溃了。

壮硕的老徐竟然怕了，啐一口唾沫，骂一声："算了，老子服了，你有种。"

谁愿意跟一个不要命的傻屌拼杀呢，老徐连连退后，再啐一口，忽然夺路疾走。

被韩玉婵拦头截住。

她在楼上，刚睡着，被吵醒，下来就撞见徐老三。仇人相见，韩玉婵掀起巴掌就要迎战，却被老徐一闪，抄起车位旁边的路障照她后背砸了一下。韩玉婵"哎呀"一声，踉跄摔倒。老徐还要撒泼，何汉章急忙奔过来，要护住韩玉婵。

正于此时，一只猫，踱步而来。

老徐定睛去看，它身后跟着一个庞大的军团：平乐坊所有的流浪猫狗，都来参战！

到得跟前，公主居高而坐，似是坐镇指挥，身后静默的军团虎视眈眈，一声令下，七狗八猫，一拥而上。为首的是曾被老徐泼过开水的"将军"，新仇旧恨，骁勇异常，在兄弟伙儿的助威下，"噌"地一下，蹿到老徐肥沃的胸口，咬了一嘴，后边其他战士，接力跟上，七嘴八舌，咬得老徐遍地打滚，鲜血淋漓，叫声连连……

何汉章都求公主下令收兵了，公主眼皮都不翻一下。这场黎明前空荡荡的街道上发生的暗战，让何汉章感动得泪流满面。

直到韩玉婵来到公主跟前，反复央劝，公主缓缓抬起前爪，军团方才收手。然后，簇拥着公主，战士们依旧有序地沉默撤走。留下地上呻唤不止的徐老三，爬将起来，骂骂咧咧地败退滚蛋。

韩玉婵和何汉章互相搀扶，打开店门，找出碘伏，先给他上药。老何忽然哈哈笑了，说："痛快!"又说："赶快给公主做点好吃的，今天，多亏了公主。"

何汉章笑吟吟地看着韩玉婵，笑得毛茸茸的，下了战场见到亲人的样子，壮怀激烈又温柔无限，就那么殷殷地看着韩玉婵。她笑他："和一个无赖打架，还没打赢，还要公主帮你，真不嫌丑……"韩玉婵关上卷闸门，撩起上衣，让他帮忙查看背后的伤痕。伤得不重，就是有些红肿。

何汉章还沉浸在战斗的激情里，突然就乱了方寸，他不知道是该起身还是继续呆坐下去。韩玉婵说一声："谢谢你，替我出了口恶气。"她说："你可真傻……"韩玉婵走过来，抚摩着他身上的伤口，"这狗日的下手可真够狠的……"何汉章能感到他后背上落了几滴温热的急雨。却许久，没有声息。

韩玉婵拍他一下，解开自己的上衣，让他给上点药。何汉章就彻底乱套了，眼睛呆愣愣的，手脚都似乎悬起，不知从何处落笔……月亮从窗口洒进来，在她雪白的脊背上一跳一跳的，波光粼粼，像一堆银色的小兔子。他的手指颤颤巍巍，挨到了她，丝绸的质地，鱼的触感。何汉章急忙缩回手，月亮晃了晃，在她背上，月光一下子温柔得惊心动魄。韩玉婵触痒，弓着身子，咯咯笑了，忽然没防备地说："阿章，敢不敢，以后由你来保护我呢……"

海上生明月，天涯共此时。

李毓芬早就谋划着去海边玩。说起来，现在去海边就像去趟超市一样方便，可她却有很多年没接近大海。没时间之外，主要还是心情，带着灰白的情绪，她觉得对不起记忆里的那片蔚蓝。拍拖时，为躲避陈家阿母的问罪，陈庭舫曾带她来入海口痛快地玩过一天。那时候，海还是野生状态，沙滩荒凉，周围也没什么酒店，他们在海边流连忘返，捡贝壳、拾海星、游野泳……海水卷走了岁月，却留下了笑声，很多年里，李毓芬的梦都是蓝色的、流动的、带笑的。

儿子即将十八岁了，明年要高考了，她决定一家三口故地重游。

还是那片入海口，沙滩上据说是从国外运来的沙子，柔软洁白。海水好像没那么蓝了，人也多，红男绿女的，挺热闹。住宿也好，各种档次的酒店和民宿，推开窗，就能看到不远处的港口上进出的船舶。

李毓芬订了最实惠的民宿，自己买菜做饭，不单是为省钱，还为了丈夫吃得顺口点。趁着假期，她打算好好玩几天。丈夫做了胃切除，病情稳定，只是要安心静养，悉心照顾。陈立生上高三了，刚预考完，考得很不错。他会有他崭新辽阔的生活。她煲着汤，望望沙滩上散步的父子俩，想，上天终究放她一马，李毓芬很感激了。

陈庭舫回来了。李毓芬站在阳台上，月光清亮，儿子还在楼下草地上和邻居家的小孩嬉戏。房东家的小狗追逐着男孩吹出的泡泡，飞舞的气泡闪着清淡的光，和他们的笑声一起，飘荡在空中，像是永远都不会碎掉……李毓芬要唤回儿子吃饭，陈庭舫摆摆手："让他玩吧。"

陈庭舫过来，牵住她的手，两人并肩依靠着，看月亮，看月亮下儿子开怀的样子。李毓芬轻轻地笑，她好开心。

陈庭舫揽着她，喃喃自语："这些年，你为我吃的苦，我心里都有数呢……"他攥紧她的手，轻轻地喊她，"小妹……"

李毓芬的眼泪悄悄地流，靠着丈夫的肩头，继续看圆圆的月亮。

2021．3 完稿

2021．7 修改

2022．5 再改

2022．12 改定

## 1．岭南烟火书

最后修改定稿后，觉得有必要再写几句话交代一下，大约相当于堂下何人所犯何事，上面的小说是一篇长长的呈堂证供，后记就算签字确认吧。好坏都是你做下的，得认呀。

这个小说前后花了三年多时间，当然修改期间仍按节奏写了一些中短篇。三年，不算长，也不算短，尤其疫情这几年，既觉得奢侈，又觉得不安。奢侈的是放弃了一些选择，在工作生活之余，总还能守住一方小桌，和语言、故事厮守、打磨；不安，恰恰也因如此，每日目睹各种撕裂和艰难，还在不合时宜的虚构里穿行。又恐自己苦心推敲的文字，不过是无用的呻吟。好在发表后陌生读者的反馈，让我知道这个故事还是打动了一些人心。在这里，要衷心感谢 2022 年第 5、6 两期连载这个拙作的《小说月报·原创版》。

小说写了什么呢？主要以岭南老街巷上不同年龄阶段的女性和她们背后的故事，来折射改革开放四十年来的历史在岭南市井的变迁，是关于岭南城市的烟火人间，经济转型下的糖厂、陶瓷厂、灯火阑珊的酒店，各种命运，在月光下，归于一途。月有盈亏，人有参照，上部，韩春丽叶逢秋、米米何千惠互为镜像；下部，芬姐韩玉婵互为补充。上半部，是此时的欲望；下半部，是上辈人的理想。具体而普通的生活中，过着自己内心的波澜壮阔，试图写出命运、阶层的丰富性。小说里，平凡的、珍贵的、向上的人们，在时代中起伏搏击，又相互成全。努力呈现的是吾土吾民此城此地的命运和情感。

不知不觉，已在此地待了十余年了。从写作情感上来说，至今最动情的，仍然是生身之地苏鲁豫皖交界的豫东芒砀周边，地图上这针尖大小的地方，莽山、雪湖、条河，现实地理之外我虚构的豫东地名，那么小，却又无比辽阔，在这里，我已可以安放太多的人和事，安放所有人性的幽暗和灿烂，安放我对小说的求索。可毕竟在岭南朝夕生活了十余年，不管当初愿意与否，此地的风土人情爱恨纠葛，早已嵌入我的生命和情感。从暂时过渡，到枝头观望，再到结婚安家生养，强移栖息一枝安，我逐渐习惯了它的世俗烟火。更重要的，在各种现实的夹缝中，回也不改其乐，不变的，是在一篇一篇地写作。或许有天也会离开，但又有什么关系呢，这片土地随时都有人进来也有人离开，三角梅热烈不改，东江水流常在，人事聚散，是最不值得一提的，可也是最动人心意的。喝过的酒，读过的书，流过的泪，都镌刻在时间深处。

从这个意义上说，这是一个"北佬"写给岭南的烟火书，一封蹩脚也好深情也好的情书。

## 2. 焐热你的句子

汉语词汇是汪洋大海，是星罗棋布的夜空，一个作者，穷其一生，无非是从这浩瀚的海洋或天空里，打捞出一些贝壳、星辰，传情达意。

我的理解，好的小说无非世道人心，所谓"好诗不过近人情"。至于拙作常被人贴上的"诗味"的标签，可能是说语言和小说的意蕴指向，这当然是很高的要求，力有不逮，心向往之。如果说有什么来源的话，可能与汉语言病态般的迷恋有关，一路《诗经》、《离骚》、司马迁、庾信、杜甫、黄景仁、废名等等读下来，常常忍不住感叹，汉字真是美（这美里当然包括风骨、悲慨、激扬、哀婉、亮丽，等等），可以写出很美的东西来。我愿意做一个敏锐的感受者，尽量把每个汉字准确地传达出来。

所谓的灵气，无非是一个句子、一个词，多放心里焐一焐，暖一暖，暖到温热，焐到发芽。这不合时宜，却是我的执拗心意。

具体到这部小说里，就是希望它语言性感、摇曳，故事丰饶、好看。

# 3. 其他

阿毛在娱乐业的经历，以及沈文渊在香港的打拼事迹，不方便延展，所以简略带过。下部开场那里，沈文渊和同学们排演的莎翁剧应该是《哈姆雷特》或者《仲夏夜之梦》，可我更偏爱《李尔王》，引文与后文也恰有照应。且说这个戏，它的昏聩，命运的好歹不分，英明一世临了的糊涂，如梦魇，似游戏，不能轻易说谁对谁错，各有其局限，每个参演者拼尽力气和生命，即便最终"全然是徒劳"。

批斗情节全部删掉了。逃港在修改中基本都已改为投奔对岸的大哥，港英对峙的情节全删了。但逃港是大量存在的历史事实，为写这个拙作，也做了一些采访，比如"虎尿"细节，就是采访而得。改革开放能在岭南成功，和逃港后两岸血脉相连返乡兴建厂房香港产业转移密切相关。小说里的两次出逃，第一次警示一枪，并没有死亡，第二次天降大雨，是天灾，非人为的，已非常隐晦。

韩玉婵，谐音寒玉蝉或汉玉蝉，冷观里有灵动。韩春丽，寒春丽，是一份生机，和叶逢秋对着的。

小说发表后，历经几番修改，确实一度改到恶心，转而想，读者读到时，可能就少点恶心吧。

在岭南的十余年里，发表了两个小长篇，不止七十个中短篇，常常觉得羞愧，一是没写出什么名堂，一是确实写得有点多了。其实也没那么勤奋，无非是无聊之人，工作家庭之外，除了阅读和写作，也没其他爱好。不知以后能写到什么样子，但写作如同宿命，我会继续在虚构里跋涉，试图理解和厮守着卑微而甜美的人们，并诠释其中盘根错节的爱恨。或者正如有人评价安德烈·莫洛亚所说：作者一生笔耕不辍，精进艺事，认为"艺术乃是一种努力，于真实世界之外，创造一个更合乎人性的天地"。

翻看初稿写完时的日记："新长篇写完，除了数月来熬夜的后遗症，间歇性后脑勺神经疼痛外，就是一件事绷紧神经完成后忽然的虚空。心如止水。"《平乐坊的红月亮》将是我出版的第一部长篇拙作。写作如流水，人在持续地写，水会持续地流。水止了，水又会涌出来。

2022. 12. 4于东莞莞城